心とろかすような

マサの事件簿

心とろかすような

I

ことの起こりは、諸岡進也《もろおかしんや》だった。

これは非常に不正確な表現で、文法にも反しているかもしれない。が、俺はあえてそう言うことにする。

俺は常々、人間たちでも、俺たち犬族でも、煎じつめればきっちりと二種類に分けることができると思っている。その二種類とは、好むと好まざるとにかかわらず「ことを起こす」タイプと、起こったことを「あと始末する」タイプだ。これは碁石のようにはっきりと分れていて、オセロの駒のように途中でひっくりかえるということは、まずない。

諸岡進也は間違いなく、前者に属する。俺にもし、人間の言葉をあやつることのできる喉と舌があって、そう言ってやることができるとしたら、

「オレだって好きでもめごとを呼んでるわけじゃねえって」

と、あの口の減らないガキめは反論するだろう。が、事実は事実である。進也というのは、乗車率二〇〇パーセントの満員電車の中で、わざわざマル暴さんの足を踏んでしまうというタイプなのである。しかも、ロンドン・ブーツを履《は》いて。

申し遅れたが、俺の名はマサ。蓮見《はすみ》探偵事務所の用心犬である。

百科事典的な分類によると、俺は「ジャーマン・シェパード」というものであるらしく、これは一般に獰猛《どうもう》であると言われているらしい。「ジャーマン」というのはドイツのことであるらしいが、俺はそこへ行ったことがないし、将来的にも行ける見込みはないので、どんな土地なのかはよくわからない。ただ、糸《いと》ちゃんがひいきにしている商店街のパン屋さんに「ジャーマン・ベーカリー」という店があり、そこのパンは、彼女に言わせると、「めちゃめちゃ美味《おい》しくて、安い」そうだから、「ジャーマン」という土地は、うまいパンが焼けて、勇猛で忠誠心にあふれた犬がとれるところなのであろう。めでたいことである。

蓮見事務所に世話になる前、俺は警察の飯を食っていた。平和な暮らしをしている人ならテレビのニュースでしか見かけることのない、「警察犬」というものだったのだ。

引退してから、もう丸五年が過ぎた。時々、ちょっと昔が懐かしくなることがある。が、ほんのちょっぴりだけだ。夢に見るほどではない。

フリーになって最初の一年は、ある監察医の先生の家にやっかいになった。この先生、人間たちがよく言う「学者バカ」という感じの人だったが、俺には優しかったたし、毎日の散歩も忘れなかった。俺はそこで、警察犬時代に知っていた方がよかったな、と思うことを、たくさん見聞きしたものだ。

ところが、俺と一冬を越しただけで、先生は病に倒れてしまった。幸い命は助かったが、心臓に問題があるのだそうで、入院生活は長いものになった。先生は奥さんと二人きりの暮らしだったから、その奥さんが病院につきっきりということになれば、俺を飼う時間的なゆとりも、心の余裕もなくなってしまうのは、当たり前のことだ。

奥さんは、それを大変に気に病んだ。

「ごめんね、また留守番させるけど」と謝りながら病院に出かけていく。

(あんまり心配かけないうちに、フラッといなくなろうか)と、俺は思っていた。

そんなとき、その俺を「うちで飼いたい」と言ったのが、蓮見浩一郎《こういちろう》氏だったのだ。すなわち、ここ蓮見探偵事務所の所長である。

所長は、先生の大学での同窓生だった。で、病室の先生を見舞ってくれたとき、俺の話を奥さんから聞かされた、ということだったらしい。

「うちの娘どもが、前から犬を飼いたがってまして。せがまれて困っているところだったんですよ」

話がまとまり、俺をつないだ革紐を手にニコニコと自宅に向かう所長のあとに従いながら、正直、俺は不安だった。「娘ども」と呼ばれるのは、いったいどんなお嬢さんたちであろう?

「おーい!」

自宅の傾きかかった門の前で、所長は大声を出した。

「犬が来たよ!」

来たんじゃなくて連れてこられたんだよ、などと思っている俺の前に、何か非常にすばしっこいものがパッと飛び出してきた。

それが蓮見糸子《いとこ》嬢——糸ちゃんだった。そのあとを、笑いながら追いかけてきたのが加代《かよ》ちゃん——蓮見加代子嬢だったのである。

あのころは、加代ちゃんは短大の二年生で、就職活動の真っ最中だった。七歳年下の糸ちゃんはまだ中学の一年生。ほっぺたは真っ赤で、ふっくらしていた。

今なら、所長がこのお嬢さん二人をつかまえて、「娘ども」と言うことの意味が、俺にも理解できる。要するに照れているのだ。

加代ちゃんも糸ちゃんも、俺を歓迎してくれた。が、「大歓迎」ではなかった理由は、「いい犬だね。でも、子犬じゃないんだね」という糸ちゃんのセリフで説明がつく。

人間でもそうだと思うが、一本立ちしてから——しかも俺のように一仕事終えた年代になってから——始める共同生活というのは、かなり難しいものだ。蓮見家の面々が、監察医の先生夫婦と同じようにあったかい人柄だと察することはできたものの、俺はまだ、用心深く円を描いて彼女たちの周囲をぐるぐる回るような接し方をしていた。彼女たちも同じような感じだった。飼い犬の場合、さっと抱きあげて頬ずりしてもらうことが不可能なサイズに成長してしまうと、いろいろと不利なことが多い。

だいいち、当時の俺は名無しの権兵衛《ごんべえ》だった。監察医の先生は、俺を警察犬時代の呼称で呼んでいたのだが、蓮見姉妹は、それでは堅苦しいと思ったのだろう。しきりと名前を考える。だが、なつかない俺に、ぴたりとはまるものが見つからないまま、「うちの犬」というきわめて正確だが素《そ》っ気《け》ない呼び方をしていた。

そんな「角《かど》」をとってくれたのは、糸ちゃんだった。

そのころの俺は、蓮見家の小さな庭の隅に小屋をつくってもらい、寝起きしていた。そこで、妙だなぁと思うことがあったのだ。

糸ちゃんが、毎晩俺をのぞきに来るのだ。縁側の窓を細く開け、そっと首を出して。所長も寝てしまったあとのことだから、夜もかなり更《ふ》けている。だから糸ちゃんはいつもパジャマ姿で、寒そうに首をすくめていた。

（何してるんだい、お嬢ちゃん）と思いながら、俺は知らん顔をしている。すると、彼女は三十分ほどでいなくなる。その繰り返しだった。

十日目に、窓際に立つ糸ちゃんの肩に、加代ちゃんが手を置いた。

「毎晩ここで何してるの？」

糸ちゃんは姉さんを見上げると、小さくつぶやいた。

「お姉ちゃん、知ってたの」

「うん。だって、お布団を抜け出していくんだもの、どうしたの？　何か心配事があるの？」

暗がりの中で、糸ちゃんは俺の方へ顔を向けた。彼女の着ているパジャマがぼんやりと白く見える。

「学校で聞いたの」と、糸ちゃんは言う。

「何を？」

「よそでずっと飼われてた犬をもらってくるとね、前のご主人を恋しがって逃げだしちゃうことがあるんだって」

「ちゃんとつないであるから大丈夫よ。どこにも行かない」

「だけどね」糸ちゃんは目をしばしばさせた。くちびるが震え始め、声が涙声になったので、俺はぴくりと耳を立てた。糸ちゃんは一息に言った。

「年とった犬だとね、帰りたがってるのに帰してあげないと、悲しがって、ご飯も食べないで、死んじゃうこともあるんだって。松田《まつだ》くんとこの犬がそうだったんだって、朝起きたら死んじゃってたんだって。お姉ちゃんうちの犬も死んじゃわない？」

糸ちゃんは姉さんのパジャマの袖をつかんでいた。一所懸命だった。

「糸ちゃんあんた、じゃあ、うちの犬が夜中に死んじゃうかも知れないと思って、毎晩見にきてたの？」

糸ちゃんはベソをかきかきうなずいた。

俺はグッときた。

「大丈夫よ」と、加代ちゃんが慰める。「うちの犬は死なない。元気な犬だもの」

そこで、俺は久しく忘れていたことをした。まだおっぱいの匂いのぬけ切らない子犬のように、しっぽを振ったのだ。

「ほら、死なないってよ」

加代ちゃんが俺を見てにっこりする。俺が近づいていくと、糸ちゃんは盛大にしゃくりあげながら頭をなでてくれた。

こうして、俺たちは本物の友達になった。「マサ」という名前もつけてもらった。

あれから四年。蓮見事務所にはいろいろなことがあった。たくさんの事件を扱い、調査員の数も増えた。事務所を建て替え、引っ越しを経験した。糸ちゃんは高校生になり、かなり名の知れた美術展のジュニア部門で特選をとって、本格的に絵の勉強を始めた。

そして、何より大きなことは、加代ちゃんが所長の下で女性調査員として働き始め、俺がそのパートナーになったということだ。加代ちゃん、経験は浅いが勘は鋭い。なかなかどうして立派なものである。

さて、ここで話は諸岡進也へと戻る。

彼と蓮見姉妹とのつきあいも、事件を通して生まれたものだった。三カ月ほど前のその事件で、彼は肉親を亡くし、かなり辛《つら》い思いもした。それでつぶれてしまうようなヤワなヤツではないが、なんと言ってもまだガキんちょのことでもあるし、蓮見家の面々は家族同様に彼の面倒をみてきたのだ。

とりわけ、糸ちゃんは彼と気が合ったらしい。彼女の方がひとつ年上なので、まあ弟のようなボーイフレンドのような存在だったわけだ。

そこまでは許す。が、ものには限度というものがある。

俺の怒りを理解していただきたい。そのために、長々と回り道をして昔語りをしてきたのだ。俺にとって蓮見姉妹は宝物のように大切なお嬢さんたちで、俺の夢は、いつの日にか加代ちゃんと糸ちゃんが彼女たちにふさわしい相手とめぐりあい、花嫁衣装を着る姿を見て、彼女たちが手にするブーケの快い香りをかいで、そして彼女たちを嫁がせたあと、所長と一緒にひっそりと男泣きすることなのだ。

俺はそんなに頭の固い方じゃない。少なくとも若者を理解しようと努めてはいる。しかし、ことが蓮見姉妹にかかわるとなると、俺は断然感情的になってしまうのである。

ことわっておくが、糸ちゃんは十七歳である。乙女である。

俺は頭にくる。

諸岡進也の野郎は、俺の糸ちゃんと、こともあろうに朝帰りをやらかしやがったのだ。

2

「誤解だって」と、進也は言う。「潔白だって。信じてよ」

加代ちゃんは、彼から五、六歩離れたところに立って、腕組みしている。二人と二等辺三角形を描くような位置に、糸ちゃんがフロアソファにきちんと膝をそろえて腰かけている。

ここは蓮見家の居間である。三階建ての小さなビルの一階を事務所に、階上を自宅にしてあるのだ。加代ちゃんたちの途切れがちの会話の隙間に、時々、階下で鳴る電話のベルの音が割り込んでくる。それに応対する調査員の声も聞こえる。今日は日曜なのだが、探偵事務所には土日祝日も従業員慰安旅行もないのである。

「お姉ちゃん」糸ちゃんはいささかくたびれている。「何度も説明したじゃない。どうしてわかってくんないのかなあ」

「わたしはわかりました」と、加代ちゃんは言った。「でも、あの説明じゃ、とてもじゃないけどお父さんを納得させることはできないわよ」

「お父さんの方が頭カタイから？」

「いいえ。親だからよ」

進也は片手で髪をかきむしると、さっと立ち上がった。窓のそばに寄り、頭の後ろに両手をあてて大きく伸びをする。

あれ、こいつまた背が伸びたなと、俺は思った。この年頃の男の子というのは、人間離れしたスピードで成長するのだ。進也の寝ているとき、そばに行って耳を澄ませば、みしみしと骨の伸びる音が聞こえるに違いない。

「あーあ」と、彼はあくびをした。「眠てえなあ」

そりゃそうだろうよ。昨夜はロクに寝てねえだろうからな、と俺は思い、それでまた腹が立ってきた。

「お互い様よ」と、加代ちゃんもつられたように小さなあくびをした。彼女も俺も、昨夜はずっと、帰らぬ二人の身を案じて一睡もできなかったのだ。

おまけに、今日もまた蒸し暑い。九月も半ばを過ぎたというのに、夏はまだ未練たらしくこの街にへばりついている。かといって、真夏のように芯から暑いわけではないから、クーラーをつけると今度は効きすぎてしまうというのが、残暑の始末の悪いところだ。

糸ちゃんと進也を連れてここに上がってきたとき、加代ちゃんはまずベランダの窓を開け放した。これは気温のせいだけではなく、話が暑苦しいものになることを予想していたからではあろうが。

「信じてもらえないとなると、あたしたち、どうしようもないわ。だって、嘘なんかついてないんだもん」

糸ちゃんがちょっぴり悲しそうに言った。俺は困る。信じてあげたいのはやまやまなのだがね、糸子ちゃん……。

話は昨夜にさかのぼる。

のんびりした夜だった。このところ、加代ちゃんは比較的手がすいており、昨日も、昼間はある小劇団の芝居を観にいったりしていたくらいだ。以前、そこの主催者がやっかいごとを起こしたとき、加代ちゃんが助けてやったことがあり、以来、公演の度に、律義に招待券を送ってくるのである。

そこへ、電話がかかってきた。加代ちゃんが出た。

声の調子からすると、相手は親しい友達らしい。少しのあいだ早口でやりとりしたあと、

「わかったわ。二十分ぐらいで行けると思う。そこを動いちゃダメよ、いいわね」と言って、電話を切った。それからちょっと、軽く舌打ちしながら電話を見つめていたが、また受話器をとり、ぽんぽんと短縮番号を押した。

「もしもし、マスターですか？　こんばんは、蓮見加代子です」

おや、「ラ・シーナ」にかけているのだと気がついて、俺は起き上がった。「ラ・シーナ」とは、進也がアルバイトをしている小さなスナックの名前である。ここのマスターがなかなかのできぶつで、蓮見家の面々とも親しい。もちろん、俺もマスターが好きだ。で、電話に

向かって尻尾を振った。加代ちゃんが俺を見て笑う。

「ごぶさたばかりですみません。謝りついでにもうひとつ、お忙しいときに申し訳ないんですが、ちょっと進也君をお借りできないでしょうか」

電話を代わったのだろう、加代ちゃんはまた「もしもし？」と言うと、用件を切りだした。

「仕事中にごめんなさいね。お願いがあるの。勝手言って申し訳ないんだけど、これから糸子を迎えに行ってもらえないかな」

加代ちゃんは簡単に説明した。

「あの子、秋の作品展のために、学校の制作室に居残ってるの。家族が迎えに行くという条件で残らせてもらってて――ええ、そうなの。本当はわたしが行くことになってたんだけど、今ね、友達から電話があって。二人でお酒飲んでて、一人がタクシーに乗せてもらえないほどべろんべろんに酔っちゃったんで――ええ、そうなの。いちばん近くにいて車の運転ができるのがわたしだからって、泣きつかれちゃったのよ。ええ、そう――え？　父？　昨日から出張でね。帰るのは明日の昼すぎになるかな――ええ、そう。ごめんね。助かるわ」

というわけで、加代ちゃんは俺を連れて友達を拾いに出た。同じ頃、進也もバイクを出して糸ちゃんの学校に向かった。彼女をタンデム・シートに乗っけるために、予備のヘルメットもひとつ持って。

ここまでは、目に浮かぶ。というのは、こんなふうにして進也に糸ちゃんのお迎えを頼んだことが、以前にも一度あったからなのだ。だからこそ、加代ちゃんも俺も、彼を完璧に信頼できたというわけで――

ところが、十二時半ごろ、酔っ払いを保護して(俺は彼女がシートの上に吐いたらどうしようかとハラハラしどおしだった)家まで送り届けた俺と加代ちゃんが戻ってみると、窓は真っ暗で、糸ちゃんは帰宅していなかった。

「二人で『ラ・シーナ』にいるのかな」と、加代ちゃんは独りごち、またマスターに電話をかけた。

ところが、マスターは二人がこっちにいると思っていた。

それから一時間、加代ちゃんは待った。次の一時間は、学校へ行ってみたり近所を車で走り回ったりした。次の一時間はまた待った。それから、とうとう所長の宿泊先に電話した。

何が恐ろしいと言って、遠く離れた場所で、我が家に変事があったという報《しら》せを聞くことほど恐ろしいものはあるまい。俺は所長の残り少ない髪が真っ白になるのではないかと思った。

「とにかく、朝まで待ちなさい。あわててはいけないよ」というのが所長の指示だった。加代ちゃんは言われたとおりに夜が白むまで待ち続けた。時々、心当たりを探してくれているマスターから電話が入る。が、二人は見つからない。どこにも。

雀たちがにぎやかにさえずり始めるころ、加代ちゃんはもう一度車を出した。学校に向かい、進也の通りそうなルートをゆっくりと流して走りながら、ずっとくちびるを噛《か》んでいた。「事故なら、どこかから連絡があってもよさそうなもんよね？」と、俺につぶやく。そうなのだ。進也は免許証を携帯しているはずだし、糸ちゃんは制服姿なんだから、身元がわからないはずがない。

身元も定かでなくなるようなひどい事故でないかぎり。

加代ちゃんは、学校を中心に同心円を描くようにして、外へ、外へと走って行った。そしてとうとう、住宅地からかなりはずれて、湾岸道路に入るランプの近くで、二人を見つけた。午前五時二十分。

進也も糸ちゃんも、「げっそり」という顔をしていた。二人でバイクを押して、ある建物から出てくるところだった。

その建物の看板は、湾岸道路からもよく見えるように、薄水色の空に向かってそそり立っていた。ネオンは消えていたけれど、明るい色なら全部使ってしまおうという独特の美意識で彩《いろど》られた看板は、一本だけマニキュアを塗った指のように目立った。こう書かれていた。

「ホテル　愛の城」

その瞬間、俺は神様が俺の世界をベタで塗り潰《つぶ》してくれたらと願ったものだよ。

「少なくともオレはさ、加代ちゃん。こんなもってまわった嘘を考えられるほど頭よかないよ」と、進也。

「もってまわった嘘」とは、あのとき加代ちゃんがその場に立ち上がらんばかりにしてクラクションを鳴らし、それに気づいた二人がそろって口をきれいなOの字に開け、しばし茫然としてから、今この時まで、機関銃のような勢いでしゃべってきた「事情の説明」というやつのことである。

昨夜、進也が「ラ・シーナ」を出たのは十一時四十分ごろだったという。五十分過ぎには、糸ちゃんの学校についていた。糸ちゃんを乗せて学校を出たのは十二時ごろ。

進也は、加代ちゃんが何度も車で探し回ったのと同じルートを通って、蓮見家を目指したという。学校を半周して幹線道路に出、五分ほど走ったところで川沿いの一方通行の細い道に折れる。そこはびっしりと建ち並ぶマンションを左手に、低い土手を右手に見て走るところで、電車の一駅分ぐらいそこを直進するとまた幹線道路に出る。そこから蓮見家までは、バイクならもうまばたきする程度の距離しかない。

それが、はるか離れた湾岸道路の方まで行ってしまった理由とは――

「あの一方通行の道でさ、女の子を見かけたんだよ。小学校の高学年か、せいぜい中学の一年てとこだな。あそこに並んでるマンションの裏口から出てきて、路上駐車してた車の方に歩いて行くんだ。それだけならなんてことないんだけどよ――」

その女の子は、車のトランクを開けて、そこに乗りこんだというのである。

「どう考えたっておかしいだろ？　だいいち、危ないぜ。で、オレはその車に並べてバイクを停めて――」

「あたしは、どうしたの？　って聞いたの。でね。女の子が停まってる車のトランクに入りこんだって聞いて――」

二人でバイクを離れ、車に近寄った。トランクの蓋は少し開いていたという。声をかけて、進也はトランクを開けた。すると――

「そしたら、女の子がそこに寝てたんだ、オレを見てびっくりしてた。こっちだってちょっと声が出なくって、やっと『何してんの？』ってきいたら」

女の子は進也に、「パパ！」と言ったという。

「それから？」と、加代ちゃん。

「それっきりさ」進也は両手を広げた。「そこでプッツンだよ。気がついたらあの悪趣味なホテルにいて、隣に糸子が――糸子さんがいたっていうわけ」

じっと見つめる加代ちゃんに、

「言っとくけど、オレは床に寝てたんだぜ。糸子はベッドにいたけど」

そこが自分の防衛線だというように、念を押した。

「起きたときはね」加代ちゃんはあっさり言った。二人は即、抗議した。

「お姉ちゃんてば！」

「加代ちゃん、あのなあ――」

「わかったわかった」加代ちゃんは二人を押しとどめ、額にかかった髪をうるさそうにはらいのけた。

ここまで聞いたかぎりでは、糸ちゃんと進也の言っていることを頭から嘘と決め付けるのは酷ではないか、と思われる方が多いことだろう。供述は具体的であり、不測の事態が発生したことを推測させる事柄に満ちている。その女の子は何者か？　彼女はトランクの中で何をしていたのか？　さらに、「パパ！」とは文字どおり彼女の父親のことであろうか――云々。

ところが、である。

この話、加代ちゃんにも糸ちゃんにも進也にも、そして俺にとってさえ、初めて耳にするものではないのだ。

テレビドラマである。一カ月ほど前になるだろうか、進也が蓮見家に夕飯を食べにきたときに、一緒に観た番組だ。少女の誘拐事件を扱ったもので、なかなか面白く、出来のいいドラマだった。

「久々に手に汗にぎったねえ」と、所長も誉《ほ》めていたほどだ。

その中に、二人が話しているのとそっくりの場面が出てくるのである。少女が自宅から誘拐されるシーン。彼女は車のトランクに押しこめられているが、たまたま通りかかった人が不審を抱いて蓋を開けてくれる。彼女は「助けて！」と叫んで逃げだそうとするが、そこに戻ってきた犯人に阻《はば》まれ、トランクを開けてくれた人と一緒に捕まえられてしまうのである。

少女が「パパ！」と叫んだということを除けば、そっくりと言っていいじゃないでしょうかね。この筋書きなら、「頭よか」なくても言える。

そのことがあるから、加代ちゃんも二人を横目で見ざるをえないでいるのだ。こめかみに片手をあて、頭痛薬でも噛み砕いているかのような顔をして。

「偶然ってことはあるわよ。ホントなんだもの。本当にあのドラマみたいなことが起こったんだもの」

糸ちゃんに訴えかけられて、加代ちゃんは窓の方へ目をそらした。

「二人とも頭よかないということはないと思う」と、ため息をもらす。

「それなりの分別は充分にある人たちだとも思うしね。でも……」

「でも？」

加代ちゃんは腕組みして、二人に向かってにっこり笑った。それが返事よ、という感じに見えた。つまり、(こういうことばっかりはなんとも言えないのよ。それはわたし、よくわかってるから)ということなのだろうと、俺は想像する。

俺はまた別の意味で心がうずくのを感じた。俺の知らない加代ちゃんが、ちらりと顔を見せたからだ。加代ちゃん自身も、たぶん、俺が蓮見家にやっかいになる以前に、こんな問題にぶつかっていたのだろうな、と思う。

「あたし、調べる」

糸ちゃんが出し抜けにそう言って、顔を上げた。

「調べるって、何を？」

「あたしたちが嘘をついてないってこと。ちゃんと証拠をあげてみせるから。そうすれば、お父さんだって安心するんじゃない？　あたしだって、こんな濡れ衣きせられたままじゃヤダもん」

ソファの肘掛に座っていた進也が、鋭く口笛を吹いた。

「それそれ。それだよ」

ようやく、いつものこいつらしい元気が戻ってきた。

「受け身にまわってるとダメだってことだぜ。いっちょうやろうじゃないの、調査をよ。事件の匂いだってするじゃねえの、なあ」

加代ちゃんは二人の顔を見回して、身体の前で腕を組みなおした。この件に関しては、彼女は常に二本の手をもてあましているように見える。しょっちゅう腕組みしたり、髪をなでつけてみたり、意味もなくその辺にあるものを動かしたりしている。そうやって手をふさいでおかないと、目の前の二人の頬をひっぱたいてしまうか頭を撫でてしまうかしてしまいそうで、落ち着かないのかもしれない。

「あなたたち二人でそれを調べるの？」

「うん」糸ちゃんがちらりと進也を見てからうなずく。

「それって——」

「ハジの上塗りだって言いたい？」と進也が口をはさみ、糸ちゃんが狙い過《あやま》たずその顔めがけてクッションをぶっつけた。加代ちゃんは吹き出した。

「恥だとは思わないけど、効果がないとは思うわね」

「じゃ、どうすればいいの？」

加代ちゃんは人差し指を立て、それでくちびると鼻の頭を軽く叩きながら、しばし考えた。やがて言った。

「わたしが、あなたたち二人の弁護人になってあげる。無実の証拠を探す弁護人にね。それならいいでしょ」

糸ちゃんと進也は顔を見合わせた。二人でここにやってきてから、初めてのことだ。それまでは、お互いの顔に見てはいけないものでもついているかのように、つとめて視線をそらしていたのである。

「ホントかよ？」

「ええ、引き受けるわ」

「てことは、金取るの？」

「バカね、これは仕事じゃないんだから、そんな心配はしなくていいわよ」加代ちゃんは笑って、軽く進也の肘をこづいた。

「お姉ちゃん、ありがと」

糸ちゃんがつぶやき、口元をきゅっと下にさげるようにして笑みを浮かべた。俺の大好きな表情だ。

「手伝えることがあったら、何でも言ってくれよ、な？」

進也があっけらかんと言う。ことここに至って、俺はようやく実力行使に出た。わんと吠えると、彼ははじかれたように立ち上がった。

「チェ、相変わらずこいつ、気が荒いぜ。ロートルのくせしてよお」

もとはと言えば、糸ちゃんをきちんとうちまで送り届けるべき役目を負ったおめえがしっかりしとらんかったことが悪いのだ。

「糸子、お父さんにはとりあえずわたしから話しておくからね。ことが解決するまで、あんたはお父さんと直《じか》に話をしなくてもいいわ。余計こんがらがるだけだもの」

進也を家に帰し、加代ちゃんと二人になると、糸ちゃんは急にしょんぼりした。

「お父さん、心配してた？」

「当然よ。当たり前じゃないの。わたしだって生きた心地がしなかったんだから」

「ごめんね」

膝の上に置いた両手を見つめている。加代ちゃんは糸ちゃんの隣に並んで座ると、その肩を抱いた。

「でも、とにかく無事でよかった。まずはそれがいちばんよ。おなかすいたでしょう。何かつくってあげようか。何食べたい？」

糸ちゃんはそれには答えず、姉さんの顔をじっと見上げた。「うちの犬も死んじゃわない？」ときいたときと同じ、真剣そのものの表情だった。

「お姉ちゃん、ホントのところ、どう思ってるの？」

「どうって？」

「あたしが進也とホンモノの朝帰りしたと思う？」

加代ちゃんは糸ちゃんから身体を離し、それから顔を寄せて、答えた。

「わからないわ」

糸ちゃんはソファに寝転んだ。加代ちゃんはそのお尻のあたりをポンと叩いた。

「だけどさ」と、糸ちゃんはクッションに話しかける。「それって、そんなに悪いことかしらね？」

「なんですってぇ？」

大声をあげる加代ちゃんに、起き上がった糸ちゃんは真顔で言った。

「だってさ、いつかはあることじゃない？」

「そりゃそうだけど……」

「お姉ちゃん、いつだった？」

加代ちゃんはちょっと虚をつかれたようで、返事ができなかった。俺は神様に耳をベタで潰してもらいたいと願い始めた。

「そんな話はね」と、加代ちゃん。「あんたとお酒を飲めるようになってからでないとしてあげられない。わかった？」

糸ちゃんは頬をふくらませた。「ケチ」

「糸子、今みたいな話、お父さんの前ではしちゃダメよ。いいわね？」

そうだよ、糸ちゃん。いつの時代でも、父親と飼い犬は保守的な動物なのだ。とりわけ、両方とも年をとってる場合は。

「そうね、弁護人に任せます」と、肩をすぼめる。「でも、お父さん、なんて思うだろうなあ……」

3

所長はなんにも言わなかったので、どう思っているのか俺にはわからなかった。

出張から帰ってきたのは二時すぎのことだ。加代ちゃんはすぐに事情を説明し、これからの予定を話すと、

「とにかく、今は糸子を怒らないでね」と付け加えた。

「わかっとるよ」と、所長はうなずいた。俺が心配していたほど白髪は増えていなかったが、目の下に大きなくまが浮いていた。

「しかし、とりあえず糸子の無事な顔を見ちゃいけないかね？」

お父さんごめんなさい、いやいいんだよ無事ならな、というやりとりのあと、糸ちゃんはまた部屋に引きこもり、所長と加代ちゃんは仕事に戻った。

その夜八時ごろ、バーボンを一本さげて、「ラ・シーナ」のマスターが訪ねてきた。

初めてのことである。当然、例の問題がらみで、マスターも気にしているのだろう。

「うちは今日は定休日ですし、蓮見さんは飲みたい気分なんではないかと思いまして、お邪魔することにしました」

「痛み入ります」

所長は急にじじむさくなってしまって、背中を丸めている。長身でがっちりした体格のマスターと比べてしまうと、可哀相なほどだ。

「糸子さんはどうしておられます？」

居間に落ち着いて加代ちゃんと所長と三人になると、マスターは切りだした。加代ちゃんはちらりと奥に視線をやった。

「ずっと部屋に」と言って、二人の言い分を、二人になりかわって調べることになったと説明する。マスターは笑みくずれた。

「そうでしたか……いや、それなら安心です。調査なら、加代子さんはプロだから」

「今度のこと、マスターはどう思ってらっしゃいます?」

マスターは、加代ちゃんがつくった水割りのグラスを手に、ちょっと考えた。それから落ち着いた口調で言った。

「私は、二人の言っていることは本当だと思っています」

淡い琥珀《こはく》色の液体を一口飲んで、

「二人とも、もし本当にそのつもりがあるなら、もう少しバレにくい嘘をつくでしょう。それに、進也はあれでなかなかロマンチストですから」

言ってから、自分で吹き出した。

「いや、私がこんなことを言ったと知れたら、あいつはカンカンになるでしょうがね」

「ラブホテルなんかには行かないかしら」

加代ちゃんも笑っている。独り、所長だけがバーボンと親密なお友達になっている。マスターは続けた。

「うちの常連客に、かなり大きなラブホテルのチェーン店のオーナーがいましてね。以前、進也にクイズを出したことがあるんですよ。『おまえだって知ってるだろう、ラブホテルってのは、どんなに繁盛してお客が玉突きになってる時でも、次のお客が入ったときには、前のお客の痕跡はあとかたもなくなってる。風呂場には水滴ひとつ残っていない。あれ、どうやって掃除するか知ってるか?』とね」

「シーツで拭くんでしょう?」と加代ちゃんが答えると、所長は突如バーボンとの友好条約を破棄した。

「加代子、なんでおまえがそんなことを知っとるんだね?」

「テレビで観たのよ」

あっさり答え、所長のグラスに角氷をひとつ落とした。

「それで?」

「進也はその答えを知りませんでした。で、そのオーナーが教えると、『ゲエッ』っと言いましたよ。『いくらあとで洗濯するからって言っても、そのシーツ、また使うんだろ? それで掃除するなんて——』」

加代ちゃんがあとを引き取った。「『キッタネエよ』って?」

マスターと加代ちゃんは声をあわせて笑い、所長はバーボンをすする。

「結構デリケートなんだわ」

「まあ、それだけでは証拠になりませんがね」

でも、俺は少しばかり安心した。

「しかし、二人が本当のことを言っているとすると、例のトランクの女の子の件はどういうことになりますかね……私はむしろ、その方が気がかりなんです。酔っ払った大学生のグループならいざ知らず、普通、人をトランクに乗せることはありえませんよ。まして子供をね」

「ええ。でも、その子は自分からトランクの蓋を開けて乗りこんだというでしょう？　遊びのつもりだったんじゃないかしら」

「夜中に？」

加代ちゃんは、手のなかのグラスの氷をチリチリと鳴らしている。

「そうですね……それに、誰にしろその場にいたのはその子だけじゃなかったわけですよね？『パパ！』と呼ばれた人物がいて、その人物が、糸子と進也くんをあのホテルに運んでいった――？」

「そうとしか考えられないですね。二人とも、意識をなくしていたわけでしょう？　相当、こういうことに手慣れた人物だと思うんですよ。ひどいダメージを与えずに、だが確実に生身の人間を気絶させるというのは易しい仕事じゃありません。経験上、そう思います」

俺は、マスターの真っ白なTシャツと、その上に乗っている日焼けした顔をながめた。けっして美男ではないが、いい顔だ。かなりの数の、それも激しい喧嘩沙汰を勝ち越してきて、できあがった顔である。

「よく気をつけてください。実を言うと、今夜はそれを言いたくて来たようなものでして」

加代ちゃんはほほえんで礼を言った。マスターは照れてしまい、グラスを半分ほどぐいと空《あ》けた。

「正直言って、調べるといっても雲をつかむようなものなんです。糸子は進也くんの後ろにいたので、女の子を直接見ているわけじゃないし、進也くんにしても、女の子の顔も車についても、ほとんど覚えてないと言いますしね。『もう一度顔を見れば思い出せるだろうけど、いい、そらでどんな顔だったかなんて、うまく言えねえよ』って。まあ、たいていそんなものなんですけど」

「例のホテルの方はどうです？　まあ、ああいうところはお客の顔を見ないのが商売ですから、あてにはなりませんが、二人を運びこんだ人物を、誰か覚えてないでしょうか」

加代ちゃんはくすくす笑った。

「実は、今日の午後行ってみたんです。ところが全部ダメ。完全自動式で、お客は表示されている空き部屋を選んでお金を入れる。すると使い捨てのカード・キーが出てくるというところなんですね」

「やれやれ」マスターは短く刈った頭をかいた。「世の中、便利になったんだか不便になったんだかわかりませんな」

「ホントに。結局、二人がトランクに乗る女の子を見た、というところからスタートするしかないんです」

「その車の色は？」

「たぶん、白だと思う、と」

「場所はわかるんでしょうか」

「ええ、だいたいのところは」

マスターはグラスを置いた。

「路上駐車していた車でしたね。ですから、確実とは言えないんですが、もしもその車が、そのあたりにあるマンションの住人のものだとしたら、手がかりがあると思います」

加代ちゃんは目を見開いた。所長はと見ると、ソファの背に頭を乗せて半分眠っている。

「あの夜、うちを出て糸子さんを迎えにいく直前まで、進也はニンニクを切ってましてね」

「ニンニク？」

「ええ。宴会の流れのサラリーマンのグループが、スパゲティ・ベルドーラをオーダーしたんです。六人前。それで――」

ここで説明しておくと、「ラ・シーナ」謹製のスパゲティ・ベルドーラというのは、茸《きのこ》や竹の子をどっさり入れて和風の味付けをしたもので、これがすさまじくうまいのだ。加代ちゃんは「ラ・シーナ」に飲みにいくと最後はこれでしめることにしており、当然の権利として、御供の俺もお相伴《しょうばん》したことがある。そして、この味を引き出すコツが、たっぷりのオリーブ油と大量のニンニクにあるということは、以前にマスターが話していた。

「ははあ」と、加代ちゃんはまばたきした。「そうすると、手にニンニクの匂いがついてたわけですね」

「ええ。くさい、くさいと言いながら出かけて行ったんですから。となると、進也が開けたその問題の車のトランクの辺りに、その匂いが残っているかもしれません。我々では無理ですが。彼の鼻なら――」

マスターは俺の頭に手を置いた。そのとおり！

「それともうひとつ」と、マスターは人差し指を立てた。

「加代子さん、誰にしろ我々の探している人物は、まず間違いなくバイクに乗ることができるはずです。進也たちが『ホテル 愛の城』で目を覚ましたとき、バイクもちゃんとそこにあったんですからね」

「ええ、それはわたしも考えて――」

言いさして、加代ちゃんは首をかしげた。

「とっさの場合ですから、バイクの積めるような車を用意してあったとも思えませんし、乗用車で引いていくのも大変でしょう？　ワイヤーやフックがなくちゃできないことだし。でも、バイクに乗れる人物、と限定するのはどうでしょうか。時間はあったわけですから、ホテルまで押していくこともできたんじゃないかしら」

マスターはかぶりを振った。

「加代子さんは単車に乗ったことは?」

「いいえ、全然。触ったこともありません」

「なるほど。だったらそう思うのも無理はありません。でも、たとえば自転車の場合を考えてみてください。一度も乗ったことのない人には、ただ押して歩くだけでも大変ですよ。ましてバイクは重い。素人じゃ、原付だって思うように押しては行けません。まして、進也の愛車は四〇〇ccですから、下手をすればスタンドをはずした途端に下敷きになっちまいます。バイクを動かすことができるのは、たとえ初心者にしても、バイクに乗れる人間だけですよ」

ツーリングを趣味にしており、進也ともバイク仲間を通じて知り合ったマスターの言葉に、加代ちゃんは深くうなずいた。

加代ちゃんが、酔い潰れてしまった所長を階上の寝室まで運びあげるのを手伝ってから、マスターは帰っていった。零時近くになっていた。

所長がこんなに飲むのはめずらしい。やっぱり、子供だ、子供だと思っていた末娘の朝帰り疑惑が、とことんこたえているのだろう。俺はなんだか添い寝してやりたくなった。

加代ちゃんは音をたてないように気をつけて布団を整え、階下のキッチンから水差しとグラスを載せた盆を運んでくると、所長の枕元に置いた。

明かりを消して部屋を出ようとしたとき、くぐもった声で、「加代子」と呼び止められた。

「なあに、お父さん」

加代ちゃんが、そっとしゃがみこんで顔をのぞくと、所長は目を閉じている。そして、つぶやいた。

「おまえ、糸子たちのこと、調べんでいいよ」

加代ちゃんは所長の枕元に正座して、じっとその顔をながめている。しばらくすると、所長は言った。

「糸子だって、もう半分以上大人なんだからな……。進也くんはいい子だし、父さんは——」

「わかった」小さく答えて、加代ちゃんは父親の布団をなおした。「おやすみなさい」

「——いろいろ心配なんだよ、でも」と、所長はもごもご言う。「どんな友達がいるんだろう、とか、糸子は絵描きになりたいらしいが、芸術家ってのは変わり者が多いからな。妙な連中と付き合いが出来ちゃ困るとかな」

「わかったわよ、お父さん」

「——おまえのことだって——父さんの仕事を継いでくれるのはいいが、危ないことだってあるし、ほかの娘さんたちのように楽しく遊べる機会も少ないし——」

「わたしはこの仕事、好きよ」

「おまえだって寂しいんじゃないかとか、つまらない男にひっかかったり、妻子持ちと恋愛しちまったらどうしようとか、父さん心配してるんだ」

蓮見姉妹の母さんは、二人がまだ子供のころに亡くなっている。所長は男手ひとつで娘二人を育ててあげてきたのだ。しかも、世の中の裏面ばかりを見る商売である。日頃は黙っているが、心のなかに溜まっている心配が、バーボンのはからいで外に出てきたのだろう。

「お父さん、わたしも糸子も、お父さんを悲しませるようなことはしない。約束する」

加代ちゃんは、父親の顔をのぞきこむようにして言った。そのまま五分もそうしていたろうか。所長はいびきをかき始めた。琥珀色の霧の彼方で、加代ちゃんの手を引き、糸ちゃんをおぶって動物園に行ったころの夢でも見ているのかもしれない。

4

善は急げ――というか、問題の車の持ち主が洗車をしないうちに、ということで、加代ちゃんと俺は、その夜のうちから調査にとりかかった。

どのみち、あの一方通行の道に路上駐車の車がひしめいているのは、夜間だけなのだ。俺たちは、てくてくと歩いて現場へと向かった。

この辺りに建ち並ぶマンションは、気をそろえたようにみんな下駄《げた》ばき型である。そうしないと駐車場のスペースがとれないからだ。

そのくせ、そうやってこさえた駐車場にも、マンションの入居世帯が持っている自家用車を全部停めることができない。もともと絶対スペースが足らないので、専用駐車場を借りるにもクジ引きだというのだから、呆《あき》れてしまう。

あぶれた入居者は、ではどうするか？　マンションから離れたところに別に駐車場を借りるか、道路に停める、ということにあいなる。公共心というものがあるのなら、前者を選択しそうなものだが、そうすると、いざ車が必要なときに、何ブロックも離れた駐車場までよいしょよいしょと取りにいく羽目になる。毎月の借り賃もバカにならない。

この東京では、公共心より便利さと銭勘定《ぜにかんじょう》が先である。あっぱれな道徳心は電卓に尻《ケツ》をはたかれて群馬県あたりまで飛んでいってしまう。

で、そろって一億円近いマンションに住みながら、車は道端に停める、ということになる。夜間の裏道はそんな車たちのふきだまりである。

そんな次第《しだい》だから、路上駐車されていたとはいえ、問題の車がこの辺のマンションの住人の持ち物である可能性はかなり高いと、俺は思う。だいいち、よそからきた車がこの道に停めようとしたって、車線を完全にふさいでしまわないかぎりは、割り込む隙間がないのだから。

　それにしても、「ニンニクの匂いのする車を探せ」とは。「あぶない刑事《デカ》」にだってなさそうな筋書きである（俺はあのドラマの再放送をよく観ているのだ。糸ちゃんが柴田恭兵《しばたきょうへい》のファンだから）。

　そんなことはどうでもいい、車は見つかったのか、って？

　見つけたとも。ぴかぴかの白いスーパーサルーンをね。


　お次は、持ち主を見つけなければならない。

　そのために加代ちゃんがやったことは、あまり誉められた話ではない。彼女はモンキーレンチをさげて行って、俺の鼻が発見したその車の脇腹に、軽くへこみをこさえたのだ。

　そして翌朝早く、その車の持ち主がサラリーマンだとしたらちょうど出勤時間にあたるような時刻に、また出直して行った。玄関のまわりを掃除している管理人に声をかける。

「すみません。わたし、近所の者なんですけど、昨晩このマンションの裏道を通ったときに、うっかりして駐車してあった車にぶつけちゃったんです。持ち主の方、わかりませんでしょうか」

　管理人はほうきをさげて加代ちゃんについてきた。

「どの車？」

「これなんですけど」

管理人は腰に手をあて、しかめっ面でスーパーサルーンをながめた。

「こりゃ、植草《うえくさ》さんのだねえ」

「こちらにお住まいの方ですか?」

「そうだよ。四〇五号室。連絡してあげようか?」

「お願いします」

管理人は加代ちゃんをひと渡り観察すると、にやにや笑った。

「お嬢さんもバカ正直だねえ。逃げちゃって知らん顔してりゃわかんないのに。あたしだったらそうするね。これ、修理代が高いよ」

ここにも一人、道徳心を新潟あたりまでぶっとばしてしまっているご仁がいたわけだ。

ややあって、管理人は一人の男を連れて戻ってきた。

その男の風采、雰囲気を表現するのに、俺はしばらく考えてしまった。

歳は——五十代の後半というところだろうか。小柄だが、すんなりとした身体つきで、余分な脂肪がついていない。こめかみの辺りの髪の毛が真っ白になっているが、それがまた品のいい感じだった。普段着っぽいスラックスにシャツといういでたちだったので、勤め人ではないのかもしれない。もっとゆったりと、金に金を稼がせて暮らしているタイプの人間のようだ。

ただ、（目が暗いな）という印象は受ける。たとえて言えば——そう、自信を持って買った株がじりじりと値を下げていくのを見守っている投資家のような目である。

「お嬢さん、この人が植草さんですよ」管理人がぶっきらぼうに言う。

植草氏が言葉を発したとき、俺は彼にふさわしい表現を見つけた。

「紳士」である。彼と相対した人間の大多数は、頭の奥の方から埃《ほこり》をはらってこの言葉をひっぱりだしてくるだろう。

申し出どおりなら、一方的に加代ちゃんに非のある状況である。だが植草氏は加代ちゃんを責めず、

「いやいや、こんなところに停めっぱなしにしているこちらも悪いのですよ」と言った。さらに、

「お嬢さんの車は大丈夫だったのですか？　それに、お怪我《けが》は？」とまで言った。

「わたしの方はなんともありませんでした。お気遣いありがとうございます」

「それは良かった」

声優にしたいようないい声である。

「それで、修理代の方は——」

植草氏は笑って首を振った。「結構ですよ。保険がありますし、大したことはなさそうですから」

「でも、それでは……」

「本当にご心配なく。なに、このままにしておいても目立つほどじゃあないし、これに乗るのは私だけですからね」

結局、植草氏の寛大な申し出を受けることにして、加代ちゃんは引き下がった。氏はこちらの身元を尋ねようともしなかった。

彼がいなくなると、管理人が戻ってきた。

「どうだったね、お嬢さん」

加代ちゃんが説明すると、管理人は大げさにびっくりした。

「へえ、さすがに金持ちは違うね。鷹揚《おうよう》なもんだ」

「わたしもびっくりしました。でも、このままじゃあんまり甘えすぎだし、せめて何かお詫びのしるしに持ってこようと思うんですけど、取り次いでいただけます？」

「ああ、いいよ。ことづかってやるよ」

「何がいいかしら。植草さん、お子さんはいらっしゃいます？」

「いんや。あの人は奥さんと二人暮らしだから。その奥さんも入院中だしね」

ほほう。それが、植草氏にあんな暗い目をさせているのだろうか。

「あら。相当お悪いんですか」

「さあねえ。よくは知らないけど、もう長いみたいだよ。なんか持ってくるなら、やっぱりウイスキーかなんかが無難じゃないかねえ」

お嬢さんもとことん人がいいね、という管理人のセリフをあとに、俺たちはその場を離れた。しばらく歩いていくと、その辺のマンションの陰から進也がひょいと頭を出した。

「見た？」と、加代ちゃん。あらかじめ進也に連絡して、こっそりと車の持ち主の顔を確認するように言ってあったのだ。

「見た」

「どう？」

「見覚えねえなァ」

加代ちゃんはため息をついた。「期待はしてなかったけどね」

「ごめんよ」

「いいのよ。それより、あの植草さん、子供さんはいないそうよ」

つまり、トランクの少女に「パパ！」と呼ばれたのは別人ということだ。となると、今度は「あの子は誰だ？」という疑問も持ちあがってくるわけで……

5

それから一週間ほどのあいだ、加代ちゃんは植草氏をマークすることに専念していた。ほかに手がかりがないし、とにかく、氏の生活ぶりを見てみようというわけだ。

よって、昼間の俺は用なしである。残念ながら、まっ昼間の尾行や張り込みに俺がついていったのでは、目立ちすぎてしまう。

俺ももう、いつも元気いっぱいという歳ではないので、家でぶらぶらしていることも、そんなに苦には感じない。だが、今度ばかりは参ってしまった。所長と糸ちゃんがしゃっちょこばって暮らしているからだ。

車が見つかったことで、糸ちゃんと進也の話の一部は裏付けられたわけで、少しはこだわりが解けてもよさそうなものなのだが、そうストレートにいかないところが、年ごろの娘と父親の難しいところなのだろう。重症なのは所長の方で、糸ちゃんのそばを通るときなど、右手と右足を揃って出すような歩き方をしている。

たまらん。こっちまで息がつまってきそうだ。

それで、ちっとばかり歩き回ってみようかな、と思った。植草氏のマンションの辺りを聞き込んでみれば、何か収穫があるかもしれない。

仮に情報を得たとしても、おまえがそれをどうしようというんだい？　と問われるむきがあるかもしれない。それはおっしゃるとおりなのだが、まあいいじゃないか。俺のためにだけしか役に立たない情報でも、知っているのと知らないのとでは、いざというとき格段の差が出てくるのだ。今回のこの件で、「いざ!」というときが訪れそうな予感は——全然しないが、なんにせよ、気晴らしにはなる。

単独で行動するのは、早朝か深夜と決めている。昼日中飼い主も紐も抜きで歩いていると、余計な騒ぎを起こしてしまうことがあるからだ。

家の裏手にある俺専用の出入口から外に出る。街は薄墨色に染まり、東の空だけが、火照《ほて》った頬のような色になっている。今日も暑くなりそうだ。

古い家並みが取り壊されて新しいマンション群が建ち並ぶようになると、街から犬がいなくなる。庭がない。管理規則で禁止されている。こう車が多くっちゃ、散歩させるにも命懸けだ——等々。ぶらぶら歩いていても、めったに仲間と遭遇できないのは寂しいことだ。「でも、室内犬というのがいるじゃないか」と思われますか? あれは犬ではない。玩具《おもちゃ》の一種である。

ようやく、マンションの近くの豆腐《とうふ》屋に一匹、陽気にはねまわっている飼い犬を見つけた。おからで育ててもらってるんじゃないかと思うほど真っ白な毛並みをしており、頭のなかも真っ白だった。時間の無駄である。

二匹目は、質屋の飼い犬だった。細い一方通行の道のはずれ、橋のたもとに小さな看板が出ており、その下にある狭い囲いの中に住んでいる。

「よう、兄弟」と声をかけると、もっそりした毛のかたまりがこっちを向いた。では、あれが頭なのだろう。彼はセントバーナードである。

「おはよう」と、彼は言った。「この辺じゃ見かけない顔だな」

「いつもは、あんたが寝ている時ばっかり歩き回っているのさ」

人間の声に変換すれば、「ほーほーほー」というような声をたてて彼は笑った。かなりのじいさまである。

「わしは居眠りばかりしとるからね」

「俺だって似たようなものさ。あんた、この辺で小さい女の子を見かけたことはないかい？」

「たくさん見かける。うちにも一人いる」

「その女の子、白いスーパーサルーンのトランクに入る癖があるんだが」

じいさまはもさもさの頭をかしげた。「この辺で白いスーパーサルーンに乗っているのは、川っぷちのマンションに住んでいる画廊の主人だけのはずだが」

「こめかみの辺りが真っ白の、品の良い紳士かね？」

「ああ、そうだ。子供がいないので、犬を飼いたいと話していたことがあったな」

植草氏と考えて間違いあるまい。

「その紳士は画廊を経営しているのか？」

「そうらしい。うちの若主人が、持ち込まれた絵の鑑定《かんてい》を頼んだことがあるのだよ。なかなかの目利《めき》きだそうだ」

「彼はどんな人柄かね。金持ちだろうか」

じいさまは、どっしりとした質屋の土蔵を振り返った。「その気になれば、居抜きでここをポンと買えるだけの財産はあるだろう。そうでなきゃ、若主人があんなにぺこぺこするはずがない」

じいさまは、先代の主人の犬なのだろう。若主人には批判的と見える。

「女の子といえば——」じいさまは前脚の上に顎を乗せた。くたびれたのかもしれない。「妙な子がいたことはある。あれはこの辺の学校に通っている子じゃなかったな」

「どう妙なんだね？」

「通りがかりにわしを見つけた。わしは主人にブラシをかけてもらっているところだった。女の子はこう言ったよ。『おじさん、この犬いくら？』。主人は返事ができなんだ」

大きな頭をゆらゆらさせて、

「犬を飼いたい子供はいくらもいるし、うちにきて、子犬が生まれたらちょうだいとねだる子もいる。わしにまだ子犬がこさえられると思っとるところが可愛いじゃないか。だが、真っ先に値段をきいたのは、あとにも先にもあの子だけだ」

「どんな子だった？」

「可愛い顔をしていた。ちょうどその柵から頭が出るくらいの背で、長い髪を頭の後ろで結っていた。左のほっぺたにえくぼがあったな」

「いつごろのことだね」

「もう一カ月は前だろう。あれから、わしは二回ブラシをかけてもらったからね」

じいさまの後ろにある、縁側の方から声がした。

「おばあちゃん、ボケが知らない犬と話してる」

目をやると、小学二、三年生ぐらいの女の子が窓際に立っている。ぱっちりした目をまん丸にして。

「わしの女の子だ」じいさまはうれしそうに言った。

「いい子だね」

「おばあちゃん、早くきてごらんよ。ホントにボケが――」

女の子はパタパタと廊下を駆けていく。じいさまは言った。

「あんたはもう消えた方がよさそうだ。わしは役に立てたかな?」

「そう思う。ありがとう。ところで、あんたは本当にボケという名前なのか?」

「あの子はそう呼んどる」

「俺の昔の仲間には、カシオペアというのがいた」

「死んだらお星さまになれるだろうよ」

加代ちゃんは根気よく調査と張り込みを続け、いくつかの収穫を得ていた。

それによると、植草氏は単なる画廊の経営者にはとどまらず、ほかにホテルも一軒持っているという。「愛の城」のような類のではなくて、那須《なす》高原にある高級リゾートホテルである。ロビーや客室には、植草氏が選んだ絵画やリトグラフが飾ってあるそうだ。

「ピカソの作品も何点か持っていて、その中には『ゲルニカ』の下絵も入っているらしいの。ほら、本制作にかかる前に、いくつか描いてみたものでしょうね。とにかく、植草さんは相当のお金持ちよ」

「だとすると――」糸ちゃんは憂鬱そうに頬杖をつく。「あの女の子がなんのためにトランクに入ったにしろ、ドラマみたいな営利誘拐の線はなさそうね。いったい全体、何やってたんだろ？」

ここ一週間ほど、氏は家にこもりがちの生活をしているという。二日に一度、夫人を見舞いにいくほかには、外出は二度しかしていない。

「仕事はどうしてるんだろ」

「スタッフに任せているようよ。画廊の方をのぞいてみたけど、きびきびしたきれいな女性がいたわ」

二度の外出のうち、一度は銀行へ、一度は郵便局へ行っているという。そ知らぬ顔をしてついていってみると、銀行では、植草氏の顔を見たとたん、奥のデスクから管理職が立ち上がってきて、氏を応接室に案内したそうだ。

「郵便局は?」

「小包みを送ったの。すごく混んでて、宛名を読み取れるほど近くに寄れなかったんだけど、窓口の人に、『局留にするにはこれでいいんでしょうか』ときいていたわ」

氏の周辺には、今のところそれらしい女の子は見当たらない。また、氏はバイクには乗らない。所持している免許は普通乗用車のものだけである。

「ちっとも怪しげな人じゃないわよね。むしろ立派な紳士だわ」

糸ちゃんは首をひねる。やや不満そうでもある。

「でも、たしかに女の子は車のトランクの中にいたのよ。その車が植草さんのものだっていうんなら、あの人、なんかおかしなことがあるはずなのよ」

「そうイライラしないの。調べごとには辛抱が肝心よ」

そう諭《さと》して、加代ちゃんはその夜も出かける支度《したく》をした。

「お姉ちゃん、無理しないでね」

「大丈夫よ。危ないことはないもの」と、笑う。そうだよ糸ちゃん。夜の張り込みには俺もついていってるからね。

「それに、わたしも興味がわいてきたの。なんだか、この件はもうあんたと進也くんだけの問題じゃないような気がしてきたわ」

その勘は当たっていた。

6

零時二十分。

植草氏をマークし始めてから、加代ちゃんは、深夜の張り込みは三時まで、と決めていた。本当なら夜通しついていたいのだが、交替要員がいないのだから仕方がない。三時と決めたのは、植草氏のマンションのすぐ近くにあるタクシー会社が、そのころになると、運転手の交替などで動き始めるということがわかったからである。運ちゃんたちが活動を始めるということは、人目があるということだ。植草氏だってそれはよく承知しているだろうから、何か行動を起こすとしたら、三時以降は避けそうなものだ。

加代ちゃんと俺の乗りこんだ車は、植草氏のマンションの出入口がよく見える位置に停めてあった。路上駐車だが、建築計画書が貼りだされて取り壊しを待つばかりの空き家の前だから、なんとか勘弁してもらえるだろう。

「はあ」

加代ちゃんはあくびをして身体を伸ばし、助手席にいる俺の頭をぽんぽんと軽く叩いた。

妙に空っぽの音がしたような気がするのは、俺も退屈しているからだろうか。

そのとき、植草氏のマンションの正面玄関の扉が、静かに開いた。

とっさに加代ちゃんは姿勢を低くした。夜通しついている門灯の明かりに、植草氏の顔がはっきりとわかる。なんだか人相が悪く見えるのは、黄色い明かりのせいだろうか。

初めて会ったときと同じような、ラフなスタイルをしている。足音がしない。ゴム底の靴を履いているらしい。氏はマンションをぐるりと迂回して、裏手に回った。

どこへ行くのだろう？　ひょっとして、車をとりに行くのだろうか。加代ちゃんは慎重にエンジンをかけ、車を出すと、マンションの前を横切って進んだ。あの一方通行の道のはずれへ先回りするのだ。

ほどなく、真っ白なスーパーサルーンが見えてきた。案の定、植草氏は車でお出かけだ。幹線道路へ出ると、右のウインカーを点滅させて、滑るように曲がる。そしてスピードをあげて走りだした。

加代ちゃんは五つ数えてからそのあとを追った。道がすいている深夜の尾行は難しい。ただ、ほかの車のあいだにまぎれてしまうことはないから、ある程度間隔をおいてついていってもなんとかなる。

コンビニエンス・ストアやレンタルビデオ・ショップのネオンが輝く夜の街を、スーパーサルーンは静かに走っていく。加代ちゃんはかなり気をつかって進み、ときどき脇道にそれては大急ぎで戻ったりしていたが、どうやらそんな用心は無用なようだった。植草氏が何をするつもりにしろ、尾行の心配だけはしていないらしい。車は実に素直に走っていくし、スピードはいつも一定で、交差点はゆっくりと横断していく。

やがて車は町中を出て、大きな橋をひとつ渡り、倉庫や工場が建ち並ぶ辺りへやってきた。この辺りはもう俺の行動範囲ではないので、さっぱり土地鑑がない。ただ、細く開けてある窓から吹き込む風に、かすかに泥と水の匂いが混じっているのは感じられた。

もう少し走ると、窓の外は真っ暗な夜だけになった。首をのばしてみると、どこまでも平たい地面を、低いフェンスが延々と囲っているのが見える。

どうやら、運動場か公園の予定地らしい。フェンスのところどころに看板がかかっている。

加代ちゃんはハンドルを右に切り、前方に見えてきたY字路を、フェンスからそれて幹線道路に戻る方へ走り始めた。植草氏はフェンス沿いにどんどん左へ走っていく。あまり距離が離れないうちに加代ちゃんはまずライトを消し、それから車を停め、俺を連れて降りた。走り去っていくスーパーサルーンのテールライトが赤く見える。そのあとを追って、今度は足で走り始める。

フェンスを左手にしながら進んでいくと、百メートルほど先でスーパーサルーンが停まっているのが見えた。エンジンはかけたまま、植草氏はトランクから何かを取り出している。

——どうやらポリタンクらしい。

加代ちゃんも俺も、あたりを見回した。フェンスの向こう側は広い草っぱらで、左手の奥の方に古いタイヤがピラミッドの形に積み上げてある。植草氏のいる方角には、傾きかかったバラックのような建物がひとつ。

鼻に感じられる風は、じめじめしている。もとは湿地か池だったところを埋め立てた土地なのかもしれない。してみると、あの建物はポンプ小屋だろうか。何にしろ、今は使われていないものだろう。時折、夜風にトタンの屋根があおられて、パシン、パシンという軽い音が聞こえる。

植草氏は、大胆にもポリタンクをフェンスの向こう側に放り投げた。そして、自分はフェンスをよじのぼる。彼の目線が高いところにきたので、加代ちゃんは地面に伏せた。

植草氏は機敏とは言えなかった。フェンスにのぼったはいいが、足場がなくて上でおろおろしている。彼が頭からおっこちてしまったら助けねばなるまい、と思っていると、なんとか無事に反対側へと飛び降りた。衝撃がかかとから頭につーんときたのか、うずくまってしまっている。

「危ないなあ」と、加代ちゃんがつぶやく。「何をするつもりかしら」

ようやく身を起こし、ポリタンクを抱えて歩きだす。足はあのバラックの方へ向いている。車のエンジンはかけっぱなし。ライトもつけっぱなし。素人である。

植草氏はバラックにたどりつき、いったんポリタンクを足元において、入口のドアを開けにかかった。俺の耳に、歪《ゆが》んだドアのきしむ音と、ぱらぱらと錆《さび》の落ちる、金属的なささやきが聞こえた。

ポリタンクを手に、植草氏はバラックのなかに消えた。

俺は呼吸数を数え始めた。自分のではなく、加代ちゃんの。

三十五まで数えたとき、バラックのドアが開いて植草氏が走り出てきた。駆けっこするお子さんのように一所懸命走ってくる。彼がバラックと車とのちょうど中間地点にきたとき、バラックのドアと、羽目板でふさがれていた窓から、ぼん！　という音をたてて炎が吹き出した。

加代ちゃんが立ち上がった。植草氏は疾走している。そのとき、バラックをはさんでちょうど反対側で、カッと眼を見開いたように、ふたつの光が輝いた。別の車がいたのだ。赤いツードアのようだった。はじかれたようにドアが開き、人間が二人飛び出す。男と女。アベックである。男の方がバラックに走りより、ようやくフェンスにたどりついて、再度よじのぼろうと奮闘している植草氏を見つけた。

「おい！　待てよ！」

若い声だった。加代ちゃんはあわててしゃがみこむ。男はどんどん追いついて、チンパンジーのようにフェンスにぶらさがっている植草氏を捕まえた。

「おい、ミキ、一一〇番しろ！　早く早く！　放火魔だ、こいつ！」

呼びかけられた女はツードアの方へ走っていく、彼らが自動車電話を持っているリッチな若者だとすると、パトカーが到着するまで数分しかあるまい。

「マサ、行こう。これじゃどうしようもないわ」

加代ちゃんは俺の首を叩き、俺たちは一緒に自分たちの車の方へと戻った。エンジンをかけて走り去るとき、遠くからサイレンが近づいてくるのを聞いた。振り返ってみると、バラックの炎は静まりかけていた。焼け落ちた羽目板の隙間から、赤い炎がちろちろと、べろべろばあをするように舌を出しているだけだ。

「なんであんなこと、したのかしら」

加代ちゃんは独りごち、ハンドルを軽く叩いて嘆いた。

「それにしても、どうせやるならもうちょっと慎重にすればいいのに、捕まっちゃったら、こっちでこっそり事情を聞いてあげようと思ってもできないじゃない。ねえ?」

植草氏のやらかした放火のニュースは、翌日の朝刊に載った。

焼かれた建物が貴重なものだったり、中から死体が発見されたから、というわけではない。犯人の植草氏が、記事にするだけの面白みのある人物だったからだ。分別盛りの金持ちの男が、深夜こっそり車で出かけていって、公有地にある古いポンプ小屋（だったそうだ）にガソリンをまいて火をつけたというのだから、世間は興味を持つに決まっている。

新聞では詳しいことはわからなかったので、加代ちゃんはその日の午後のテレビに注目していた。ワイドショウ番組である。所長も糸ちゃんも、そして進也もやってきて、そろって画面に見入った。

このニュースは二番目に取り上げられた。植草氏の顔写真もばっちり出たし、問題のポンプ小屋の前にはレポーターが立っている。焼かれても焼かれなくてもたいした変化はなかったんじゃないかと思うような、ペコペコの建物である。

レポーターの報告によると、植草氏は警察で、

「妻の病気は長引いているし、事業もあまり面白くなくなった。何かスッとすることがしたくて、小屋に火をつけた」などと、パトカーを挑発して追跡ごっこをする十代の暴走族みたいなことを述べているらしい。

「どう思う、お姉ちゃん」

「嘘ね」と、加代ちゃんはばっさり言った。

「本人が言ってるように、プッツンして放火したくなったってんじゃない？」と、進也。

「プッツンして放火するなら、近くにゴミ捨て場でもなんでもあるじゃない。なんで一所懸命にフェンスを乗り越えてあんなところまで行かなきゃならないのよ」

「ポンプに恨みでもあったんじゃねェの？　一度吸い込まれたことがあるとかさ」

糸ちゃんが黙って進也の頭を張った。画面では、レポーターがこの公有地の管理責任者か

ら話を聞いている。

「以前から、若い人たちが入りこんでゴミを捨てたりしていくので困っていたんですが――」

「人が出入りできる状態なわけですか？」

「フェンスを乗り越えれば、簡単にできます。中には、車にぶつけられてフェンスが倒れている場所もありますし」

あのアベックは、そこからツードアを乗り入れたのだろう。

「我々としても、まだ造成にもかかっていない場所に、そう厳重な監視をつける必要も感じませんでしたし、そんな予算もありません」

「ポンプ小屋を放置しておいて危険はなかったのですか？」

「中には何も残ってないんですよ。床もはいでしまってあります。浮浪者だって寝たくないでしょう、あんな場所では」

画面が切りかわり、植草氏のマンションが映った。正面玄関で、さっきのレポーターより若い美人がマイクを手にしている。隣に管理人が立っている。またほうきを持っている。この機会に、親会社に自分の働きぶりを見てもらうつもりかもしれない。

管理人が、植草氏はどんな人物か、このところおかしな様子はなかったかなどなど、お定まりの質問に答えているあいだ、カメラが移動して、集まっている野次馬たちを映しだした。ほとんどが主婦ばかりだが、くわえ煙草のタクシーの運転手もいる。カメラはその人たちに迫り、無表情と好奇心がないまぜになった顔を撮っていく。

そのとき、進也が大声をあげた。

「あれ！　あの子だよ！　今の子だ。トランクの女の子がいるぜ！」

「どこ？」

糸ちゃんと所長が乗り出す。だがカメラはもうよそに移動してしまっている。糸ちゃんは苛立った。

「間違いないの？」

「アップで見たんだぜ。行こう、まだいるかもしれない」

糸ちゃんの手を引っ張るようにして立ち上がる。加代ちゃんは座ったまま落ち着いて呼びかけた。

「その子がいても、あれこれ聞いたら駄目よ。話しかけても駄目。身元のわかるようなものをしっかり見つけて、それを覚えて帰ってきてね。それだけよ！」

二人は出ていった。三十分ほどして、ぶつぶつ文句を言い合いながら帰ってきた。

「もう見当たらなかったって。ホントに見間違いじゃなかったの？」糸ちゃんはふくれている。

加代ちゃんはビデオを巻き戻していた。

「念のため、こういうときは録画しておくんだ」と言って、スタートボタンを押す。「もう一度よく見て、指差して教えて」

「ストップ！」の声がかかったとき、画面には少女が一人映っていた。栗色に近い明るい髪を、ポニーテールに結っている。十二歳ぐらいだろうか。

胸もとにブランド・マークの入ったポロシャツを着た、上半身のアップである。その胸はまだぺったんこだが、それなのに、一種独特の「色っぽさ」のある女の子だった。静止画面の中で、彼女はレポーターの顔を見つめている。くちびるの端から舌の先がのぞいている。

彼女の左の頰には、えくぼがあった。

所長が目を細くして乗り出した。

「バッジをしているね」

加代ちゃんはリモコンを操作した。

「これだから、ビデオは多機能のを買っておかないとね」

女の子のポロシャツの胸がアップになる。学校の名札だろうか。校章と、手書きの名前が並んでいる。

「白鳥《しらとり》みずえ」と読めた。

7

学校と名前がわかれば、あとは易しい仕事である。翌日には、彼女の住まいをつきとめることができた。二駅先の街で、彼女は地元の小学校の六年生。

訪ねあてた住まいは、白壁のコンクリート住宅だった。出窓にレースのカーテンが揺れている。ドアは二つ。ひとつには「白鳥和男《かずお》　律子《りつこ》　みずえ」の表札が、もうひとつには「白鳥ハウスキーピングサービス」の看板が出ていた。

俺は知らなかったのだが、「ハウスキーピング」というのは、要するに「掃除代行業」のことだそうだ。事務所や事業所ではなく、一般家庭を掃除するのである。

「流行《はやり》の商売ではあるんだけど」と、加代ちゃん。「白鳥さんのところでは、どうもうまくいってないみたい。やっぱり厳しいのよね。一種の贅沢《ぜいたく》産業だもの。ご主人が二年ほど前に脱サラして開業したんだけど、閑古《かんこ》鳥《どり》が啼《な》いてるらしいわ」

白鳥一家の近所の人たちは、それとなく（実は、白鳥さんのメインバンクから依頼された調査なんですが、などと口実をつけて）水を向けると、加代ちゃんの方がびっくりするくらいどっさりしゃべってくれたそうだ。

「一時はね、日の出の勢いだったんですよ。お客さんがついたとかでね。なんてことないの、ご主人が前に勤めていたハウスキープ用品のレンタル会社から、お得意さんを勝手に引っこ抜いただけのことらしくてね。それがバレてからは、仕事なんかありゃしませんよ。お客が来てる様子なんて、ありゃしないものねえ」

「だいたい見栄っぱりで、人の迷惑なんて考えない人だわね、奥さんもご主人も。時々、えらくちゃらちゃら着飾って出かけていくけど、そんなお金あるのかしら」

「みずえちゃんだって、とっかえひっかえ新品の服着てるでしょう。バーゲン品なんて買ったことないわって自慢してたって、うちの子が言ってたわ」

白鳥家のカーポートには、ミッドナイト・ブルーのセダンが一台と、オフロード用のバイクが一台停めてあった、ということまで確認して、加代ちゃんは帰ってきた。

「考えてみたんだけどね」と切りだすと、所長が先に言った。

「強請《ゆすり》かね？」

加代ちゃんはうなずいた。「ネタはなんだかわからないけど、まずそれに違いないと思うわ。植草さん、何か弱みを握られたのよ。それでお金を払った。銀行からおろして、局留の郵便小包で送ったんでしょう」

「ポンプ小屋の放火は？」

「あそこに、強請のネタにかかわる何かが残っていたんじゃないかしら。あるいは植草さんの取り越し苦労かもしれないけどね。心配で心配で、燃やしに行ったんじゃないかと思うわ。捕まったのは大誤算だったでしょうけど」

「しかし、どうやって確証をつかむね？」

所長に問われて、加代ちゃんは眉根を寄せた。

「あんまりこんなことはしたくないんだけど、仕方ないわ。ミミさんに頼みましょうよ」

ミミさんとは、蓮見事務所の古参の調査員の一人である。嘱託《しょくたく》扱いで、依頼を受けてやってくる。ミミといっても、若い女性ではない。おっさんだ。可愛い愛称がついたのは、彼の専門分野のためである。

ミミさんは盗聴のエキスパートなのだ。

「住宅地だし、近所がうるさそうだし、電話線に細工はできないね。マサを借りてもいいかい？」

カバンひとつさげてやってきたミミさんは、てきぱきと計画をたてた。

俺はまず、ミミさんに連れられて、白鳥家の近所を散歩した。そして、白鳥家のカーポートに躍りこむと、ミッドナイト・ブルーのセダンのルーフに飛び乗り、ボンネットに飛び降りて、足跡をいっぱいくっつけた。ついでにバイクにも爪をかけて、塗装をちょびっと剝《は》がしてやった。

「こいつ、なにがどうしたのか陽気になっちまって」

俺を取り押さえたミミさんは、白鳥家の人たちに平身低頭した。そして翌日、「掃除代にしてください」といくらか包み、菓子折りをさげて再訪した。白鳥夫人は、まあ玄関ではなんですからと奥に通してくれた。

「済んだよ」

蓮見事務所に戻ったミミさんは報告した。

「ダイニングキッチンの食器棚の裏に付けてきた。どれ、テストしてみようかね」

具体的なことを述べている会話をキャッチするまで、加代ちゃんとミミさんは、白鳥家の近所に停めた車のなかで、五日間粘った。車は白鳥家からは見えない位置に停め、その近くの家の家族には、例の（白鳥さんのメインバンクの依頼で）という口実で納得してもらった。車のなかで何をしているか知らないとはいえ、ある家の奥さんは、加代ちゃんたちにコーヒーを差し入れてくれたそうだ。ご近所とは油断のならないものである。

成果を手にして帰ってきた加代ちゃんは、歯痛に襲われたような顔をしていた。

「あの人たち、次の作戦を練ってるわ」

「作戦？　いったい何をやってるの？」

加代ちゃんは身震いした。

「いちばん近い言葉で言えば、美人局《つつもたせ》でしょうねえ……」

8

「今考えてみれば、どうしてあんなことをやろうとしたのか、自分でもわからないのですよ」

植草氏は、テーブルの上に視線を落としたまま、ぽつぽつと語った。

「ラ・シーナ」の店内である。ドアには「本日貸切」の札を出してある。氏を見守っているのは、蓮見家の三人と、マスターと進也。加代ちゃんの足元には俺がいる。

植草氏の隣では、氏を保釈にした弁護士先生が眼鏡を光らせている。アポイントをとったとき、植草氏が「弁護士を同席させたいが――」と言うのに、みんなが賛成したのだ。

植草氏には、蓮見事務所がこの件に関わることになった経過を説明し、白鳥家の盗聴テープも聞いてもらった。弁護士は目をむいたが、植草氏は、重荷を下ろしたような顔で語り始めた。

「みずえちゃんと知り合ったのは、三カ月ほど前のことです。私は一日一度、近所の公園を散歩する習慣がありまして。そのとき、あの子の方から声をかけてきたんです」

「あなたの習慣、調べていたんですよ」と、加代ちゃん。

植草氏は以前に一度、「白鳥ハウスキーピングサービス」に仕事を頼んだことがあるという。それで目をつけられたというわけだ。

「私たち夫婦には、子供がおりません。欲しくて欲しくて、若い頃にはずいぶん病院通いをしたものでした。それでも駄目で——あきらめていたのですが、この歳になって、しかも家内が長患《ながわずら》いでしょう。今さらのように寂しさが骨身にしみていました。家内も、『子供さえいれば、あなただって少しは気がまぎれるでしょうに』と涙ぐむこともあったのです」

俺は、昔俺を世話してくれた監察医の先生を思い出した。先生も奥さんも、同じようなことを言っていたものだ。子供がいれば、ねえ……と。

「そんなときに出会ったみずえちゃんは、私にとってはまるで天使のように思えましたよ。なついてくれて——私に本を読んでくれたり、学校であったことを話してくれたりしました。私には、それが外国の出来事のように思えたものです。あらためて、子育てを経験できなかったことが残念で、残念で」

所長は黙って目を閉じている。

「あの子の笑顔と言ったら、すばらしかった。すぐにうちに遊びにくるようになりましてね。うちにあるものを手にとって、きれいね、きれいね、って。私と一緒にホットケーキを焼いたこともあるんですよ」

さぞ楽しかったことだろう。今でも、それを語る植草氏の口元は、うっすらとほほえんでいる。

「私たちは、最初から『親子ごっこ』をしていたのです。みずえちゃんが言い出しましてね。『わたし、おじさんの子供になってあげる』とね。もちろん、暗くならないうちに帰しましたし、家の近くまで車で送っていったこともあります。そんなことをしているうちに、あの子がおかしなことを言うようになりまして」

(わたし、パパとママのホントの子供じゃないのかもしれない)

「両親がとても冷たいのだというのです。ちっともかまってくれない。わたしなんかいなくなればいいと思ってるんだ。死んでしまいたい——そう言って泣くのです。私は懸命に説得しました。子供を愛さない親などいるものか、とね。でもあの子はきかないのです。私が目を離した隙に、うちのマンションの屋上から飛び降りようとしたことがあるくらいで」

もちろん、ゼスチャーに決まっている。

「私は、みずえちゃんには内緒で彼女の両親に会いにいきました。事情を話すと、一応わかったような顔はしていましたが、どうもあまり真剣に受けとめている様子がないのです。私は困りました。このままでは、みずえちゃんは本当に自殺するか、親元を飛び出してしまうかもしれないと思いました」

植草氏は完全にはめられてしまったのだ。

「そんなとき、みずえちゃんが言ったのです。わたしが本当に一晩姿を消してしまったら、パパとママが心配してくれるかどうか、わかるかもしれないね。そうしてみたらどうかしら、おじさん、とね」

（いつか、テレビで観たの。女の子が誘拐されて、車のトランクに入れられて連れていかれるの。あの真似をしてみたら——）

所長がぴしゃりと額を叩いた。俺もそうしたい気分だった。

「どうりで、ドラマとそっくりだったわけだぜ」と、進也がぼやく。

「もちろん、私は最初、反対しました。そんな真似をしなくたっていい、パパやママはみずえちゃんを心から愛しているんだよ、信じてあげなさい、と。しかしあの子は聞いてくれないのです。そして——」

植草氏は目をあげて、情けなさそうに首を振る。

「とうとう、私はあの子の心をとろかすような笑顔に負けてしまったのです」

計画は単純だった。みずえちゃんは植草氏のマンションにおり、深夜になるのを待って、車のトランクに乗りこむ。

「なにも本当にトランクでなくてもいいと、私は言いました。でも、あの子は、わたしが助手席に乗っていて、もしお巡りさんに呼び止められたりして、おじさんに迷惑がかかるといけないもの、と言ったのです」

やれやれ、これは生まれながらの詐欺師かもしれない。

「あの夜、私はみずえちゃんと一緒に部屋を出ました。ところが、鍵をかけているときに、中で電話が鳴り始めたのです。万が一、家内の病院からの緊急連絡ということもありますから、私は戻って電話に出ました。あの子は先に行って、あとで私が追い付いてみると、一人でトランクに入りこんでいました」

糸ちゃんと進也が行きあわせたのは、そのときだったのだ。夜のことだからと、進也がスピードを落として静かに走っていたとはいえ、近付いてくるバイクの音を気にもしなかったところが、小利口なようでもやっぱり子供だ。

「私はトランクの蓋を閉め、あのポンプ小屋にむかいました。あの場所を指定したのもみずえちゃんだったのです。時々、ひとりぼっちになりたいとき行く場所だと言って。計画では、そこで一晩を過ごし、朝になったら家に帰ることになっていました。両親には、『知らないおじさんに連れていかれた。ずっと一人で放っておかれたので、逃げてきた』と説明することになっていました」

ところが現実には、いざポンプ小屋の中に入った途端、みずえちゃんの父親が乗りこんできた、というわけだ。

「『あんた、うちの娘をどうする気だ！』と怒鳴られて、私はもう動転してしまいました。当のみずえちゃんは、彼にしがみついて『こわい、こわい』と泣いているんです。父親の方は、『娘が帰ってこないので八方手をつくして探していた。ひょっとしたらあんたのところじゃないかと思って行ってみたら、真夜中に車を出して、こんなひと気のない場所にくるじゃないか。トランクから娘をひきずりだして——いったい何をする気だったんだ！』とわめいています。そして、客観的にみたならば、どう考えても相手の言っていることの方がそれらしく聞こえるじゃありませんか」

加代ちゃんは疲れたように額に手を当てた。「誰も、子供が親とぐるになって他人をペテンにかけるとは思いませんものね」

植草氏はうなずいた。

「彼らはいくら要求したんです？」と、弁護士先生がきいた。

「五百万円です。世間体を考えたら安いものだろう、と言われました」

「その金、払ったんだろ？　じゃ、なんでわざわざポンプ小屋に火をつけにいったんだよ？」

植草氏は苦笑した。

「あれは私の臆病心のなせるわざで。『いいな、ここにはあんたの指紋だの髪の毛だのが残ってるんだ。うちが警察に訴え出て調べてもらえば、すぐにあんたのだってわかる。証拠になるんだからな』と言われましてね。彼らが本当に訴え出たならそんな証拠などあってもなくてもたいした差はないし、だいたい訴え出るはずもないのですがね。やはり恐ろしくて——燃やしてしまえば少しは安心できると思ったのです。それで捕まるなんて、輪をかけて馬鹿な話でした」

「そっちの方は、穏便《おんびん》に処理できます」弁護士先生が眼鏡を光らせた。「植草さん、あなたは心神耗弱《しんしんこうじゃく》だったんですよ」

植草氏は気のない様子でうなずいた。

「それで？　あたしたちはその出来事のどこに入るの？」

糸ちゃんがきいた。加代ちゃんが、ため息をひとつ前置きにしてから話しだした。

「あんたたちは、みずえちゃんがトランクに入る現場を目撃した。そのとき、彼女の両親もすぐ近くにいたのよ。様子を見てたんでしょうね」

「間違いなく、みずえちゃんが安全にトランクに入りこむかどうか、確認していたんだろう」所長はつるりと顔を撫でた。「何といっても、親だからねえ。心配だったんだろう」

加代ちゃんはぐったりとうなずいて、続けた。

「ポンプ小屋に行くには自分たちの車を使ったんでしょうけど、あの道は路上駐車の車でいっぱいで、停められなかったんでしょうね。両親は物陰に隠れていた。もちろん、彼らの方はバイクがくることに気がついていたけど、大声でみずえちゃんに警告するわけにはいかない。植草さんに聞こえたらまずいし、ほかにも人がいないとは限らないしね。そうしているうちに――」

「オレがトランクを開けちまった」と、進也。

「そう。で、進退極まった彼らは、進也くんと糸子を殴って気絶させて、その辺の車の陰にひっぱりこんだ。そうそう、父親の和男の方は、柔道の心得があるそうですよ」

「やれやれ」と、マスター。

「バイクもとりあえず、車の陰に移動しておいた。間一髪だったと思うわよ。そこに植草さんがやってきて、あとは計画どおり。といっても、ポンプ小屋をめざして駆け付ける前に、あんたたちをホテルまで運ぶという仕事があったんだけどね」

「なんでラブホテルなんか」

「その辺に放り出しておいたら、あとでまずいことになるかもしれないじゃないの。それにああいうところなら、誰が出入りしたかわからないしね」

「オレのバイクを転がしていったのはどっちだい?」

「免許を持ってるのは、母親の律子の方よ。彼女、オフロードのツーリングに凝ってるらしい。今、女性ライダーはトレンディなんだそうですよ」

「スポーティなご夫婦だこと」と、糸ちゃんが吐き捨てた。

もうたくさんだ、という沈黙が落ちた。

「それで?」と、弁護士先生が口を切る。「これからどうします? どうしようもないでしょうが」

「警察は――」言いかけた糸ちゃんは、弁護士さんの顔を見た。「――ダメに決まってるわよね」

加代ちゃんとマスターが、意味ありげに顔を見合わせた。

「計画を立てたんです」と、彼女はほほえむ。それにあわせて、マスターも白い歯をのぞかせた。

「ひとつ私が囮《おとり》になって、彼らにお灸をすえてやろうと思うんですよ」

「どうやって？」

身を乗り出す一同に、加代ちゃんはにっこりした。

「以前、うちで助けてあげたことのある小劇団が、今、原子力発電所を舞台にしたお芝居をやってるんですけど――」

9

蓮見家の面々にとって、マスターは「過去なき男」だった。

「実は、私には離婚歴がありまして」と言われて、みんな驚いたものだ。

「子供もいます。離れて暮らしていますから、植草さんのおっしゃる寂しさというやつは、よくわかりますよ。他人ごととは思えない」

まず、マスターが客をよそおってハウスキーピングサービスを依頼した。やってきた和男と律子は、マスターが集めている薩摩《さつま》切子《きりこ》のコレクションを見て、よだれを流さんばかりの様子だったそうだ。

「今度のようなことは初めてだとしても、あれは相当人を騙《だま》して儲《もう》けていますね」

思ったとおり、白鳥家はマスターに飛びついてきた。自然に、あくまで自然な感じでみずえちゃんがお知り合いになる。マスターの「孤独」を強調するために、仕掛けの間は進也はアルバイトを休んだ。

みずえちゃんとマスターは仲良くなる……。

あとは予定のコースである。今回の要求は三百万。ただし、薩摩切子のグラスをいくつかよこせと言ってきた。

金の方は、植草氏が提供してくれた。かならず取り返しますからと約束すると、氏は言った。

「戻ってきた金は、私からあなたがたにお支払いする料金ということにして、受け取ってください」

薩摩切子はマスターが都合した。素人目にはわからないが、コレクションとしては二束三文《にそくさんもん》のものをひとセット用意してくれたのだ。

取引は無事終了した。お役御免になったマスターは、

「いやしかし、悪魔的に可愛い子ですよ、あのみずえちゃんというのは」と、汗を拭いていたものだ。

「私は事情を知っているのに、それでもどうかすると、あの子の言うとおりにしてやりたい、あの子に嫌われたくない、という気持ちになってしまう。これじゃあ、植草さんはひとたまりもなかったでしょう。くわばら、くわばら」

「それで、例のことは忘れずに言ってくださいました？」と、加代ちゃん。

「ええ、もちろん」マスターはうなずく。「私には大学病院の放射線科に勤務している弟がいて、彼も子供に恵まれないことを悲しんでいる、とね」

白鳥家に金を渡してからいよいよ大詰の大芝居のときまでに、俺とミミさんはまた彼らを訪問した。

「ちょっと、温泉旅行してきたもので。たいしたもんじゃありませんが」

ミミさんは如才《じょさい》無く温泉饅頭《まんじゅう》など差し出して、コーヒーをふるまわれた。俺は玄関先につながれて待っていた。できるだけ、家に近い場所にいるようにして。

決行の日は、天も味方してくれた。台風が接近してきて、東京は大嵐に見舞われたのだ。

「こんな悪天候をついてやってきたなんて、真実味が増すというものよ。頑張ってね！」

加代ちゃんに檄《げき》をとばされて、小劇団「新人類」の俳優さんたち三人が白鳥家に乗りこんだのは、十月十三日の金曜日。午前零時のことだった。

彼らはそろって、舞台衣装に身を包んでいた。現在上演中の「東京が消えた日」の衣装である。これは原子力発電所で大事故が発生するというぶっそうな芝居で、彼ら三人は、勇敢《ゆうかん》にも防護服に身を固め、ガイガーカウンターを手に隔離地区の汚染度を調べにいく学者さんたちを演じているのだ。

俺は外に停めてあるヴァンの中にいたのだが、彼らの言うべきセリフは暗記していた。

（白鳥さんですね？　我々は内閣調査室直属の原子力特別委員会の調査メンバーです。実は――）

（最近、椎名《しいな》という男と接触をもたれませんでしたか？「ラ・シーナ」というスナックの経営者です。ある？　それで彼から何か受け取りませんでしたか？　それはどこにあります？　どのくらいの期間、ここにあるのですか？）

（ご存じでしたか。そうです。彼には大学の放射線科で働いている弟がいまして――その弟が、特殊倉庫の中からウラニウムのペレットを盗みだしたのですよ。いえ、すぐに捕まったのですが、肝心のウラニウムが消えてしまって……彼は、『兄さんを騙した連中に復讐するために使った』とだけしか言わないのです。我々も困り果てて――彼の兄を問いつめまして）

彼らは緊迫感にあふれたセリフまわしをする。その間中、手にしたガイガーカウンターは、壊れそうなほどの激しさで鳴り続けているのだ――いや、本当は、中に入れてあるカセット・プレイヤーから効果音が流れているだけなんだけどね。

とどめはこれである。

（どうやら、彼らは共謀して、あなたがたにお渡しした品物を入れたカバンのなかに、問題のペレットを忍びこませたらしいのです）

三人とも名演技だった。彼らが顔を寄せあって、（一刻も早く隔離して治療を――）（いや、手遅れだ。それより、こんなことがマスコミにでももれたら大変なことになる。いっそ――）始末してしまった方がいいだろう、なんて言わないうちに、白鳥一家三人は、裏口から着の身着のままですっとんで逃げだしていった。

俺は何をしていたかって？　ちゃんと芝居に一役かっていたのだ。防護服の役者さんが恐い顔をして白鳥一家を連れてきて、

「この犬に見覚えはありませんか？　ある？　そうですか……この犬の飼い主は、今朝《けさ》死亡したのです。我々の病院で……。あなたがたは歳も彼より若いですからね。しかし、本当に気分は悪くありませんか？」

などと嚇《おど》しをかけているあいだ、ヴァンの中に横たわってシートをかぶり、今にも息絶えそうな様子をしていたのだからね。

本物のウラニウムのペレットと同じ屋根の下にいたら、冗談ごとじゃない、一日でそれとわかる。白鳥一家がその「常識」に気がついて戻ってくるまで、さてどのくらいかかるものやら。

小劇団「新人類」の皆さんは、蓮見事務所への借りを返すことができたと喜んでくれた。

「こんなことでいいのなら、いつでもお役に立ちますよ。蓮見さんのおかげで、うちの座長は刑務所送りを免れたんですから」

この作戦のために植草氏が提供してくれた金は、無傷で戻ってきた。それだけでなく、最初に強請とられた五百万円のうち、四百五十万円ぐらいは取り戻すことができた。白鳥家の面々は、この種の〝危ない金〟を、銀行に入れることができず、手元において保管していたのだ。

話し合いの結果、蓮見事務所はその中から、実費と、通常の料金表に従ってはじきだした報酬をちょうだいした。残った金で、植草氏はみんなを食事に招待し、俺には新品の首輪をくれた。ドイツ語で、「もっとも勇敢にして忠実なる友」という言葉が刻んであるのだそうだ。

その週末に、蓮見姉妹は弁当をつくり、所長を連れて動物園に出かけていった。糸ちゃんは張り切っていた。

「お父さん、たまにはいいよォ。キリンさんとか象さんとか見るのもさ」

みんなの留守に、俺は質屋のじいさまを訪ねたが、じいさまが「わしの女の子」と遊んでいたので、そっと引き返してきた。

ほんの少しだが、みずえちゃんの心とろかすような笑みに惑《まど》わされる原因となった、植草氏の寂しさが理解できたような気がした。

最後に、俺はどうしても知りたいことがある。

「新人類」の俳優さんたちは、白鳥家に乗りこんだとき、彼らがテーブルに現金を広げて数えていたと話していた。大方、強請で儲けた金の帳簿でもつけていたのだろう。

俺は知りたい。その時、みずえちゃんも札を数えていたのかどうか。そして彼女が、はたして、指をなめながら数えていたのかどうか。

賭けてもいい。きっとそうしていたはずだ。

誰か教えてはくれないだろうか。いや、気の滅入る話ではあるけれど、興味があるじゃないか。

ねえ?

てのひらの森の下で

I

あるとき、蓮見探偵事務所にやってきたお客の一人が、部屋の隅で丸くなっている俺をちらりと横目で見たあと、所長にこう言ったことがある。

「この犬は毎日散歩させるんでしょう？　散歩させなきゃならない犬を飼うなんて面倒じゃありませんか？」

そのお客は人間の中年の女で、座っている間中、膝の上に抱いたチワワを撫でていた。このチワワのおちびさんは、飼い主に抱かれているというより、飼い主の腕の一部になっていた。ある種の犬族は、退化するとそういう羽目に陥ることがあるのだ。

やっかいなことに、俺には人間の言葉を話すことができない。彼らの言葉を聞き取ることも理解することもできるが、俺の口や舌や喉では人間のあやつる言葉を発音することが不可能なのだ。俺は常々このことに非常な不便を感じているのだが、そのおかげで、このお客は俺からなにも言われないですんだわけだから、人間にはなにが幸いするかわかったもんじゃない。

俺に言わせれば、散歩しない犬は犬ではないのだ。実にわかりやすい。

さて、所長はその質問を黙殺した。その客だって、別に所長の答えを求めて口にしたことではないのだ。

探偵事務所の門を叩いて相談に来る人間たちの大部分は、いつだって自分の質問に自分で答えてばかりいる種族だ。そして、たいていの場合はそれで満足しているのだが、たまには、どうしても他人に自分の答えを確認してもらいたくなることがあるらしい。ところが、長いこと自分の質問に自分で答えてばかりいたので、周囲には答えを確認してくれる仲間がいなくなっている。つまり、無料《ただ》では、という意味だが。

そこで、探偵事務所にやってくる。ある場合には弁護士事務所のこともあるようだ。

この種の人間はまた、非常に時間にだらしない。それもやっぱり、長いこと自分ばっかり相手にしてきたせいだろう。自分はいつだってそこにいて、待たされたって文句も言わないからね。所長と親しい弁護士先生も同じようなことを言って嘆いていたことがあるから、これは俺の思い込みではないはずだ。

こういう種族と違う、本当に調査や訴訟のプロの助けを求めて門を叩いてくる人間たちは、逆に異常なほど早目にやってくる。彼らは追い詰められており、だから文字どおり駆けこんでくるのだ。

俺の名前はマサ。ここ、蓮見探偵事務所の用心犬だ。昔、警察犬として働いていたころの縁で、引退したあとの余生をここで暮らすことになったのだが、正直、現役でいたころより忙しい目にあっている。ちっとも不満ではないが。

なぜなら、俺がコンビを組んでいるのが、加代ちゃん——蓮見加代子嬢だからである。所長の自慢の娘だ。短大を卒業し、この稼業に足を踏み入れて今年で三年目だから、調査員としてはまだ産毛《うぶげ》が生えている。

でも、勘は鋭い。この不思議な「女のカン」は、人間にも俺たち犬族にも共通して存在するもののようだ。

彼女がいつもきちんと束ねている長い髪を、俺は「加代ちゃんのしっぽ」と呼んでいる。とてもきれいなしっぽだ。彼女はデビューしたばかりの若いサラブレッドに似ている。そのひたむきさも、目の輝きも、活動しているときにもっとも美しく見えるところも。

前置きが長くなった。話を始めよう。俺がちゃんと散歩する犬であり、加代ちゃんが時間に几帳面《きちょうめん》であるばっかりに巻きこまれた事件の話だ。

2

俺と加代ちゃんは、一日に一度、いっしょに散歩をする。毎朝六時に起きて、六時十分に事務所を出発する。

俺は一応、革紐でつながれることにしている。本当はそんな必要のないことは、俺にも加代ちゃんにもわかっている。だが、俺の身体がちょっとばかり大きめなのと、中年のわりには足が速いせいで、自由に走っていると、すれ違う新聞配達の子供や早朝出勤のサラリーマンたちを、可哀相なほど怖がらせてしまう場合があるのだ。

人間の設けた分類でいくと、俺はどうやら「ジャーマン・シェパード」というものらしく、これは一般に「獰猛《どうもう》である」ものらしい。

失礼な話だ。人間だって、出身県別に「おおむねケチである」とか「一般に女たらしである」なんて分類されたら腹を立てるだろうに。

俺を見分けるのは簡単だ。背中の黒い毛並みに銀色の剛《こわ》い毛が混じっていて、眉間《みけん》に白い星がある。左の耳の縁がちょっと切れていて、右の前脚に古い傷跡がある。仲間と喧嘩したわけじゃない。弾傷《たまきず》なんだよ。

でもいちばんいいのは、「マサ」と呼んでみてくれることだ。もし、あなたがそう呼びかけた犬が、足を止めて、あなたをびっくりさせない程度の声でひと声吠えてからその場に座ったなら、それが俺だ。あなたがたった今、人ひとりひどいめにあわせてきて血の匂いがぷんぷんしているというのでないかぎり、嚙《か》みついたりしないとお約束する。

さて、事務所を出発した俺と加代ちゃんは、蓮見事務所のある街区をぐるりと回り、まだ車でいっぱいの有料駐車場を二つ通り越して、水上《すいじょう》公園に向かう。

水上公園は、この地区を東西に横切っている運河を埋め立ててつくられたものだ。俺と加代ちゃんはここを往復し、もう一度事務所のまわりを一周して帰り、朝飯にする。

水上公園ができるまでは、ひたすら町内を走っていた。それはそれで土地鑑を養うためにはなったが、アスファルトはあまり走り心地のいいものではない。

それにひきかえ、水上公園のなかに入れば、遊歩道はほとんどが未舗装で、懐かしい土の匂いがしている。植え込みや立木や芝生、花壇、砂場、人工の池、ボート乗り場、噴水、子供たちの水遊び場と、なんでもそろっている。運河も完全に埋め立てられているわけではなく、細い流れが残してあるので、ところどころに釣堀もあるし、散歩していると、柵の向こう側で目をむくようなでっかい魚がジャンプして見せてくれることもある。

そして、何よりもうれしいのは、この中なら、俺も加代ちゃんも堂々と革紐なしでいられるということだ。

元は運河だった場所だから、水上公園に入っていくときは「くだっていく」という感じになる。中を走っていると、周囲にずらりと建ち並んだマンション群に見おろされているようだ。

俺と加代ちゃんは、まず公園の入口で、常連の一人と挨拶《あいさつ》を交わす。定年退職したばかり、という年配の男性で、ひどい汗っかきだ。ふうふう言っている彼とは公園の半ばまでいっしょで、釣り橋のところで別れる。網の目のようになっている運河の流れをそのまま公園にしたものだから、分岐点も脇道もたくさんあるのだ。

　釣り橋から次の分岐点のところまでは、俺と加代ちゃんだけになる。途中にアヒルがたくさん飼われている池があり、俺は毎朝、そこで連中とひと騒ぎしてから加代ちゃんのところに引き返す。加代ちゃんはあまりいい顔をしないが、しょうがないわね、と俺を見ている。

　賭けてもいいが、アヒルたちは俺が来るのを楽しみに待っているのだ。連中、たっぷりエサをもらって狭いところで暮らしているので、慢性的に運動と刺激が不足している。俺は本当に危害を加えるようなことはしないし、連中もちゃんとそれを承知しているのだ。

　俺がアヒルたちと遊び、加代ちゃんが伸びや屈伸運動をしているところを、新聞配達の男の子が通り抜けていく。彼はおねえさんオハヨー、と加代ちゃんに声をかけ、俺に口笛をふいていく。ここを散歩するようになって二年、毎朝すれ違うのだが、いつまでたっても小学生みたいな顔をしている子だ。

　遊歩道に戻ってしばらく行くと、ボート場の方から来る常連とすれ違う。蓮見事務所のある町よりもずっと海よりの、隅田《すみだ》川《がわ》ぞいの釣船屋の飼犬「キヨちゃん」と、彼をひっぱっている釣船屋のあんちゃんが一人。あんちゃんはいつも元気いっぱいで、キヨちゃんはいつも気《き》息《そく》奄々《えんえん》である。もういい年配で、遠っぱしりがきかないのだ。それでもうれしそうにゼイゼイいっているから、幸せなんだろう。一度キヨちゃんの家を訪ねてみたことがあるが、潮風と魚の匂いがいっぱいの、いいところだった。俺も、いつか本当に引退したら、あんなところに引っこんで暮らしてみたいものだ。

キヨちゃんたちと別れると、俺と加代ちゃんはいよいよ折り返し地点にさしかかる。大きくカーブした遊歩道を走っていくと、急に視界が開ける。そこがてのひらの森だ。

といっても、本物の森ではない。左側は運河と、運河をせきとめているコンクリートの壁だし、右側は芝で覆《おお》われたゆるい斜面になっていて、あがりきったところにすずかけの木立が並んでいる。その向こうは一車線・一方通行の公道だ。

なんでここをてのひらの森というのか、俺は知らない。ただ、ここのコンクリートの壁には、人間の手形みたいなものがやたらにたくさんついており、壁の両端に「てのひらの森」と書いたちいさな標識が立てられているのだ。

その標識の手前に、ひとつ、細い脇道がある。毎朝この時刻に、その脇道を走りおりてくる人間の女性が、往路で俺と加代ちゃんと顔を合わす毎朝の常連の、最後の一人だ。

彼女、名前を藤実《ふじみ》咲子《さきこ》さんという。加代ちゃんと同じか、ひょっとすると二、三歳若いくらいの年ごろで、いつも清潔なジョギング・ウエアを着て、長い髪をバンダナで束ねている。

彼女が姿を現わすようになったのは三カ月ほど前からだが、若い女の子どうし、挨拶を交わしたりちょっと話をしたり、だんだん加代ちゃんと親しくなって、このごろでは、俺たちの折り返し地点まで、いっしょに走るようになっていた。

「六時四十五分。毎朝ぴったり正確ですね」

軽く足踏みして俺たちに歩調を合わせながら、彼女は言った。

加代ちゃんはにっこりした。「そうですか？　いつもそれほど時間を気にしてるわけじゃないんだけど」

気にしてなくても、二年間も同じ場所を走っていれば、自然とリズムが決まってくるものだ。

「でも、藤実さんもよく続きますね。わたしは一人じゃとてもジョギングなんかできないな。犬の散歩だと思うからくっついてこられるけれど」

「わたし、座りっきりの仕事なんです。どうしても肩が張ったり腰が痛くなったりするから、できるだけ運動しなくちゃ」

藤実さんは張り切って腕をぐるぐるまわす。この人、身体つきは細いが、なかなか元気な二本足なのだ。ただジョギングするだけでなく、ごていねいに小さな鉄アレイまで持ってきていて、走っている間、それをあげたりさげたりして腕も鍛えているのである。

俺たちと彼女は、ゆっくりとしたペースでてのひらの森に入っていった。

最初に気がついたのは、俺だった。

加代ちゃんたちよりずっと低い位置にある俺の目に、それはすぐに飛び込んできた。俺は足を止め、加代ちゃんの注意を促すためにワンと吠えた。

てのひらの森の真ん中に、人間が一人倒れているのだ。

加代ちゃんも気がついた。藤実さんが「まあ」と言った。俺たちはひとかたまりになって走り寄った。

うつぶせに倒れている。男だ。さほど若くはないが、体格は悪くない。派手な格子縞《こうしじま》の上着にグレーのスラックス。べったりと道路に伏せて、気をつけをするように両手を身体の脇につけている。

そして、後頭部に、赤黒いべとべとしたものがたっぷりとついていた。

加代ちゃんが男のそばに膝をついた。

そのとき、俺はごく小さな物音を聞きつけた。耳を立てる。

どうやら、上の公道の方向から聞こえてくるのだ。車のエンジンをアイドリングさせている音のようだった。

「死んでるの?」

気味悪そうに、男から一メートルほど離れたところからのぞきこむようにして、藤実さんがきいた。

加代ちゃんは男の手首の脈を探っている。手首から手を離すと、ちょっと顔をしかめ、男の首筋に触れてみようと手をのばしかけたが、べとべとに濡れた髪が襟足《えりあし》にくっついているのを見て、やめた。思うに、こういう場合、傷口に近い場所には触らない方がいいと判断したのだろう。

俺はまたしても、人間の言葉をしゃべることのできない不便さを痛感した。俺は目をしばたたき、鼻をふんふんいわせ、加代ちゃんに向けて、疑義を呈するちいさなうなり声をだしてみせた。

この男の頭には傷なんてないよ。

血の匂いがしないのだから。赤黒いべとべとしたものは、加代ちゃんたちの目には血に見えているのだろうけど、血ではない。よく似ているけれど違う。なんだか、染料みたいな匂いだ。

だから、少なくともこの男の後頭部から血は流れていない。これはなんか、悪い冗談じゃないのかと俺は思った。

加代ちゃんは立ち上がった。「脈がないわ。死んでいるようね」

俺は耳を疑った。脈がない？

ホントかね。俺は男をじいっと見つめた。ピクリとも動かない。俺はそろそろとかぎまわり、ほんの少し嚙みついてみようかと考えた。加代ちゃんの声が飛んできた。

「こら、マサ、じっとしてなさい」

俺は悲しげにうなってみせた。加代ちゃんは小首をかしげた。

「どうしたの？　なんだかヘンね」

「ねえ、早く警察に知らせなきゃ」

手で口を覆い、しゃがみこみそうになりながら、藤実さんが早口に言った。ひどくこわばった顔で、まぶたがヒクヒクしている。「わたし、気持ち悪くなりそう」

彼女の様子で、加代ちゃんは決めたらしい。きびきびと言った。

「じゃここで待ってて。わたし、電話を探して一一〇番してくるから」

「いやだわ！」

藤実さんは加代ちゃんに飛びついた。および腰で男の方を見ながら、加代ちゃんの袖を引っ張る。

「こんなところに一人で置いていかないで。いっしょにいくわ」

しかたない、というように、加代ちゃんは俺を振り向いた。

「いいわね、マサ。ここにいてよ」

承知した。

二人が走って行くのを見送って、俺はしゃんと頭を上げ、あたりに気を配ったのち、吠えたてるために胸いっぱいに息を吸い込んだ。これが本当に死体なのか、それとも気絶しているのか。あるいはそのふりをしているのか、ちょっと脅かしてやればすぐにはっきりする。

ところが、俺が吠えたてるより素早く、男は尻に火がついたみたいに跳ね起きると、右手の斜面にむけて逃げ出したのだ。

不意をつかれた俺は吠えながら後を追いかけ、一度は袖口に飛びついて牙《きば》をひっかけた。

男はうろたえて、目が泳いでいる。もう一度飛びつき、地面に引き倒してやろうと身構えたとき、後ろから誰かにいきなりポカンと殴られた。

なんという不覚……。

真っ暗。

一時間ほどして蓮見事務所で目を覚ましたとき、事態は予想通りの方向に進んでいた。今朝《けさ》、てのひらの森から男の死体が忽然《こつぜん》と消え失せた、という騒ぎに。

そうじゃないんだと言っているのに。

3

午後二時近くに、警察での事情聴取を終えた加代ちゃんが帰ってきた。藤実さんもいっしょだった。商売柄、こういうことには免疫のできている加代ちゃんと違って、彼女はまだショックから立ち直っていないように見えた。

加代ちゃんの話を聞いてみると、藤実さんは一一〇番しに走る途中で本当に気分が悪くなってしまって、いつものあの脇道のあたりでしゃがみこみ、結局、加代ちゃんが戻ってくるのを待っていたのだそうだ。

「マサ、大丈夫だった？　頭にコブができているんじゃない？」加代ちゃんはひとしきり俺をさすってくれた。

警官を連れて戻ってきて、男が消えているのと俺がのびているのを発見すると、加代ちゃんはすぐ所長を呼んで、俺を近所の獣医に診《み》せてくれたらしい。獣医が何をしてくれたかわからないが、俺はすっかり元気を取り戻していた。

ただ、猛烈に頭にきていた。いったいなんなんだろう。あの死んだふりの男は。どさくさにまぎれて後ろから俺をぶん殴ったやつもいるのだから、最低でも二本足が二人、今朝のてのひらの森のお芝居に関わっていることになる。

「えらい目にあわれましたな」

藤実さんに椅子を勧めると、所長は慰めるように言った。

「なんだか悪い夢でもみたみたいです」藤実さんはつぶやいた。

「いっしょにお昼でもと思ってお誘いしたの。朝からなにも食べてないでしょう？　うちは本当に個人企業だから、出入りするのは内輪の人間ばっかりだし、遠慮しないでゆっくりしてくださいね。疲れたでしょう」

「すみません」

藤実さんは軽く頭をさげ、めずらしそうに事務所のなかを見回した。

「蓮見さんが探偵事務所で働いていたなんて、びっくりしたわ……。めったにないお仕事でしょう？」

加代ちゃんは、コーヒーをいれながら所長にほほえみかけた。

「気がついたら、うちが探偵事務所をしてたのよね」

「あら」藤実さんは所長を見やった。「お父様なんですか」

「さようです。調査員はほかにもいますが、なかなか人手が足りませんので、娘をかり出すことにしたわけです」

所長は事務所にいるときはちゃんと管理職の格好をして、始終チョッキの裾《すそ》をひっぱっている。

コーヒーの香りがしてきた。カップを揃えて温めている加代ちゃんに、少し困ったようにもじもじしてから、藤実さんは言った。

「ごめんなさい……あの、わたし、コーヒーは苦手で――」

あらあらと、加代ちゃんはあわてた。「こちらこそ。じゃ、紅茶にしましょうか」

藤実さんはまた、すみませんと頭をさげた。所長が電話して、近くの喫茶店からスペシャル・ランチを取り寄せ、みんなで遅い昼飯になった。

「警察じゃあ、どんな感じだったね？」所長がきいた。「おまえと藤実さんの話を信じてくれたように見えたかい？」

「さあねえ」

加代ちゃんは藤実さんと顔を見合わせた。

「半信半疑というか……でも、現実に誰かがマサをのしちゃったことは確かなんだから。公園の周りのマンションを中心に聞き込みを始めるって言ってたわ」

「何か出てくるかしら」藤実さんは不安そうに言った。「何も出てこなくて、わたしたちが嘘をついていると思われたらどうしよう……」

「大丈夫ですよ。警察もそれほど短気じゃないから」

「もしも本気にしてもらえなかったら、うちで調べるもの。わたしはこの目で見てるんですから、とことん調べたいわ」

加代ちゃんが明るく言った。藤実さんはちょっとほほえんだが、それで安心したようには見えなかった。

「どんな男だったんだね？」

「なんとなく、ヤクザっぽい感じがしました」藤実さんが答えた。「服装とか、髪型とか」

「そうね。おまけに、とってもきれいな手をしてた。あれは労働者の手じゃなかったなあ」

と言って加代ちゃんが急に吹き出したので、所長と藤実さんが驚いた。俺は話を聞きながら、この目で見たことを話してやれないじれったさにイジイジしていた。

「ごめんね、別に笑い事じゃないの。ただ、あの男の人、はっきりした手相をもってたなと思ったもんだから」

「おやおや、加代子までかい？　糸子に感化されたかね」

糸ちゃんは、このところ、「手相」とかいう不思議なものに凝っていて、ばかにたくさんの本を買いこんではページのあいだに顔を埋め、誰かしらの手を握っては、ためつすがめつ観察している。

「何度教えられても覚えられないんだけど、この、一番上の線。これが長くて、はっきりしてたわ」

てのひらをながめて、加代ちゃんは言った。藤実さんも、自分のてのひらを見ている。

「一番上のって、この三本あるうちの？」

「そうそう」加代ちゃんは藤実さんのてのひらをのぞいた。「あら、藤実さんも、一番上の線が長いね。なんて言ったっけなあ、この線……」

「感情線よ」

夕方帰ってきた糸ちゃんが、重々しく解答した。

「上から順に感情線、頭脳線、生命線というんだって教えてあげたじゃない」

「ややっこしくて、すぐ忘れちゃうのよ」加代ちゃんは弁解した。「何か意味があるんだっけ？」

「感情線が長い人というのはね、芸術家タイプなのよ。ゲージュツ。わかる？」

「つまりあんたみたいなんだ」加代ちゃんは笑った。糸ちゃんは画家志望なのだ。

「そうでございます。繊細で、美的センスにあふれている」

「わたしの見たあの死体、それほどセンスのいいものを着ていたとは思えなかったけど」

死体じゃなかったんだよ。あいつは自分の二本足で逃げてったんだから。

「それは、そいつがヤクザだったからよ。ハデハデはやっちゃんの制服みたいなもんじゃない」

「ヤクザだったかどうかはっきりしてないのよ。なにせ、消えちゃったんだから」

どうして死体が消えたのだろう——それが、夕刻になって事務所に引き上げてきた調査員たちとの間でも、話題になっていた。

「それはやっぱり、死体がなければ警察だって動きようがないからね。捜査が始まらない。それを狙ったんじゃないのかな」

古参の調査員の一人が意見を述べた。あれが本当に死体だったなら、俺もその意見に賛成だった。

「マサを張り倒しても死体を消したかったところを見ると、殺《や》られた方も前科のある、警察関係の有名人だろうね。マル暴のうちわもめじゃないの？ その場合、被害者を見たらそれだけで、誰がやったか見当がついちまうからね」と、別の調査員。

俺はそれにも賛成だ。あれが本当に死体だったなら。

その夜、夕飯がすんでみんなでのんびりしているとき、また「手相」なるものの話になった。俺にはさっぱり理解できないが、糸ちゃんがあれだけ夢中になっているのだから、なにがし面白いものなのだろう。

人間とは不思議な生き物だ。自分の身体に未来や隠されている性癖や可能性が見えるなんて、どうしたら考えつくものなんだろう。

「感情線の長い人はね、情熱的だという側面もあるんだ。女性だと、典型的な尽くす女。もしくは恋に生きる女でありますよ」糸ちゃんは誇らしげに言った。

「藤実さんも長かったな。わたしはどう?」

加代ちゃんがてのひらを差し出すと、糸ちゃんはピシャリと叩いた。

「ダメ。おねえちゃんには感情線がなーい」

「ひっどーい」加代ちゃんは笑い転げた。

「でもね、ホントにいるんだよ、感情線のない人。ないというより、頭脳線とひとつになっちゃってて、てのひらに線が二本しかないの」

「それは異常なのかい?」

「そうではないけど、めずらしいの。百人に一人ぐらいよ。マスカケとか、ババッカミっていうんだって。天下をとるか、人道にはずれてのたれ死にするか」

「怖いね」

「一説では、豊臣秀吉《とよとみひでよし》もマスカケだったと言われている」と、糸ちゃん。

「御高説、ありがたく拝聴しました」加代ちゃんはペコリと頭を下げた。

その夜、お気に入りのねぐらにひっこんでから、俺は脚をなめた。俺の脚は脚でしかないが、右脚の弾傷のところは、ちょっと違う。弾丸は俺の皮と肉をこそげとっていったかわりに、歴史を刻んで残していった。

してみると、これが俺の手相だろうか。考えているうちに、眠ってしまった。

4

翌朝、俺と加代ちゃんが定例の散歩に出ようとしているところに、警察から電話がかかってきた。加代ちゃんと藤実さんの見た「消えた死体」の——もう、面倒だからひとまずそう呼んでおく——身元がわかりそうだというのである。

「密告電話があったんだって」

急いで支《し》度《たく》しながら、加代ちゃんは所長に説明した。「昨日、てのひらの森から消えた男の死体は、井波洋《いなみひろし》という人のものだって。そのうえ、井波さんの遺留品が捨てられている場所を教えてきて、そこを捜索してみたら、上着や靴や時計が出てきたそうなの。わたしと藤実さんに確認してくれって」

ここから、「消えた死体」事件は動き始めた。加代ちゃんと藤実さんは、発見された遺留品はあの「死体」のものだと確認することができたのだ。だが井波という男の顔写真を見せられても、それがあの「死体」だと断言することはできなかったそうだ。

「だって、顔は見てないんだもの」と、加代ちゃんは言う。

俺は野郎の顔を見ている。はっきり見た。だから、正午のニュースで井波洋の顔写真がアップで映されたとき、「確かに、あいつに間違いない」と思った。言葉でそれを伝えられないのが腹立たしい。

だが、ニュースと加代ちゃんの報告を併《あわ》せ聞いて、井波洋という男のバックグラウンドを知っていくうちに、それも次第《しだい》におさまっていった。

井波洋は、やはり暴力団の一員だった。おもに覚醒剤や大麻の密売ルートに噛んで働いていた若手で、やってることはよくないが頭は切れたらしい。

というのは、彼は組に隠れ、こっそり自分自身の密売ルートをつくり、横流しをして儲《もう》けていたというからだ。

半月ほど前にそれがばれ、以来、彼は追われる身になっていた。ニュースも（ということは警察も）、加代ちゃんも、加代ちゃんの話を聞いた所長も、彼はとうとう追いつめられて追っ手の手にかかったのだろうと解釈している。

「昨日みんなが言ってたとおりね。組と井波がもめていることは、地元警察のマル暴対策班がとっくに知っていることなので、死体を隠さないとすぐにうるさいことになるでしょう。だけど、隠してしまう前にわたしと藤実さんが通りかかっちゃったから、ややこしいことになったのよ」

「肝心の死体がなければ、警察もお前たちの言葉を信じないだろうと考えて、マサをぶん殴って死体を持ち去ったわけか」と、所長。

「密告電話をかけてきたのは、組のなかの対立している派閥《はばつ》じゃないかな。ああいう組織って、アメーバみたいにしょっちゅう分裂してるでしょう」

ははん。俺は密《ひそ》かに納得していた。

井波洋。頭のいいやつだ。やっこさん、てのひらの森で大芝居をうって、自分がもう死んでしまったことにしたのである。死んでしまったなら追われることもない。

だが、遺留品を処分してから警察に密告電話をかけたり、逃げる井波を助けるために俺をぶん殴ったのは誰だろう。麻薬の売人に、こんなとき命を助けてくれるような協力者がいるだろうか。

「それにしても、井波という男、つけ狙われていると承知しながら、なんでこのへんでウロウロしていたんだろうね」所長が首をひねる。

「水上公園のそばのマンションに、孝《たかし》という弟さんが住んでるんですって。高飛びする前に会いに行くつもりだったんじゃないかって、警察では言ってる」

「高飛びの前に会いに行く？　弟のほうは事情を知っていたんだろうかね」

「警察でも、一時は彼を呼び出してかなり厳しく調べたんですって。彼もお兄さんが面倒に巻き込まれていることは知っていたそうよ。追っ手の連中が彼のところにもやって来たことがあって、怖い思いもしたし、心配もしていたところだって」

また、ははん、だ。

弟ときたか。俺を殴ったのはそいつだな。うるわしい兄弟愛じゃないか。ヤクザな兄さんの逃亡を助けるために、弟が大奮闘しちゃったというわけだ。

この大芝居、確実に目撃してくれる人間が必要だった。だから、加代ちゃんと藤実さんが選ばれたのだ。彼女たちは毎朝、ほぼ正確に同じ時刻にてのひらの森を通りかかるからだ。公園のそばのマンションに住んでいる弟の孝なら、それを知る機会があったはずだ。

目に見えるようだ。万が一のために、どこかで様子をうかがって待機していた弟が俺をやっつけてくれたので、「死体」だった井波洋は斜面をかけあがる。そして、すぐスタートできるように準備しておいた車の中で――公道の、あのアイドリングの音だ。ひょっとすると、弟もそこにいたのかもしれない――着替え、見せかけの血をぬぐってさっさと逃げ出したのだ。今ごろは香港《ホンコン》かマニラでアロハシャツでも着て――

アホくさい。痛い目にあった俺だけがまる損である。

ふてくされた俺は、その日一日ゴロゴロと寝てすごした。どのみち、今の加代ちゃんは偽装倒産の疑いのある輸入会社の帳簿調べをしているので、俺の出る幕がないのだ。

「マサ、頭をぶたれて具合悪くなっちゃったの？」

糸ちゃんだけがかまってくれた。

5

翌朝、いつものように水上公園でアヒルたちをキャーキャー言わせていると、自転車の音がして、「おねえさん、オハヨー」の声が聞こえた。

新聞少年である。ただし、今朝はこの勤労少年、口笛をふかず、走り抜けず、ブレーキをかけて加代ちゃんのそばにとまった。

「話を聞きたくてうずうずしてたんだ。ニュースで見ちゃったんですよ。死体を発見したんでしょう？」

加代ちゃんは曖昧《あいまい》に笑った。「そうなの。でも、知ってるでしょうけど、その死体が消えちゃったの」

「ヤクの売人だったんだってね。スゲエ」

ちっともスゲクねえよ。名残惜《なごり》しそうなアヒルたちを残して、俺は遊歩道に戻った。「井波さんて、この先のパークサイド・マンションに住んでる人ですよ」

「僕、あの人知ってんです」と、新聞少年は不正確な日本語をしゃべった。

「それは弟さんの方じゃない？」

「そうそう。弟さんも見たことがありますよ。よく似てるけど、あの洋って売人のほうが、やっぱり迫力のある顔してたな」

「洋本人が、弟さんのマンションにいたことがあるの？」

「うん。一度、夕刊を配達に行ったとき、ちょうど来ていたガスの集金屋さんに金を払ってましたよ。三カ月か四カ月分、滞納してたのを全部清算したんだって」

もっともらしく、腕組みして続ける。「井波さんね、あ、つまりパークサイド・マンションに住んでる井波の弟さんの方ですよ」

「うん、孝さんね」

「そう、孝っていった。なんか、芝居みたいなことやってんですよ。だから金がなくってさぁ。いつもピーピーしてるみたいですよ。それなのに、新聞、三つもとってんだ。なんか、劇評だかを読むのに必要なんだって」

「お金、ないんだ……」加代ちゃんは考えこんだ。

「うん。ときどき、芝居仲間なのかな、大勢泊まりこんでることもあるけど、みんな同じような連中だよ。いろんな店の出前の器が一カ月近くもドアの前にゴロゴロしてて、気の毒みたいですよ。一目で金欠ってわかっちまうもん」

「出前のお皿が長いこと出てると金欠なの？」

「そうですよ。出前する店は、お客が金を払ってくれるまでは器を引き取りませんから。証拠がなくなっちゃうからね」

加代ちゃんの微笑がひと目盛あがった。俺も感心した。人物鑑定の初歩的な知識ではあるが、なかなか、子供の知っていることではない。

「へえ……ところであなた、夕刊の配達もしてるの？」

「うん」

「えらいね」

新聞少年はおおいにテレた。

「面白いからね。いろんな人と知りあいになれるし、地元のことにも詳しくなれる。僕らみたいな新聞関係と、電気とか、ガスの集金や検針の係の人って、けっこう情報を交換してんです。この辺、急に新しいマンションがボコスコできて、人の出入りが多いでしょう。気をつけてないと、未払いのまんま逃げられちゃったりするし、逆に僕の場合なんか、新しい入居者がきた部屋をすぐに知ることができれば、契約がとれるしね。昨日引っ越してきました、っていう家にはね、一度無料で新聞を入れておくんですよ。そうすると、たいていうちでとってくれるようになるんだ」

新聞少年、しっかり社会勉強している。加代ちゃんはにこにこした。

「ふうん……いいことを聞いたわ。あのね、わたし、蓮見加代子っていうの。四丁目の角に蓮見探偵事務所ってあるでしょう？　あそこの娘。何かあったら、わたしにも情報ちょうだいね。いろいろ役に立つと思うから」

「おねえさん、探偵？　へえ、スゲエや」

スゲエだろ。油を売っていた分を取り戻すべくすっとんでいく新聞少年に、俺はエールを送った。未来の日本経済をしょって立ってくれよ。

てのひらの森の手前では、なんだか今日もさえない顔をした藤実さんが、一足先に来て待っていた。

「早いですね。どうかしたの？」

さすがに加代ちゃんは敏感である。すぐ、藤実さんの顔色の悪さを見て取った。

藤実さんはおずおずと切り出した。「例の事件のことなんですけど。あのね、わたし、昨日警察で遺留品を確認したあと、帰り道で偶然、井波洋の弟という人に会ったんです」

加代ちゃんは目を見開いた。「向こうが声をかけてきたの？」

「いいえ。でも、よく似ていたから、もしかと思って——どうしていいかわからなかったんだけど、わたし、自分がお兄さんの死体を見つけた目撃者の一人だと自己紹介して、とっさにおくやみだけは言ったんです。そしたらね、その人、逃げるみたいにして行ってしまったの」

加代ちゃんは両手を組み、じっと藤実さんを見ている。

「その様子が、なんだかとても変だったの。それでわたし――ひょっとしたら、って」

藤実さんは口をつぐむと、察してほしいという目で訴えている。

「ばかばかしいかしら」

加代ちゃんは黙っていた。やがて、ポツリと言った。

「お芝居、か」

「ええ、お芝居。あれは全部お芝居だったんじゃないかしら。だから、死体は消えなきゃならなかったのよ」

そう。お芝居なのだ。藤実さんはなかなか鋭い。俺はそう言ってやりたくて、もう――

「ちょっと、うちの事務所までつきあってくれる？」加代ちゃんは言った。

いっしょに事務所まで戻ると、加代ちゃんはすぐ、所轄警察に電話をかけた。「死体」を発見したとき話した担当刑事を呼び出し、事情を説明する。

「ええ、そうなんです、はい。検査、してみていただけますか？　結果が出るまで待ってます」

「なんの話？」まだ登校前の糸ちゃんが首を突っ込んできた。

「遺留品の血痕鑑定の話」加代ちゃんは短く答えた。

たっぷり二時間、俺たちは待たされた。退屈だったが、この回答いかんでようやく俺も肩の荷がおろせると思うと、わくわくする。

電話が鳴った。加代ちゃんがすぐにとった。

「はい、蓮見です。お待ちしてました……はい。シロ？　つまり、違うんですね？　わかりました」

電話を切ると、全員の顔を見渡した。「井波洋の遺留品からは、血痕が出なかったそうです。かわりに、舞台や映画で小道具として使われる、血液によく似た顔料が検出されたんですって」

所長がツルリと顔をなでた。俺はほうっと耳を垂らした。

「井波の弟、孝さんのマンションに行きましょう。警察も向かってるわ」

6

新聞少年の言っていたとおり、井波孝は典型的な金欠人間だった。パークサイド・マンション自体、「マンション」と称するには犯罪的なしろものだ。

だが、ドアを開けたとき、俺の鼻は、おや、と思うほど上等なコーヒーの香りを感じた。どうやら、孝のコーヒー・ブレイクに押しかけてしまったらしかった。

問い詰めると、彼は案外あっさりと白状した。

「申し訳ありません。兄さんのためにあんな芝居をしたんです」

うつむきがちに淡々としゃべる。復讐《ふくしゅう》の念に燃えていた俺は、気抜けしてきた。

「死体のふりをして、脈をとられたときのために、念を入れて、腋の下にゴルフ・ボールをはさんでいたんです」

そうしておけば、一時的に脈をとめることができる。簡単なトリックだ。

「すべて、僕が一人でやったことです。兄さんは、もうとっくに、一週間も前に海外に逃げているんです」

あれれ？ それは違うじゃないか。違うだろう？ 俺が見たのは確かに井波洋本人だったんだ。あんたは、俺をぶん殴ってやつを逃がす手伝いをしたんじゃないか。

「だから昨日、わたしが誰だかわかると、ひょっとしたら見破られるんじゃないかと思って逃げ出したんですね」

藤実さんが優しく言った。彼女は最初から、ひどく同情的だった。

「手の込んだいたずらをしたもんだ」

ごっつい刑事が、腹立たしそうに言う。

加代ちゃんの電話がなかったら、井波洋の死体が発見されない限り、遺留品の血痕鑑定までしていたかどうか、心もとない気もする。責めるわけではない。警察は忙しいし、暴力団のうちわもめ犯罪は、一般市民を襲った凶悪犯罪とは違って、解決してもさほど手柄にならない傾向がある。それで暴力団を壊滅できるような事件なら、話はまた別なのだが。

「本当にめんぼくありません。ただ、僕は兄さんにはずっと世話になってきたから、困っているのを見てなんとかしてやりたかったんです」

「経済的援助を受けてきた、という意味ですか？　お芝居の勉強をされているそうですね」

加代ちゃんの言葉に、井波は意外そうに目を見張った。

「そうです。戯曲を書いています。仲間たちと劇団も興《おこ》したんですが、赤字続きで……いつも兄さんに頼ってきました」

「ヤクの売人で景気が良かったからな」刑事が言い捨てた。

「しかし、洋さんはとっくに海外に逃げていたのだとすると、なにも今になって、彼が殺されたという芝居などする必要はなかったんじゃありませんか？」

所長は、持ち前の落ち着いた口調で質問した。こういうおとなしい相手に、脅すような口をきいては駄目だと考えているのだろう。

だけどねえ。

俺は上目づかいに孝をながめた。おまえさん、なんだってこんな嘘をついているんだよ？

俺はちゃんと知っているのだ。てのひらの森にいたのは、井波洋本人だった。

そうしゃべって問い詰められないのがもどかしくって仕方ない。

「兄さんが逃げたあとも、組の連中がしつこくここにやってきて、行方を白状しろと責めるんです。僕も恐ろしかったし、とうとう我慢できなくなって、兄さんが殺されてしまったことにすれば、やつらもあきらめるでしょうし、兄さんだってこの先ずっと逃げ回らずにすむでしょう。ほとぼりがさめたら帰ってきて、東京を離れて暮らせばいいんですから」

「うちの犬を殴ったのも、あなたなんですね?」加代ちゃんがきいた。

「すみません。そうです。芝居を続けるためにはどうしても逃げ出さなくちゃならないですから、夢中だったんです」

「素手で?」

「はい。だからひどい怪我《けが》はさせなかったでしょう?」

それから斜面にかけあがり、用意しておいた車で逃げた。着替え、遺留品を隠し、警察に密告電話をかけた。言っていることの筋は通っている。

ただ一つ、それをすべて彼一人でやったというところだけをのぞいては、全部あっている。そこだけが嘘だ。

やってられない。嘘があるのだ。なぜ嘘をつくのかはわからないが、嘘なのだ。とにかくそれに抗議を示したくて、俺はみんなのそばを離れた。

狭い部屋、みんなが集まっている居間兼食堂のようなところを出ると、申し訳程度の台所とバスルーム、トイレ、それにベッドルームがあるだけだ。半分開いているドアから鼻をつっこんでのぞいてみると、ベッドの上には脱ぎ散らした衣類がつみあげてある。

これという目的はないのだが、不信感でいっぱいになっている俺は、孝の私生活に踏み込んでやるつもりで、ふんふんとあちこちかぎまわった。

そうしているうちに、何かひどくツンとするものをかいだ。すると不意に、くしゃみの発《ほっ》作《さ》が襲ってきた。

きまりの悪いのと苦しいのとで、俺は必死でこらえようとした。それなのに、とめようもなくくしゃみが続く。

「マサ、どうしたの。何してるの?」

加代ちゃんがやって来た。俺の頭を抱えてのぞきこむ。

「バカね、何をかいじゃったの?」

ベッドルームから引っ張り出してもらうと、ようやくくしゃみがとまった。ところが、今度は加代ちゃんがいない。

加代ちゃんはベッドルームのドアの内側にはられたポスターを見ていた。俺の位置からではよく見えないが、どうやら、孝の所属している劇団の、団員募集のポスターらしい。

しばらくじっとそれを見つめてから、加代ちゃんは俺を連れてみんなのもとに引き返した。

「ともかく、署まで来てもらわないとな」ごつい刑事が言っている。孝は素直に頭を下げた。

「わかっています。ただ、あの……」

「なんだね？」と、所長。

「みなさんが見える前、ちょうどコーヒーをいれようとしていたところだったんです。インスタントじゃない、本物ですよ。あの……藤実さんと蓮見さんに、嫌な経験をさせたせめてものおわびにコーヒーをごちそうしたいんですけど、いけませんか？　僕は喫茶店で長いことアルバイトしてたもんですから、コーヒーの味には自信があるんです」

刑事はむっつりしている。所長が、いいじゃないですかというように、とりなし顔で見た。

「まあ、いいよ。ごちそうになろうか」

そんな次第で、みんなでコーヒーを飲んだ。くしゃみから立ち直りはしたものの、まだ鼻がムズムズしている俺は、じゃましないように離れていた。それでも、コーヒーのいい香りと、それに混じって、紅茶の香りもした。

「井波さん」カップを手に、加代ちゃんが声をかけた。それまでは、ひどく神妙な顔でコーヒーを飲んでいた加代ちゃんである。

「向こうの壁にポスターがありますね。ごめんなさい、勝手に見て。あれは、劇団の皆さんとてのひらの森で写したものですか？」

「そうです」とたんに生き生きした顔で、孝は答えた。「僕たち、てのひらの森ができたとき、みんなで行って手形を押してきたんですよ。それぞれ自分の手形の下にサインまでして。スターになった気分でした」

「何の話です?」刑事は不機嫌そうにきいた。

「例の現場です。あそこがてのひらの森と呼ばれているのは、水上公園ができたとき、あのコンクリートの壁にみんなで手形を押して記念に残そうという運動があったからなんですよ。区役所でパンフレットを配って呼びかけたんです」加代ちゃんが説明した。

あのたくさんの手形はそれだったのか。俺と同じく初耳だったらしい刑事は、面白くもなさそうに「ふん」と言った。


井波孝が刑事に連れていかれ、藤実さんとも別れて俺たちだけになったとき、加代ちゃんはぽつりとつぶやいた。

「お父さん、ちょっとつきあってくれるかな」

「いいとも、なんだね?」

「すごくとっぴな話だけれど、確かめてみる価値はあると思うの」

しばらく考えたあと、所長は言った。「コーヒーと紅茶かね?」

加代ちゃんはしっかりとうなずいた。「お父さんも気がついた?」

「うむ」所長はチョッキをひっぱった。「井波孝の現在の勤め先、聞いておいたよ。地元のディスカウント・ショップだ。順番としてはそこから当たってみるのがいいと思う」

なんだなんだ？　ということで、俺もついて行った。

7

「とても急な話ですし、不躾《ぶしつけ》であることも承知しています。でも、どうしてもお答えいただきたいんです。秘密は守ります」

説明する加代ちゃんを、ディスカウント・ショップ「両国屋《りょうごくや》」の店長は、平べったい顔でながめている。

「はあ、探偵事務所さんにお話しすることなどないと思いますが」

「今週の月曜、こちらの従業員である井波孝さんのお兄さんの、死体が発見されたことはご存じですか？」

「承知しています。ただ、その死体が消えてしまったとか」

「はい。それはともかくとして、問題はその時刻なんです。早朝の、六時四十五分ごろでした。その時刻の近辺に、こちらで、内部の人間の犯行としか思えないような盗難事件がありませんでしたか？」

店長は口をつぐみ、真っ赤になり、それからゆっくりと蒼白になった。

所長がたたみこんだ。

「こちらはディスカウント・ショップ。でも、ちょっと悪い言い方をすればバッタ屋さんですな。常に多額の現金を手元においておかれるはずだ。盗《と》られたものはそれですか?」

店長はぐっとこらえ、顔色とちぐはぐなとぼけた声を出した。

「なぜお答えしなければならないのですかな」

加代ちゃんはため息をついた。「強制はしません。ただ、答えていただければ、そのお金を取り戻すお手伝いをすることができるかもしれないんです」

店長は土俵ぎわで念を押した。「他言しないという約束は守ってもらいますよ」

「絶対に」加代ちゃんと所長は請け合った。店長は観念《かんねん》したようにうなずいた。

「おっしゃるとおりです。事務室の金庫に入れておいた五千万円、全額やられました」

「警察にはお届けになっていない?」

「届けていません。なぜならその金は、わたしどもが税務署に公開している帳簿上では、ここにあるはずのない金だからです」

「なるほど」

「警備員を一人置いてあるんですが、朝の六時半、夜が明けてあと一息で警備も終わり、という気の緩《ゆる》んでいる時間帯です。犯人は一人だったそうですが、いきなり目つぶしのスプレーをかけられて、どうすることもできなかったと話しています」

「目つぶし？　どんなものですか？」

「ひどい話ですよ。うちで扱っている護身用の催涙《さいるい》スプレーなんです。長時間効き目があるものではありませんが、とっさに相手の抵抗力を奪うだけの威力は充分にあります。警備員もそれにやられて、目隠しとさるぐつわをかまされてしばりあげられ、犯人が悠々とうちの金庫を開けているあいだ、トイレに押し込められていたそうです」

「金庫はちゃんと開けられていたんですか？　破られたのではなく」と、所長。

「そうです。だから内部の者が怪しいのです。ダイヤルの合わせ番号を知り、合鍵《あいかぎ》を作るチャンスのある人間は、外部にはいません。内部でも、片手で数えるほどでしょう。今、一人ずつ厳しく問い詰めているところです」

「そのなかに、井波孝さんは含まれていますか」

「含まれています。非常に怪しい。金に困っていますからね。実直そうな男ですから、まさかと思っていたのですが」

「彼、アリバイが成立しますよ」加代ちゃんが言った。「明日あたり、新聞にも載ると思います。彼、ここの金庫が荒らされていた時刻には、車で二十分もかかる場所であることをしていたんです」

「それは――」店長が絶句した。

「というか、そういうことになっているんです。店長さん、その催涙スプレー、匂いはかなり強いものですか?」

「はい。ひどい匂いがします。ツンツンするというか。それで涙が出るのですから」

「衣類についたら、しばらくはとれませんか?」

店長は首をひねった。「それはどうですかなあ。しかし、たとえばこちらにいる犬の鼻だったら、かぎ分けられるかもしれませんよ」と、俺をさした。

「そのスプレー、見せていただけませんか」

もちろん、俺もそのつもりだった。加代ちゃんの考えていることが、俺にもおぼろげに見えてきた。そしてそれは、事実俺の体験とも一致するのだ。

店長がスプレーを持ってきて、空にむけてシュッとひと吹きした。とたんに、俺はくしゃみの発作を起こした。

「やっぱりね」加代ちゃんがつぶやいた。

8

「問題は決め手よ」

その夜、蓮見家の食堂で、所長と糸ちゃんを前に加代ちゃんは説明した。俺は彼女の足元に丸くなって、聞き耳を立てていた。

「あの場に倒れていたのは、孝の証言とは逆に、やはり本物の井波洋だったということをどうやって証明するかだわ」

そのとおり。俺がしゃべれたら万事解決するのに。

「井波洋本人をひっぱってくるわけにもいくまいしね」所長が言った。

糸ちゃんの不満そうな声が聞こえた。

「あたしには何がなんだかわかんないわ。順序よく解説してよ」

「あのね。事実はこうなの。あの朝、現場で死体のふりをしていたのは、やっぱり井波洋本人だったのよ。わたしと藤実さんが一一〇番するためにいなくなったあと、彼は立ち上がって逃げ出した。事前に用意しておいた車を使ってね」

「だけど、それには協力者が必要だったわけでしょ？　彼を着替えさせて、着ていたものを、遺留品としてあとで発見させるために預かって、保管して——」

「しかも、現場に残っていたマサから、井波洋を解放してやらなくちゃならなかった」

「そうよ。それをやったのは誰？　それが孝さんだったの？」

加代ちゃんはきっぱりと断言した。

「いいえ。藤実さんよ」

俺は起き上がった。所長が俺の首をなでてくれた。

「だけど彼女はおねえちゃんといっしょだったんでしょう」

「途中まではね。彼女、気分が悪いといって、脇道まで来たところでしゃがみこんじゃったのよ。わたしは彼女を置いて走っていった。それを見届けて、彼女、洋のところに走って戻ったの。マサが残っていることを承知していたから」

「それでマサを殴ったの？　女の人が？　ウソよ。できっこないわよ。マサはそんなにやわじゃないもん」

やっとこさ、俺は気がついた。藤実さんの持っていた鉄アレイだ。

加代ちゃんも同じことを言って、続けた。「最初におかしいと思ったのは、孝さんが、あの場を逃げ出すために『素手で』マサを殴ったと言ったときなの。そんなこと、ありっこないもの。いくら歳をとってると言っても、マサはちゃんと訓練を受けた警察犬だったのよ。ずぶの素人に、素手で殴り倒されたりしないわ。それに考えてみると、てのひらの森のあたりには、とっさに武器になるようなものは何もないのよ。杭《くい》も石ころも、棒切れも。事前に何か用意してこない限り、何もないわ」

鉄アレイ。俺、あんなもので殴られたのか。思い出すと、頭がガンガンした。

糸ちゃんが大きくため息をついた。「うん、そこまではわかった。じゃ、孝さんはどうしたの？　彼はその間どこにいたんだろ？」

「勤め先の金庫を荒らしていたんだよ」所長が答えた。

「そうよ。だからこそ今日、遺留品の血痕鑑定からお芝居がばれたとき、てのひらの森でのできごとは、全部自分一人でやったお芝居だ、なんて嘘をついたの。あれはね、井波洋の追っ手をあきらめさせるためのお芝居であるのと同時に、五千万円を盗んでいた孝さんの、アリバイをつくるためのお芝居でもあったわけよ」

糸ちゃんが、男の子のようにうまく口笛を鳴らした。

「なるほど……一石二鳥、うまく考えたね。つまり、すべて最初から、バレることを前提にしたというか、バレさせるために仕組んだことだったんだ」

「そう。警察の手で一つの嘘がバレて、その嘘がバレた結果成立したアリバイだったら、誰にも動かしようがないじゃない。今朝、藤実さんがわたしに言った、孝さんと会ったときの態度が怪しくてどうのこうのというのも、みんな作り話よ。あれはね、警察がなかなか彼らの嘘を見抜いてくれないから、わたしを通してちょっとつついてみようとしたのよ」

「まったくの偶然だが、うちは探偵事務所だったからな」

死体発見と消失の騒ぎのあった日、事務所にやって来た藤実さんがひどく不安そうに見えたのも、そのためだったのだ。単なる目撃者として利用しようと思っていた相手が、探偵事務所の人間だった。どうしよう……と思ったのだろう。

彼女が疲れ切っていたのも、大芝居のあとだったから当然なのだ。しかも、俺のような獰猛な犬とわたりあった後である。

まったくの話、これはすべて、俺と加代ちゃんが毎日規則正しく散歩をして、ほぼ一定の時刻にてのひらの森を通りかかることを知っていた人間にこそ、仕組むことのできたお芝居だった。

「どうしてわかったの？　何が手がかりになったの？」と、糸ちゃん。俺もそれが知りたい。

「気がついたのは、今日になってよ。孝さんのマンションでね、わたしたち全員、彼にコーヒーをごちそうになったの。ところが、藤実さん一人にだけ、彼は紅茶を出した。藤実さん、コーヒーが嫌いなの。うちではははっきりそう言っていたわ」

孝の部屋でかいだ、コーヒーと紅茶の香りだ。俺は首を縮めた。あのとき、俺だって気がついてしかるべきだったのだ。

「あの二人、彼らの言葉を信じるなら、顔をあわせるのは二度目のはずだったのよ。しかも最初のときは、孝の方で逃げるように去っていった、ということになっている。そんなとき、コーヒーが嫌いで紅茶党です、なんて話をするわけがない。それなのに、孝さんはちゃんと彼女の好みを知っていた。そのとき思ったの。この二人、ずっと以前からの知りあいなんじゃないかな、って。彼女が一枚噛んでいるとなると、さっきも言ったように、マサがあっさり殴り倒されたことも説明がついてくるし」

俺はまた丸くなり、ひとつひとつ整理しながら話の続きを聞いた。

「そうだとすると、じゃなぜ隠しているんだろう、ということになる。なんのために隠しているのか……。考えていくと、今度の事件、全部藤実さんの動きにそって流れているのよ。わたしがマサだけを残して現場を離れたのは、彼女にせがまれたから。警察に頼んで血痕鑑定をしてもらったのも、彼女の言葉がきっかけ。ね？　彼女、わたしたちを誘導してきた。なんのためかしら。ただ単に、井波洋を助けるためのお芝居にしては手が込みすぎているし、だいいち、洋のためだけのお芝居だったら、そもそもバラす必要がないわけよ。むしろ、バレたら困る。それなのに、現実の藤実さんは、わざわざバラそうとしてた」

「そこで、考えてみた」所長があとを引き取った。

「この芝居にはもう一つ裏があって、この芝居を利用して、孝と彼女とでなにかやろうとしているのではないか、とねえ」

「それがアリバイづくりだったわけね」

「孝さんの周辺で盗難事件が起こっているかもしれないというのは、ヤマカンだったのよ。だけど、お金に困っている彼のことだから、勤め先が、常に現金のうなっているディスカウント・ショップだというだけで――」

「プンプン匂うわよ」糸ちゃんがうれしそうに言った。

「それと、あとはマサのくしゃみのおかげ」

加代ちゃんがそのくだりを話すと、糸ちゃんは大喜びで俺をぎゅっと抱きしめてくれた。

「孝さんとしては、店長が警察に届け出ないこともちゃんと計算してあったんでしょうね」

「そうね。もし警察に届け出て、同じ日に別々の場所で起きている事件に兄弟それぞれの名前があがっていたら、警察だって無関心ではいないもの」

所長は拍手した。「すばらしい。で、これからどうするね？　これまで話してきたことをどうやって証明する？　言っておくが、コーヒーと紅茶の件は、ただの偶然だとか、藤実さんがこっそり話したとか、いくらでも言い抜けできることだよ」

「そうだよね」糸ちゃんが元気なく言った。

しばらく黙りこんだあと、加代ちゃんが慎重に言い出した。

「あのねえ、糸子。あんたの好きな手相。あれでなんとかならないかなって、考えているんだけど」


翌朝、いつものように藤実さんと出会うと、加代ちゃんは笑って手を振った。

「昨日はお疲れさま。今日は少し、歩かない？」

けげんそうな顔でついてくる藤実さんを、加代ちゃんはてのひらの森の手形で埋まった壁の前まで連れて行った。

「これ、見たことありますか」手形をさす。「このなかに、劇団の人たちのとまじって、井波孝さんの手形もあるのよ。どれだかわかる？」

藤実さんは首を横に振った。加代ちゃんは静かに続けた。

「ディスカウント・ショップ『両国屋』の店長さんは、お金さえ戻ればことを荒だてないって言ってるわ」

藤実さんはびくっとして目を見張った。

「自己都合の退職扱いにして、ちゃんとお給料も払う。このことは誰にも話さないって。いい条件じゃない？　この条件で手を打たないと、孝さん、これからはお兄さんのように追われる身になってしまうと思うわ。ディスカウント・ショップ——ようするにバッタ屋さんて、気の荒い人が多いらしいの。ただではおかないって、いきまいてる」

ぐっとくちびるを嚙み、藤実さんは顎を上げた。

「なんの話だかさっぱりわかりません」

「わかっているはずよ。あの日、現場で倒れていたのは孝さんじゃない。やっぱり井波洋本人だったのよ。そして、すべてあなたと孝さんで考えて実行したお芝居なのよね」

昨夜《ゆうべ》の話をもう一度ていねいに語って聞かせると、次第に藤実さんの肩が落ちていった。

「そんなの、デタラメ。つくり話よ。誰も信じないわ」彼女は気丈に言った。

「これだけではね。でも、ここに証拠があるの」

加代ちゃんは壁の手形を指さした。「見てごらんなさい、孝さんの手形。下にサインがあるからすぐわかるわ。ね、てのひらに、二本しか線がないでしょう」

藤実さんはじっくりと手形に見入り、自分のてのひらと見比べ、加代ちゃんを見あげた。

「普通の人は、あなたやわたしみたいに、誰でもてのひらに三本線があるのよ。感情線、頭脳線、生命線。だけど、孝さんは違う。感情線と頭脳線がいっしょになっていて、てのひらに二本しか線がないの。マスカケっていうんですって。百人に一人の手相だそうよ」

藤実さんは立ちすくんでいる。今日も律義に持っていた小さな鉄アレイを、初めて、彼女の手には余る重いものだというように、足元に置いた。

「ゆうべね、何か決め手になるものはないか、井波洋と孝さんのどちらかの手に、なにか決定的な特徴でもありはしないかと思って、ここに来てみたの。だけど、びっくりしたわ。これほどはっきりした違いって、ないもの」

加代ちゃんは寂しく微笑んだ。「ごめんなさいね。あの日、わたしが手首をとって脈を見た男の手には、ちゃんと三本の線があったわ。見間違えようがなかった。そのことなら、あなたも知っているはずよ。わたし、あの日言ったものね。あの倒れていた男の人は、一番上の線が長い手をしていた、って」

長いこと、沈黙がおりていた。俺はリズミカルにしっぽで地面を叩き、待っていた。

「警察に知らせる?」

小さく、藤実さんがきいた。加代ちゃんはかぶりを振った。

「それじゃ『両国屋』の店長さんとの約束を破ることになるもの」

手形でいっぱいの壁に向き合い、俺たちに背を向けて、藤実さんは言った。

「孝さんに話してみるわ」

「説得してね」

「やってみる」

加代ちゃんはにっこりして、俺をつないだ革紐を手にした。

「あのね、手相に凝っているわたしの妹の話だと、マスカケという手相の人は、大物になる可能性があるんだって。孝さん、劇作家として大成するかもしれないわ」

藤実さんは動かない。

「そういう未来のためにも、今ここで安易な方向に走っちゃ駄目だと思うな。お金がないのは辛《つら》いと思うけど、二人で頑張ってみて」

歩き出すと、藤実さんの声が追いかけてきた。

「わたしに彼を説得しきれると思う？」

加代ちゃんは振り向いて大きくうなずいた。

「絶対に大丈夫。できるわ」

「どうして？」

「あなた、感情線が長いでしょ？　情熱的な『尽くす女』の証拠だって。これも妹の説よ。今、どうすることが孝さんに尽くすことだかわかっているでしょ？　だったら、できるはずよ」

俺たちは事務所への道を走り始めた。

殴られてからずっと、俺は、事件が解決したら、俺をのしてくれた犯人にはぜひお返しをしたいものだと考えてきた。でも、相手が藤実さんだ。やめておくことにする。

俺は紳士だから。

白い騎士は歌う

I

陽《ひ》が照れば、影が落ちる。

それは人間でも、ほかの動物たちでも同じことだ。その影は等身大で、どこに行ってもついてくる。

だが、それとはまた別の影を、お供のように引き連れている人間達がいる。

それが、探偵事務所を訪れる依頼人たちなのだ。本人は一人で来ているつもりでも、その後ろに必ず、悲劇や喜劇というお供を従えている。

そうしたお供の影たちは、主人と同じ顔、等身大の姿をしていて、主人の身体にまとわりついている。彼らはやどり木なのだ。ほかの誰でもない、主人の血と肉と骨から生え出ているものなのである。

調査員たちの仕事は、原則として、そのやどり木を主人からうまく切り離すことにある。それがうまくいかなくても、最低限、やどり木の枝を刈り込んだり、勢力を弱めてやることはできる。そういう点では、腕の良い植木職人と似ていないでもない。

申し遅れたが、俺の名前はマサ。元警察犬。今は引退して、蓮見探偵事務所というところで用心犬をしている。

いい事務所だし、いい仕事だ。気に入っている。

俺とコンビを組んでいるのは、蓮見加代子嬢。所長・蓮見浩一郎の自慢の娘でもあり、事務所では最若手の調査員でもある。年齢と華奢《きゃしゃ》な身体の割には腕っぷしの強い「植木職人」の彼女と、俺はいろいろなやどり木を切り倒してきた。

だが、これまでに俺と加代ちゃんが出会ったなかに、たった一人だけ、やどり木ではなく、別のものを連れてやってきた依頼人がいる。女性で、美しかった。

彼女が連れていたのは、白い騎士だった。

2

夕暮れ。

空はどんよりと曇り、鼻のしびれるような冷たい風が吹いている。風の中に、俺は凍りつつある雨の匂いを感じとっていた。

俺は糸ちゃんと一緒に歩いていた。蓮見糸子嬢――加代ちゃんの妹である。暖かそうなジャケットを着て、夕飯の材料をしこたま詰め込んだ買い物袋をさげた彼女は、俺をつないだ革紐を左手に、ちょっと歩いては足を止め、頭上を見上げるという動作を繰り返している。

「雪になりそうだね」

きっと降るよと、俺はしっぽを振ってみせた。だから早く家に帰ろうじゃないか。

だが、糸ちゃんはまた立ち止まる。

「雪って大好き」

よくしってるよ。もう四年以上のつきあいなんだから。

「早く降ってこないかなぁ。あたし、雪が降り始めるその瞬間を見てみたいんだ。マサ見たことある?」

俺と一緒にいるとき、糸ちゃんはよくこんなふうに話しかけてくる。そして、確かに俺と「話し合う」ことができる。俺には人間の言葉をしゃべることができないし、糸ちゃんには俺たち犬族の言語を解することができないにもかかわらず、だ。これぞコミュニケーションというものではないか。

だが、悲しいかなここにも世代間のギャップというものは存在するのだ。

糸ちゃんは十七歳。乙女である。そして俺はもうロートルで、身を包む毛皮もいささかくたびれている。

俺は寒い。なあ糸子ちゃん、早くストーブにあたろうよ。

「雪が降り始めるときって、音が聞こえるんだって。どんな音がするんだろう」

糸ちゃんはまだ空を見上げている。俺はぶるぶるっと身震いをし、考えてみればこんな地上に降ってくる雪自身、さぞかし寒いだろうなと思った。

鼻が凍る、と感じつつ目を上げたとき、糸ちゃんが歓声をあげた。

「あ、降ってきた！」

そして、俺は見たのだ。その女《ひと》を。

俺たちから少し離れたところにある交差点を、彼女はゆっくりと横断しようとしていた。グレーのコートに包まれた身体を前かがみにして、風を避けるように衿《えり》をたてている。

その姿が目に入ったとたん、俺の視界にも雪が降ってきた。まるで、彼女が現われるのを待っていたかのように。

そして彼女は、少しばかり足が不自由なようだった。

軽くではあるが、左足をひきずるようにして歩いている。交差点を渡りきったところで一息つくと、途方にくれた様子であたりの町並みを見回す。歳は二十代半ばというところだが、少女のようにか細い姿だ。

その右手になにかメモのようなものが見えたので、俺は軽く、ワンと吠えた。

糸ちゃんが俺を見おろし、それから彼女に気づいた。あの人、道に迷ってるようだよ、という俺のメッセージは、あやまたず糸ちゃんに通じていた。

「こんにちは」と、糸ちゃんは声をかけた。相手がこちらを向くと、にっこり笑ってみせる。

「お困りですか?」

その女性は、救われたような顔になった。

「番地はわかってるんですが、迷ってしまって……」

悪い方の左足を、一歩一歩押し出すようにして近づいてくる。俺と糸ちゃんは急いで駆け寄った。

「ここなの。この近くでしょうか」

女性が手にしていたメモを見せる。雪まじりの突風がひと吹きして、メモは小鳥の羽のようにはばたいた。

糸ちゃんは、真っ赤になった鼻の頭に雪の小片をくっつけて、あらと言った。

「ここなら、あたしのうちです」

3

蓮見探偵事務所は、確かに、ちょっとばかりわかりづらい場所にある。

住宅地のど真ん中だ。それも、しもたやと小さな町工場が混在する下町の一角に、ごく控えめな看板を掲げているだけだから、初めて訪れる人が戸惑うのもよくわかる。

雪と一緒にやってきた依頼人は、宇野友恵《うのともえ》さんといった。暖かな事務所のソファに腰をおろした彼女は、想像していた「探偵事務所」のイメージとの差を埋めるために、しばらくのあいだ、周囲を見回していた。

「びっくりなさいました？」

熱いお茶を運んできた加代ちゃんが言った。相手が同年代の女性だから、最初からうちとけた雰囲気をつくろうとしているようだ。

「ええ、少し、もっと暗い感じのところかなって思っていました」

この事務所は内装も明るくしてあるし、将来は画家になりたいという糸ちゃんの選んだ、しゃれたリトグラフが壁を彩《いろど》っているのだ。

「あの、この上はご自宅なんですね？」

天井を見上げて、友恵さんはきいた。彼女にしてみれば、探偵事務所を探して訪ねてきたら、夕飯の買い物をして帰る女の子に「それ、あたしのうちよ」と案内された、という事態が不思議で仕方がないのだろう。

「そうなんです。一階を事務所にして、階上は住まいなの。すごい職住近接でしょう？」

「それに、女性の探偵さんがいるなんて……」

加代ちゃんはほほえんだ。

「わたしのほかにも女性の調査員がいますよ。特にそれをご希望でしたら、ご依頼の件を女性に担当させることもできます」

一般に探偵社や興信所では、調査にあたる者は、直接依頼人に会うことはない。その方が、いろいろな意味でスムーズにことが運ぶし、安全だからだ。

蓮見探偵事務所も例外ではない。依頼人には所長と加代ちゃんが会い、調査を引き受けると、それをお抱えの調査員たちに割り振るのだ。加代ちゃんが直接その件を引き受けることになっても、「わたしがやっています」とは言わず、原則として報告者の立場を保つことにしている。

今、事務所には加代ちゃんしかいない。所長はちょっとしたやっかいごとの仲裁を頼まれて、一昨日から九州の方に出張しているのだ。もうしばらくは戻れないだろうから、友恵さんが持ってきた件は、加代ちゃん一人で判断することになる。

それすなわち、俺の事件ということだ。俺は耳を伏せ、尻を床におろして、友恵さんが話を切り出すのを待っていた。

「調査を請け負うところはたくさんあるのに、うちに来てくださってありがとうございます」

加代ちゃんは友恵さんの向かいに腰をおろし、丁寧に頭を下げた。

「どなたかに、ご紹介いただいたんでしょうか」

友恵さんは首を振った。

「電話帳で探したんです。それで——ここの広告がいちばん地味だったから」

膝の上で、友恵さんは指を組んだりほどいたりしている。自分の抱えている問題をどう言葉にしようかと、心の中で吟味《ぎんみ》しているのだろう。

やがて、彼女は小さく言った。

「こちらでは、探し物はしてくださいますか」

「はい、もちろん」

「それがどんなことであっても？」

加代ちゃんはふっと目を見張り、肩の上から束ねた髪をはねのけた。

「手がかりさえあれば、できるだけの努力はいたします」

「できるんですね？」

友恵さんの目がここにきて初めて輝いた。

俺はちらりと警戒心を抱いた。彼女が探してもらいたがっている「対象」について。人探しというのは、案外やっかいなものが多いのだ。極端な場合、あの晩スナックで隣り合わせたあの男を探してください。名前も職業も何も知らないけれど、恋してしまったの……なんていう依頼もあるくらいだ。

だが、友恵さんの依頼はそんなものではなかった。彼女は手をぎゅっと握りしめ、顔を上げた。

「最初からお話しします。敏彦《としひこ》——宇野敏彦という名前に聞き覚えはありませんか？」

俺は加代ちゃんを見上げた。聞き覚えがあるような気がしたのである。

「わたしの弟なんです。今、警察から指名手配されています」

加代ちゃんは広げたメモ帳の上に手をおいたまま、ちょっと考えた。それから小さくうなずいて、壁のボードを振り返る。

「ええ。うちにも警察から人相書きが回されてきています」

そのボードには、その種の手配書や行方不明者の似顔絵などがまとめて張り出してあるのだ。遅まきながら、俺もそれで思いだした。

宇野敏彦、二十二歳。容疑は強盗殺人である。

友恵さんは、少し青ざめた顔で事件の詳細について説明をしてくれた。

事件が起こったのは、一月の十六日のことだ。殺されたのは株式会社「ハートフル・コーヒー」社長、相沢一郎《あいざわいちろう》氏、五十五歳。

現場は日本橋本町《にほんばしほんちょう》にある「ハートフル・コーヒー」本社の社長室だった。社長室といっても、共同ビルのワンフロアの事務室の一角をついたてで仕切っただけのもので、社員なら誰でも出入りは自由だ。

相沢社長は、この社長室の机にもたれるようにして死んでいた。発見したのは、この部屋に明かりがつきっぱなしになっているのを不審に思ってやってきた管理人で、すぐに一一〇番通報をした。午後十時すぎのことだった。

「社長さんは、うしろから頭を強く殴られて殺されていたそうです」

そして、社長室のそなえつけの金庫のドアが開けられ、中に保管されていたはずの現金約千二百万円が消え失せていた。

警察ではすぐに、内部もしくは会社の事情に詳しい者の犯行だと考えた。

「なぜかというと、社長さんが殺されたと思われる時間——」

加代ちゃんが助け船を出した。

「推定死亡時刻ですね」

「ええ、そうです。その推定死亡時刻が午後八時以降で、その時刻には、もうビルの正面玄関はシャッターが降りているんですね。開いているのは裏側の通用口だけで、しかも、この通用口はちょっとわかりづらい場所にあるんです。だから、見も知らぬ人間がふらりと入ってくることはまず考えられないというんです」

俺もそれには賛成だ。もともと、午後八時というのは、流しのビル荒らしが動き回るにはハンパな時間である。彼らなら、すべての明かりが消されて人けのなくなるもっと遅い時刻か、逆に、人の出入りが激しく注意力の散漫になる昼間の時間帯を選ぶものだ。

「それともう一つ、盗まれた千二百万円は、この日の午後に、相沢社長が利用している証券会社から運ばれてきたものだったんです。ですから、社長個人のお金がたまたま金庫に入っていたわけなんです。今はどんな会社もだいたいそうでしょうけれど、『ハートフル・コーヒー』も取引はすべて銀行口座を通していましたから、普段は事務所にそんな大金を現金で置いておく必要はなかったんですね」

探偵事務所は未だに「その場で現金払い」だが――そんなものを払ったことさえ忘れてしまいたい、という依頼人がおおいからかもしれない――一般の会社ならそうであろう。

「だから、犯人は、その日金庫に千二百万円があることを知っていた人間である――ということですね？」

加代ちゃんの言葉に、友恵さんはうなずいた。

「ええ。しかも、このお金が事務所に置かれるとわかったのは、その日の朝のことだそうです。そうなると、やはり社員の人たちが疑われることになって……営業の男性が五人、事務の女性が二人、みんな可能性があります」

俺は首のあたりをかいて、加代ちゃんを見上げた。

「でもそうなると、これは計画的なものではなさそうですね」加代ちゃんはつぶやいた。

「はい。警察でもそう言っています。かなり場当たり的な犯行だろうって。だからこそ、敏彦が怪しいと」

加代ちゃんは首を倒して天井を仰ぎ、友恵さんに視線を戻すと、きいた。

「事件以来ずっと行方不明だからですね。でも、それだけですか？」

友恵さんは額に手をあて、疲れたように言った。

「敏彦は、お金に困っていました」

そこに千二百万円の誘惑というわけか。

「会社の人たちは、みんなそのことをよく知っていたそうです。それに、事件の起こる半月ほど前、敏彦は、社長さんとかなり激しい口論をしたそうで……」

「口論？」

「ええ。それもお金のことだったそうです。敏彦が借金を申し込んで、社長さんがそれをつっぱねていたそうです」

加代ちゃんが、鉛筆の先をくちびるにあてて質問した。

「どの程度お金に困っていたんでしょうね」

「サラ金から借金をしていました。昨年の、十月の末です」

「どのくらい？」

「二百万円ほど」

加代ちゃんは眉をあげ、友恵さんは小さく息をついた。

「銀行の口座も空っぽで、アパートの家賃も前月分を滞納していました。ローンを払い終わったばかりで、すごく大切にしていた車も、同じ時期に手放していました。間違いなく、敏彦はお金に困っていたんです」

友恵さんは肩を落とした。

「それに、ほかにも証拠があるそうです。社長さんは、事務所にあった灰皿で殴り殺されたんですが、その灰皿に、弟の指紋がはっきりとついていたんです」

ふん、と、俺は思った。それだけではちょっと心細くないか。

「事件の夜、営業の外廻りから一番最後に戻ってきた——つまり、最後に社長さんとあったのも敏彦だとわかっているそうですし」

むふふ。警察がそういうのなら、裏はとれているのだろうね。

外廻りから戻った敏彦が、一人残っていた相沢社長とまた金の件で口論し、とうとう殺害に至り、金を持って逃走した——というのが、警察の考えている筋書きである。現段階では妥当な推測であると、俺も思う。

友恵さんが小さく言った。

「これだけ事実がそろうと、警察が敏彦を疑うのも無理はない、と思います。冷たい肉親ですね」

「弟さんが犯人だと思われますか？」

ややあって、友恵さんは答えた。

「絶対に違うと言いきる自信はありません。言いきってあげられるほど、わたしは弟を理解してなかったんです」

正直な人だ——俺は柄にもなく感動していた。

百の事実を積み上げられても、「うちの子に限って」と否定するのが肉親だと、たいていの人間はいう。

だが、友恵さんは違う。事実の上に立って、その事実を生んだ闇の中を透かして見ようとしているのだ。そこで自分の無力を責めている。

けっして冷たいのではないと、俺は思う。

加代ちゃんは、しばらくのあいだ、メモを見つめて考えていたが、やがてきいた。それは俺もききたいと思ったことだった。

「さっきおっしゃったのは、〈事実〉ですよね。敏彦さんは経済的に苦しんでいたらしい……でも、その〈理由〉は何だったんでしょうね」

そうなのだ。ちゃんと働いている人間が、普通に暮らしていてそんなに金に窮するはずがない。

おきまりのギャンブルかねえ……と思っていると、友恵さんは肩をすぼめた。

「それが、わたしにもわからないんです」

「まったく見当もつきませんか?」

「それが恥ずかしいんです。申し訳ないんです。わたしたち、両親ももう亡くなっていて、たった二人きりの姉弟なんですよ。それなのに、その弟がサラ金から借金をするほど困っていることさえ知らなかったんですから」

「だって、一緒に生活されていたわけではないんでしょう?」

うつむいたまま、友恵さんがうなずく。加代ちゃんは優しく言った。

「大人になれば、肉親でも、それぞれの事情で言えないことの一つや二つは出てくるものですよ」

そのとおり。心配する「情」はわかるが、友恵さん、そこまで自分を責めることはないよ
——と、俺は言ってやりたかった。

しばらく間をおいて、友恵さんが落ちついてから、加代ちゃんは言った。

「それで、わたしどもへのご依頼は、手配中の弟さんを探してほしいということなんですね?」

残酷なようだが、友恵さん、それは無理だよと俺は思った。そういうことなら警察の方が専門家なのだ。

ところが意外にも、彼女は首を横に振った。

「結果的にはそうなります。でも、直接弟を探してほしいわけじゃありません。それなら警察がしています。ひょっとして敏彦が連絡してくるんじゃないかって、わたしの周囲にも張り込みの刑事さんがいるくらいですし。こんな冷たい姉を、あの子が今さら頼ってくるはずもないのに」と、自嘲《じちょう》的に言う。

じゃ、あなたは誰を探してほしいんだね?

「わたし、敏彦がどうしてあんなにお金に困っていたのか、その理由を知りたいんです」

身を乗り出す。その目は真剣だった。

「警察の人たちは、理由はいろいろ考えられる、まあ女かギャンブルでしょうと言います。敏彦を捕まえればわかることだとも言います。でも、今のところ、あの子がそれほどまで熱をあげていた女性は見つかっていないし、ギャンブルが原因ではないということは誓って言えます。わたしがそれを一番よく知っているんです」

なぜですか、と尋ねる加代ちゃんは、かすかに悲しげだ。肉親の「誓って——」が裏切られるケースを、あまた見てきているから。

だが、友恵さんは断言した。

「わたしたちの父はギャンブルで身をもちくずした人でした。母も、敏彦もわたしも、それでどんなにか辛《つら》い思いをしてきたんです。だもの、その敏彦がギャンブルに手を出すなんて、ありえません。絶対にありえません」

加代ちゃんは黙っている。

「だからこそ、敏彦があんな借金をつくるには、何か抜き差しならない理由があったはずなんです。どうしてもそうしなければならなかった理由が。でもわたしにはそれが見当もつかなくて……それが悔しくて、情けなくて……」

そんなに困っていたなら、どうして知らせてくれなかったのよ。そう言ってやりたいのだ。

「だからそれを、警察よりさきに知りたいんです」

「でも知ってどうなります？」

「あの子が切実にお金を必要としていたその理由がわかったら、たとえば新聞広告を出すことだってできます。事情はわかったって言ってやりたいんです。だから戻っておいでって。今どこでどんな暮らしをしているにしろ、いいことなんかあるはずがありません。早く解放してやりたいんです」

「自首させたいと？」

友恵さんは大きくうなずいた。

俺はしっぽで床をぽんと打った。加代ちゃんがにっこりした。

「マサが『引き受けた』と申しました。わたしのパートナーなんですよ」

友恵さんが見おろしたので、俺は耳をピンと立てた。

そのとき、うしろで小さな足音がした。振り向いてみると、糸ちゃんがのぞきこんでいる。

「お話、済んだ？」

「ええ。済んだわ」加代ちゃんが答えると糸ちゃんは窓の外をさして言った。

「すごい降りになっちゃった。道にも、もう五センチは積もってるよ」

そのとおりだった。降りしきる雪に、窓の外は明るい。

糸ちゃんは、ねえさんと友恵さんの顔をかわるがわるながめて言った。

「すごく寒そうよ。宇野さん、なにかあったかいものちょっとおなかに入れてから帰りません？　そしたらおねえちゃんが駅まで送っていくわ。ね？」

あわてて辞退する友恵さんに、蓮見姉妹は口をそろえてそう勧めた。これだから、俺は加代ちゃんと糸ちゃんが好きなのだ。

「わたし――ごめんなさい。ありがとう」と、友恵さんが不意にべそをかいた。

探偵稼業をしていると、依頼人の気持ちなど全部わかったような気でいる。だが、友恵さんが泣き出して初めて、俺たちは、彼女がどんな孤独を背負ってここへやってきたのか、身にしみて理解したのだった。

4

加代ちゃんは、まずちょっとした「秘策」を使った。

外国では探偵にもちゃんと逮捕権があり、警察と肩を並べて捜査に参加することもできるらしいが、悲しいかなわが国では、まだそこまで探偵の存在が認知されていない。いきおい、刑事事件がらみの調査は微妙なものになる。特に日本警察は自他ともに「優秀である」と認める組織であるので、機嫌をそこねるとなかなかやっかいなのだ。「できる上司」の扱いがむずかしいのと似たようなものである。

そこで、警察とどううまくコンタクトをとっているかということが、良い探偵事務所を見分ける重要な指標になってくる。

加代ちゃんがしたことは、つい半年前まで警視庁の捜査一課にいて、凶悪犯罪捜査班を率《ひき》いていたある警察OBに電話をかけて、「ハートフル・コーヒー」の強盗殺人事件の捜査本部に渡りをつけてもらうことだった。

といっても、それで何から何まで捜査の内容を教えてもらえるわけではない。とりあえず、「怪しい者ではないよ、ちょっと時間を割《さ》いて会ってやってください」という紹介状をもらうという感じである。

さて、警察OBのはからいのおかげで、加代ちゃんは、「ハートフル・コーヒー」事件の担当刑事と話し、友恵さんから聞いた説明の裏付けをとることができた。彼女を疑っているわけではないが、細かい点で記憶違いや勘違いがないとも限らない。

さらに、事件関係者の現状についても情報を仕入れて、足どり軽く警察署を出てきた。警察が親切と言っていい応対ぶりをしてくれたのは、こちらで調べようとしているのが直接捜査にかかわる問題ではないから。そして、加代ちゃんの人当たりが良いからだろう。警察官だって人間なのだ。

駐車場で待っていた俺は、こちらに向かってくる加代ちゃんの後を、さりげない風を装って尾《つ》けてくる男がいることに気がついた。長身、細面《ほそおもて》、仕立てのいいトレンチ・コート。若いくせに目付きが悪い——と言ってはかわいそうなら、目が鋭い。ということはデカかヤクザか新聞記者に決まっているが、刑事はあんないいコートは着ないし、ヤクザはあんなに地味じゃない。

ブン屋さんである。俺はひと声吠えて加代ちゃんの注意を促し、それから男に向かってうなってやった。相手が俺たち犬族の言語を解することができるなら、

「おい、にいさん。なんの用だね？」と聞こえるはずである。

加代ちゃんが振り向くと、若いブン屋さんはいともあっけなく陥落した。愛想笑いをして、

「やあ、いい犬ですね」と言ったものである。

「それはどうも」と答えて、加代ちゃんはじっと相手を見た。トレンチ・コートはもじもじする。

「実はその、あなたの話をちょっと小耳にはさみまして」

これだから警察《サツ》廻りは油断がならない。俺の知っているある部長刑事は、でかい事件の入ったときにいつも同じネクタイをしめる癖を見抜かれていて、何度か手痛いスッパ抜きにあったものだ。

「僕、こういう者です」

差し出された名刺を受け取り、加代ちゃんは音読した。もちろん、ボディガードの俺に聞

かせるためである。

「東京日報《にっぽう》新聞社　社会部　奥村孝《おくむらたかし》」

「初めまして。蓮見探偵事務所の加代子さんですね」

なれなれしい野郎である。

「宇野敏彦の事件を調べているんでしょう？　実は僕もあの事件にはひっかかるものを感じまして……」

加代ちゃんは車の運転席のドアを開けた。

「どうです？　情報交換しませんか？　どっちみち同じ線を追いかけるような気もするし」

と言って、奥村は助手席のドアを指した。「いいでしょう？」という顔である。加代ちゃんは案内嬢のように背後の道路を指し示した。

「タクシー」と、ひとこと言って車に乗り込み、エンジンをかける。

今日は昨日とうって変わった好天だ。溶けた雪がつくった黒い水たまりを、タイヤがばしゃばしゃと跳ね飛ばす。目指すはまず、「ハートフル・コーヒー」本社である。

社長の死後、「ハートフル・コーヒー」は開店休業の状態になっている。会社は空っぽだ。俺たちは現場を見、管理人に会うために来たのである。

車を停め、通用口の方に向かう。

ひと目見て、俺は嫌な感じを覚えた。

友恵さんは「わかりづらい場所にある通用口」といっていたが、それどころではない。初めて来た人間には、まずわからないだろう。ドアが建物の真裏にあるのはまだよしとしても、そこから表に出ようと思ったら、ビルの隣にある大きな駐車場を通り抜けなければならないのだ。

さらに、通用口の扉を開けて中をのぞくと、人ひとりやっと通り抜けられる程度の細い通路がのびている。油臭く、暗い。突き当たりの防火扉が正面玄関に、その手前の扉が階段室に通じている。

「マサ、どう思う？」

加代ちゃんは重い扉を閉めて、つぶやいた。

「人目にたたずに出入りできるのは確かよね……わたしがこのビルの中に勤めている女子社員だったら、夜一人でここを抜けるのは気が進まないな。誰かに待ち伏せされたってわからないし――」

表に出て、このビルと背中合わせに立っている隣の倉庫の、のっぺりとした窓のない壁面を見上げる。ここはまったく日陰で、昨日の雪がかちんかちんの氷と化して残っている。

「ちょっとぐらい声をたてても聞こえないものね」

俺もそう思う。ここは危険だ。

「『ハートフル・コーヒー』の営業用の車は、全部隣の駐車場に停めることになっていたそうですよ」

声に振り向くと、奥村が追いついてきていた。すべらないようにゆっくりと歩いてくる。

「つまり、夜会社に帰ってくると、車を停めて、そのまま通用口へ直行するというわけです。外廻りはいつも、夜は七時半から八時までのあいだに帰ることになっていた」

「ハートフル・コーヒー」は、喫茶店にコーヒー豆を卸したり、業務用機器のメンテナンスを請け負ったりしていたのである。

「最近は深夜営業の喫茶店も多いので、サービスに徹しようと思うとどうしても遅くなるんですよ。ところで、運転がうまいね。ついてくるのが大変だったよ。女性にしては大したもんだ」

にやっとする。歯は白いが、やはりなれなれしいヤツである。

「どうもありがとう」

加代ちゃんはそっけなく言って、俺を連れ、正面玄関へ歩きだした。奥村はついてくる。

「この事件がどうも割り切れないのは、偶発的に起こったように見える割に、舞台装置が揃いすぎていることなんだ。この通用口にしろ、問題の金にしろね」

俺はあたりをくんくんかぎながら進んでいたが、耳には奥村のおしゃべりが聞こえていた。俺と似たようなことを感じているな、とは思う。

管理人は五十がらみの小太りのおっさんで、まめそうな感じだった。かなり古いこのビルが清潔に保たれているのは、この人の功績だろう。

俺と加代ちゃんがひとにらみしたので、奥村は外でうろうろしている。

加代ちゃんは、宇野敏彦の学生時代の友人だと名乗った。つい最近まで事件の事を知らなくて（だって、自分の知り合いが強盗をやるなんて、まさかと思うもの）、びっくりしてやってきたんです。ここにくれば、その後どうなっているのかわかると思ったんですけど、会社は閉まってるんですね。

管理人は玄関のフロアにモップがけをしていたが、その手をとめて相手になってくれた。

「ワンマン会社だったからねえ。社長さんがあんなことになっちゃ、もうバンザイでしょうよ」

「社長さん、やり手でいい方だって聞いてたんですけど。宇野君、どうしちゃったのかしら」

「宇野さんねえ。おとなしそうな男だったよ。きょうびの若いもんはわからんわ」と、大きな掌《てのひら》をひらひらさせる。加代ちゃんは声をひそめた。

「借金があったとか」

「そうそう。人間ね、借りた金で遊び廻るようになっちゃおしまいだよ、お嬢さん」

「社長さんと、お金のことで喧嘩したんですってね。昔の宇野君からは想像もできないわ」

「ひどい喧嘩だったよ。廊下にいる私にも聞こえたんだから」

「あらまあ」

「『おまえなんか、二百万も出してやる筋合いはない！』ってね。まあ、厳しい社長だったから——」

おや、という顔で管理人は外を見る。自動ドアにへばりついている奥村に気がついたのだ。

「あんたもしつこいねえ」

と彼に言って、管理人はとたんにうさんくさそうな目で加代ちゃんをながめだした。俺たちは早々に外に出た。

「ごめん」と、奥村は言った。

「しつこいって言われるほど、この事件を調べてるんですか？」

「かなり細かくね」

加代ちゃんは足をとめ、ちょっと考えた。すかさず奥村が言う。

「どう、連動しない？　損はさせないと思うよ」

二人同時に、

「なぜ調べているんですか？」

「何を調べているの？」と質問しあった。奥村は笑った。

「僕が先に答えるよ。納得がいかないからだ。社員の一人からこんなことを聞いたんだよ。『宇野君は確かに金に困っていた。でも、とても幸せそうに金に困っているという感じがした』ってね」

加代ちゃんは緊張した。俺も然《しか》り。やがて、彼女は言った。

「わたしたちは、宇野敏彦さんの借金の理由を調べてるんです」

奥村は真顔でうなずいた。

「そう。それもわかっていない。どうやら僕たち、意見があってるんじゃないかな」

俺たちは車のそばまで戻っていた。奥村はまた、「いい？」という顔で助手席のドアを指す。加代ちゃんはうなずいた。

だが、彼がドアを開けたとき、俺は一足先にさっと助手席にすべり込んだ。

おまえさんは後ろに乗りな、若いの。

加代ちゃんがくすくす笑った。

「マサという名前よ。わたしの相棒」

奥村は後部座席に乗り込んで、言った。

「嫉妬深い相棒だね」

大きなお世話だ。

5

さすがにブン屋さんで、奥村はこの事件についてかなり突っ込んだ調べをしていた。相沢社長の自宅へ向かう道々、詳しいレクチャーをしてくれた。

「七人の社員たちの中で、はっきりしたアリバイのないのが、敏彦のほかにも二人いるんだ」

一人は敏彦と同期の若い営業マンで、宇田川達郎《うだがわたつろう》。もう一人は営業と経理の責任者の秋末《あきすえ》次郎《じろう》。こちらは相沢社長と同年輩の男で、社長とのつきあいも二十年ごしのものになるベテラン社員であるという。

「特にこの宇田川という男がね、敏彦よりほんの少し前に社を出ているんだ。僕がちょっとつついてみた範囲内でも、金遣いの荒いプレイボーイだと噂されているやつでね。クサイという気がする」

ハンドルを切りながら、加代ちゃんは言った。

「誤解があるようですけど、わたしは真犯人が別にいるなんて思っているわけじゃないの。ただ、なぜ敏彦さんがお金に困っていたのか、その理由を知りたいだけ」

「宇野敏彦犯人説は動かせないと思う?」

「今の段階ではね」

奥村は黙り込んだ。加代ちゃんはちらりとルームミラーの中の彼の顔をのぞき、続けた。

「奥村さんには、彼が犯人ではないと思う根拠があるんですか」

「物証も状況証拠も彼に不利なものばかりだよね」

「ええ。さっき警察で聞いてきたんだけど、彼が生きている相沢社長に会った最後の人物である、ということは動かせないようだし」

推定死亡時刻の少し前、相沢社長は夫人に電話をかけていた。株を売却した金を持ち帰るということ（それで子供に新車を買ってやる予定があったのだという）、営業マンがまだ一人だけ戻ってこないので、その帰りを待って事務所を出るということ。

まだ戻っていない営業マンというのが、敏彦だった。そして、その電話の最中に社長はこう言ったという。

「ああ、来た来た。今、宇野が帰って来たよ。じゃあな」

電話はそこで切れた。それきり、遺体が発見されるまで、社長と言葉を交わした者も、姿を見た者もいないというのだ。

「その話なら僕も知っている」

「そう。それで？　敏彦さんが犯人ではないと思う理由は？　勘かしら」

窓の外に目をやっていた奥村が、ミラーの中の加代ちゃんを見た。

「彼にはねえさんが一人いるんだ。知ってるかい？」

加代ちゃんも俺も、突然友恵が出てきたことに驚いた。

「知ってます。友恵さんですね」

「足が不自由な人でね」と言って、奥村は目をそらした。

それでも俺は、彼の目がふっと陰ったのを見ていた。どこか身体の奥が痛んでいるかのような表情を浮かべている。

「そのねえさんの結婚話が、先方の両親の反対にあって壊れたことがある。つまり、彼女の足が問題になったそうなんだけど」

なんという胸くそ悪い話だ。

「そのときの敏彦さんの荒れ方が尋常ではなかったそうでね。相手の男に何度も談判をして――」

「それは友恵さんには内緒で？」

「そうだと思う。それで最後には、うるさい敏彦を追い払おうと向こうの両親が持ってきた手切れ金を叩き返したそうだよ。二百万円だ」

再び、ルームミラーのなかで二人の目があった。

「それが、事件の起こるひと月ほど前のことだ。敏彦が親しくしていた友達から聞き込んで、友恵さんの相手の男にも会って確かめたことだから、間違いないよ」

奥村はシートから起きあがった。

「その時点では、彼はもうサラ金から借金をし始めていた。金に困っていたことにおいては、事件の当時と同じだ。それなのに、おかしいじゃないか。なぜ、その金を受け取らなかった？　それを考えると、僕には彼が犯人だとは思えないんだよ」

相沢社長の夫人には、まだ奥村も面が割れていないという。二人そろって訪問する口実が要《い》る、というと、彼は即座に提案した。

「僕は昔、社長にお世話になったことのある男だ。君は僕の恋人。正式に結婚が決まったので、二人で霊前に報告に来た。完璧だろ？」

「仕方ないみたいね」

大きな門構えの家だった。ぐるりを囲む塀は、現代では文化財に近い価値のある総檜《ひのき》づくりである。

塀に片寄せて車を停める。すぐそばに、メタリック・グレーの車が一台、同じように塀ぎわに駐車しているのが見えた。

「来客かな」と奥村が言う。

俺は車内で待機した。残念ながら、俺にはこういうハンデがある。どう言い訳をこさえても、ずかずか入っていけない場所もあるのだ。

加代ちゃんと奥村がおとないを入れ、うちの中に通されていく。正直、面白くない。運転席の窓から首をのばし、俺の目の届く範囲内に二人が出てこないものかと見回した。

そのとき、メタリック・グレーの車の中にも、誰かいることに気がついた。それまで横になっていたのが、起きあがったのだろう。頭がひょいとのぞき、顔が見えた。まだ若い男だ。学生かもしれない。

ドアを開け、外に出てくる。不機嫌そうな顔で相沢家の門の方へ歩きだし、こちらの車のそばを通り過ぎるとき、俺の存在に気がつくと、汚いものをよけるような動作をした。だが、俺は腹を立てなかった。それどころではなかったからだ。

俺は麻薬犬ではない。だが、その匂いをかぎわけることはできる。

俺をよけていったあの学生風の男は、間違いようのないヤク中だ。所長が昔ながらに「ヒロポン」と称する、覚醒剤の匂いがプンプンしていた。

何者だ？　と目を見張っていると、男は戻ってきて、自分のいた車の窓から手を突っ込み、たたきつけるようにしてクラクションを鳴らし始めた。

なんて野郎だ。デリケートな耳をかばいながら様子を見ていると、相沢邸から人が走り出てきた。和服姿の中年の女性と、がっちりした体格のやはり中年の男。そして奥村と加代ちゃんである。

「雅史《まさし》！」と呼びながら、中年の男が駆け寄ってくると、雅史と呼ばれた青年の腕を押さえた。

「遅いんだよ！」と、雅史は腕をふりまわす。まるで子供である。

「すまん、もう用は済んだから。帰ろう、な？　待たせた父さんが悪かった」

そのあとのやりとりを聞いていると、この中年の男が、秋末次郎だった。「ハートフル・コーヒー」のベテラン社員である。和服姿の女性が相沢社長夫人で、渋い顔をして秋末父子をながめている。

当然だろう。俺だって呆《あき》れてしまった。

秋末氏が何をしにきていたのかは、加代ちゃんたちが戻ってくるとすぐにわかった。「ハートフル・コーヒー」の今後の経営について相談していたのだ。

「あの息子、変わってるね」

また後部座席に落ちついて、奥村が言った。

「相沢夫人の話じゃ、留学までして絵画の勉強をしているそうだけれど、それ以前に、一般社会人としての躾《しつけ》をされなおした方がいいんじゃないかな」

車を出しながら、加代ちゃんが言った。

「なんだか病人のようね。普通じゃないわ」

「神経質なんだろうよ」

そうじゃない。ヤクのせいなんだよ。

「相沢夫人は、秋末さんは息子さんを天才だと思いこんでいるんだって笑っていたけれど」

奥村は苦笑している。

「彼氏、大学もずっと留年しているって言ってたね。どうするのかな」

加代ちゃんは考え込んだような目をしている。ヤク漬けの芸術家のタマゴか……と、俺も気分が悪くなってきた。


その晩、加代ちゃんは糸ちゃんにこんな質問をした。

「ねえ糸子。『白い騎士』と言われたら、あんたなら何を思い浮かべる?」

ぼんやりテレビを観ていた糸ちゃんは、すぐに答えた。

「鏡の国のアリス」

「童話の?」

「童話じゃないよ。あれはファンタジー。大人が読んでこそ面白いんです」

加代ちゃんは「降参」と両手をあげた。

「わかったわ。でも、わたしは『不思議の国のアリス』しか知らないなあ」

「では教えてしんぜよう」と、糸ちゃんは座りなおした。

「『鏡の国――』は、『不思議の国――』の次に書かれたものなの。アリスはね、チェスの世界に入っていっちゃって、最後には白の女王《クイーン》になるんだけど、彼女をそこまでエスコートしていくのが白の騎士《ナイト》なわけよ」

「ははあ」と、加代ちゃん。「そうすると、キャラクターとしては善なのね?」

「そうよ。『鏡の国――』の中ではいちばんアリスに優しくて、紳士ね。あの話の登場人物だから、もちろん変わっているけど。しょっちゅう馬からおっこちて、自分の兜《かぶと》の中にはまっちゃうこともあるの。ちょっと待ってて」

糸ちゃんは、身軽に立って自分の部屋から本をとってきた。

「『騎士《ナイト》はすずのよろいを着けていましたが、それはいっこう、からだに合わないようでした』」と、読み上げる。

「ここはとってもいい場面なのよ。白の騎士は歌をうたうの。『――騎士は馬をとめ、たづなを首に落としました。そして片手でゆっくりと拍子を取りながら、かすかにほほえんで、おとなしい、間の抜けた顔を明るくしながら、歌い始めたのでした』」

歌い終えた騎士は、アリスを森のはずれまで送るから、そこで拙者を見送ってくれと頼む。

「『長くはかからない。しばらく待って、拙者があの曲がり角まで行ったら、ハンカチをふってくれ、そうすれば拙者は元気づけられる』」

加代ちゃんはじっと聞き入っていたが、ちょっと笑った。

「それ、わたしに貸してくれる? 今夜読んでみるわ」

「いいよ。挿し絵もよく見て。テニエルの絵で、とってもすてきよ」

糸ちゃんは言って、首をかしげた。

「でもどうして急に『白い騎士』のことなんかきくの？」

加代ちゃんは説明した。相沢夫人の話だが、敏彦が一度、

「僕は白い騎士なんです」と言ったことがあるというのである。

彼が車を手放したときのことだそうだ。もともと夫人の紹介してくれたディーラーから買ったものだそうで、売るときもそこに頼んだのだという。

「もったいないわね。どうしたの？」と夫人がきくと、敏彦は笑って答えた。

「僕は白い騎士なんです――」

「なんだろうね、それ」

「不思議でしょう。わたしには見当もつかないわ」

「でもね、特に『白い騎士』って言葉を選んで使ったのだとしたら、それはやっぱり『アリス』のこの騎士のことだと思うよ。たとえば、このあいだ新聞で読んだんだけど、ほら、今『企業買収』ってあるでしょ」

「ええ。株を買い占めてね」

「買い占められた会社が、相手に抵抗するために、資金援助をしてくれる別の企業を探すことがあるんだって。そんなとき、『○○社は白い騎士を求めている』って表現をするそうよ。それもつまり、『鏡の国のアリス』の善良な騎士から来ている言葉なんだって。それくらい

一般的なのよ」

そんなわけで、加代ちゃんはその夜遅くまで『鏡の国のアリス』を読んでいた。俺はその足元で丸くなり、窓をたたく木枯らしの音を聞いていた。

そして、ふと思った。「白い騎士」とは雪のことかな、と。

雪を連れてこの事務所にやってきた友恵さんの白い顔が、そんな連想を呼んだのかもしれない。

6

白い騎士はさておき、それから一週間ほど、加代ちゃんはよく動いた。敏彦の友人や同僚たちに、彼の借金の理由に心当たりがないかどうか、辛抱強く聞き込んで歩いたのだ。

だが、みんな首をひねり、不思議がっている。敏彦には、よほど秘密にしたい理由があったのだろうか。

いちばん多弁だったのは、奥村に疑われている宇田川達郎だった。

よく日焼けして、なかなかハンサムな青年である。頭もいい。隙をみては加代ちゃんを口説こうとさえしなければ、満点をやってもいいと思った。

「いいやつだったよ。ちょっと暗かったけど、真面目だったし」

「無謀な借金をするようなタイプではなかったんですね」

「そうですよ。あいつ、クレジット・カードも持ってなかったんじゃないかな。今時《いまどき》めずらしいでしょう。ところで、今夜、暇？　横浜ベイ・ブリッジの夜景を見にドライブなんてどうかな」

「わたし、仕事でよくあそこを走っているの。相沢社長さんはどんな方でした？　たとえばお給料の前借りなんかさせてくれることは？」

「全然。厳しいじじいだったよ」

「厳しい？　お金に？」

「万事に。前に勤めていたやつが、一度酔っぱらい運転で捕まったときなんか凄かったな。即座にクビだったんだから」

「……それは凄いわね」

「潔癖症だったんですよ。『法律を守れんやつは、社会生活をする資格はない！』ってのが口癖でね。ねえ、しゃれたワイン・バーはどう？」

「ごめんなさい、ワインは苦手なの。社員の人たちはみなさん、相沢社長のそういう厳しい点をよく知っていたわけね？」

「知ってましたとも。とにかくうるさい社長だったな。宇野と喧嘩になったのも、あいつあてにサラ金から電話がかかってきて、社長に借金の件がバレちゃったのがきっかけだったんだよ」

「そのうえに、敏彦さんが社長からの借金を申し出たりしたからね……」

（おまえなんか、二百万円もうんぬん）のくだりである。

「でも、特に大変だったのは、やっぱり秋末さんだろうな」

「秋末さん。社長とのつきあいが長いから？」

「それもあるけど、あの人の息子がね」

俺たちを呆れさせた雅史のことだ。

「画家になるとかで、パリに行ったりしてるけど、ひどいヤツでさ。本当に才能があるかどうかも怪しいもんだと思うけど、秋末さんも親バカで、一度個展まで開いてやったことがあるんですよ。俺も招待されたから仕方なしに行ってはみたけど、ガラガラだし、絵はちっともよくないし、あいつは不愉快な野郎だし」

「そうね、問題のありそうな人だけど……」

雅史の奇行と、それをものともしない秋末氏の盲愛ぶりは、「ハートフル・コーヒー」では有名な話だという。

「秋末さん自身、若い頃は画家になりたかったらしいんだよね。だから、自分の果たせなかった夢を子供に託してるんだろうけど、あそこまでいくと、滑稽《こっけい》を通り越して気の毒になってくるよ」

「ただの甘やかしすぎのような気はするけど」

「だから、社長も怒っていたわけですよ。『秋末はせがれの教育を間違っとる』って、よく言ってたな。あの二人、社長と社員という以前に、友達でもありましたからね、かなり突っ込んで意見したこともあるみたいですよ。ま、秋末さんにすれば余計なお世話だったから、時々こぼしてたな」

「最近、秋末さんの息子さんに会いました？」

「いいや。なんか、家にアトリエを建て増すとかで、こもりっきりになってるらしいから。ねえ、映画はどう？　気分転換になるよ」

「この質問に答えてくれたら考えてもいいわ。事件当日の午後八時から十時まで、あなた、どこにいました？」

「ちぇ！」

「どこにいました？」

「うちにいましたよ。一人でね。隣の部屋の女の子にきいてくれたっていいよ。俺のこと、よく知ってるから」

加代ちゃんはにっこりした。

「そう、じゃ、映画はその女の子と行ってね。ご協力ありがとう」

その秋末氏にも、俺たちは会いに行った。

あの事件のことで探偵事務所の人間が来たとなれば、最初はみんなある程度警戒するものだ。話してみて、我々の調査の目的がわかると（このケースではその方がいいと判断して、加代ちゃんは、依頼者が友恵さんであることも話すようにしていた）、安心したり同情したりしてうちとけてくる、という経過をたどるのが普通である。

秋末氏もそうだった。最初のうちはけげんそうな顔をしていたのだが、友恵さんの名前が出ると、にわかに態度がやわらいだのだ。

「そうですか……気の毒に。それであのとき、あなたが社長のお宅に来たんですね」

「その節はどうも」

「いえ、こちらこそ、雅史がちょっと身体の具合が悪くて、恥ずかしいところをお見せしました」

恐縮している。一応、あれがみっともない常識はずれなことだったとは認識しているのだろう。元来は真面目で、ほかの社員たちからの評判も悪くない人物なのだから。

これも親の闇というやつかねえと、俺はちょっとばかり気が重くなった。話がなかなか本題へと進まないのだ。秋末氏は雅史のことばかりしゃべりたがる。

訪問して初めてわかったのだが、彼は男やもめだった。奥さんは一年前に亡くなったばかりだそうで、今は雅史と二人暮らしなのである。

家そのものはこぢんまりとしているが、敷地は広い。宇田川青年も言っていた雅史のアトリエを、その一角に建設中だった。

「女房が生きているうちに、雅史の作品を世に出してやりたかったんですが……雅史も母親を亡くしてこたえているところです」

だから覚醒剤かねと、俺は皮肉に考えた。

じれったいなあ。しゃべればなあと思うのは、こんなときである。秋末氏の親バカぶりは好きではないが、気持ちはわかる。だからこそ、ねえあんた、まず息子さんを医者に連れていくのが先だよ、と忠告してやりたい。

「これは全部、息子さんの描かれたものですか」

部屋の中を見回して、加代ちゃんがきいた。さして広いともいえないこの居間だけでも、絵が二つ飾られている。廊下にも、もちろん玄関にもあった。

「そうです。色使いが独特でしょう。一度見たら忘れられない作品だと言われます」

そうかねえ——という感じだった。ちょっとシュールに崩してみた風景画です、という程度のもので、そんなに印象的とも思えない。

そして、少しばかりぞっとした。覚醒剤に限らず、芸術家とヤク、というのはよくあるケースだ。雅史が、自負心と親の期待を満足させるため、その才能をかきたてようとして薬を使っているのだとしたら。……そしてそれが、結果的には彼本来の才能を消耗させてしまっているとしたら。

「すてきですね」と、加代ちゃんは秋末氏に調子をあわせた。「留学もされたことがあるとか」

秋末氏は笑みくずれた。

「はい。やはり、絵画の勉強には本場に行きませんとね。大きな展覧会を控えていますので、しばらくは日本にいますが、それが終わったらまたしばらく向こうに行く予定です」

子供一人丸抱えで留学させてやるのは——それも、芸術というただでさえ金のかかる分野だ——経済的にも大変な負担であるはずだ。警察もその点を気にして、事件のあと、かなり詳しく調べていた。

それによると、秋末氏は相沢社長と同じように株式投資をやっていて、それが非常に手堅く、かつ、好調であるという。一見そんな風には見えないが、氏は裕福なのだ。

奥村は以前、秋末氏のアリバイもはっきりしていないと言っていたが、氏には千二百万円のために社長を殺さねばならない理由はない。

小一時間も雅史の作品の話をしたあと、ようやく敏彦の話題に切り替えることができた。が、そうなると、秋末氏の口が重くなった。

敏彦の借金の理由など、思い当たることはない、という。

「それにねえ、彼のおねえさんの気持ちはよくわかりますが、そんなこと調べてもなんにもならないという気がしますなあ」

「そうでしょうか」

「ええ。今の若い人たちは誘惑に弱いし、『借金』というものの性質自体が昔とは変わってきているでしょう? 気軽にできますから、これという目的もないままにパッと使って、また借りて——悪循環ですわな。気がついたときには身動きがとれなくなっていた、というところじゃありませんかなあ」

確かに、そういうケースは増えている。所長と親しい弁護士さんが、若者のクレジット破産が多すぎて、裁判所の破産部がてんてこまいをしていると話していたこともある。

「でも、『宇野さんはお金に困ってはいたけれど、幸せそうにしていた』と言う人もいるんです」

秋末氏は、ハハと笑った。

「それこそ、いよいよとなるまでは、借金を軽く考えていたという証拠じゃないですか」

加代ちゃんは黙ってしまった。

別れ際に、玄関で、加代ちゃんがお愛想にもう一度絵を褒め、「わたしにも画家志望の妹がいるんです」と言うと、秋末氏はわざわざ戻っていって、小さなデッサンを持ってきた。

「妹さんにさしあげてください。模写に使えますよ。雅史がパリのオペラ座を描いた作品です」

なんとなく釈然としない顔で、加代ちゃんはそのデッサンを持ち帰った。糸ちゃんに見せると、彼女はあっさりと言った。

「なーんか不健康な絵ね」

そう。糸ちゃんの鑑識眼は確かだ。

「それに、あたしはパリよりニューヨークへ行きたいな」

というわけで、雅史のデッサンはしまいこまれてしまった。


それから十日後、加代ちゃんはジャックポットを当てた。きっかけとなるものは、敏彦の所持品の中に眠っていた。

彼の暮らしていたアパートは、事件の発生と彼の失踪から一カ月程して契約解除となり、所持品はすべて、姉の友恵さんのもとへ引き取られている。

加代ちゃんはそれを丹念に調べた。特に注意をはらったのは、店の名入りマッチや領収書、いろいろな店で出しているサービス券や顧客カードのたぐいだ。それらのものは、場所が特定できるし、利用日時が記入されていることもあるからである。敏彦がどこに行き、誰と会い、何をしていたかということを追跡するのに、格好の材料となる。

加代ちゃんは、そのなかから、敏彦がサラ金から金を借りた昨年の十月末前後のものをピックアップして、一つ一つ洗っていった。美容院や歯医者、書店のようなところもあった。

大当たりとなったのは、あるレストラン・パブのサービス・カードだった。

「次回ご来店の際にこのカードをご提示ください。お好みの小皿料理を一点サービスいたします」とある。ゴム印で押されている発行日は、昨年の十一月の第一土曜日。敏彦がサラ金から借金した後のことである。

加代ちゃんはこの店を訪ねたが、もう三カ月以上も前のことで、残念ながら店員の記憶は当てにならなかった。だが、このサービス・カードはボトル・キープした客だけに配るものだという。

「こちらでは、ボトルを入れたお客さんの名前を控えたりなさいますか?」

「ええ、しますよ。特に断わられないかぎりは、顧客カードにお名前と住所を書いてもらいます。クリスマスやバレンタイン・デーみたいな時に、招待状を出しますんでね」

その顧客カードを見せてもらうと、十一月四日分に「宇野敏彦」の名前はなかった。

ということは、可能性はふたつ。
1　敏彦が誰かとここに来て、その「誰か」がボトルを入れ、サービス券を敏彦にくれた。
2　その日ここに来てボトルを入れた「誰か」が、その後どこかで敏彦と会ったときに、このサービス券を敏彦にくれた。
どちらにしろ、その「誰か」は敏彦と会ったことがあるはずだ。親しい人間である可能性も高い。ということで、加代ちゃんは顧客のカードの写しをとり、それを敏彦の同僚、友人たち、学生時代のクラスメートたちの名簿とクロスチェックした。

そして、その「誰か」を見つけだしたのだ。彼は敏彦の高校時代の友人で、問題の土曜日の午後、敏彦とばったり出会い、久しぶりだったので一緒に飲みに行ったのだという。そのときボトルを入れたのだ。

彼は商事会社に勤めるサラリーマンで、加代ちゃんと会うために、昼休みの時間をさいてくれた。もちろん事件のことを知っており、敏彦の身を案じていた。

「人殺しなんか、死んでもできそうにないヤツだったんですけどね……」と、顔を曇らせる。

「宇野さんと会ったときのことは覚えていらっしゃいますか？」

加代ちゃんの質問に、胸ポケットから手帳を取り出してぱらぱらやりながら、うなずいた。

「彼と会ったのは、四谷《よつや》の『ピエロ』って喫茶店の中でした。三時頃だったかな」

「一人でした？」

「僕はね。彼は人と会ってましたよ。なんか書類みたいなものを受け渡ししてたな……。それが済んで、二人一緒に店を出ていこうとしたんで、僕は宇野に声をかけてみたんです。そしたら、こっちにきてくれて」

「相手の人はそのまま出ていったんですか？」

「ええ。『じゃあ、これは確かに』とか言って、受け取ったものを持ってね。宇野のやつ、あの日はすごく明るかったなあ」

そしてこの時も、敏彦は「俺は白い騎士なんだ」と言ったのだそうだ。

「なんのことだってきいても、笑ってるだけでしたけどね」

「敏彦さんが会っていたのはどんな人でした？」

「どんなって……ごく普通のサラリーマンて感じですよ。ちゃんとスーツを着てネクタイしめて。誰だいって、宇野にきいてみたんですけどね」

「なんて言ってました？」

「ちょっと病院のね、って」

「病院──」

「彼のねえさん、足が悪いでしょう。そのことかなと思ったし、『誰か病気かい？』ってきいたら、『いや、違うんだ。これからどんどんよくなるんだ』って言って……あとは口をにごしてしゃべらなかったけど、とにかく、うれしそうでしたよ」

最後に、彼は大事なことを思い出してくれた。

「そういえば、その人、背広は着ていたのに、足はサンダルばきだったなぁ」

このときは奥村も一緒だった。手がかりだ、と喜びはしたものの、

「しかし、敏彦の会っていた相手を探すのはむずかしそうだな。材料がなさすぎるよ」なんて言っている。俺は足ばらいをかけてやろうかと思ったし、加代ちゃんは彼の背中をどんと

たたいた。

「しっかりしてよ。手がかりならあるわ」

「どんな？」

「あなただってやるでしょ？ 背広にサンダルばき。敏彦さんの相手は、『ピエロ』の近くにある『病院』の人なのよ。近くだから、上着は着ても、靴は履《は》きかえないで、職場で履いているサンダルのまま出てきたのよ」

喫茶店『ピエロ』から半径一キロ以内にある「病院」をリストアップして、敏彦の顔写真を手に尋ね歩き、とうとうその人物を探し当てることができたのは、それから四日後のことだった。

7

正確には、そこは「病院」ではなかった。

「戸山《とやま》メンタルクリニック」という。情緒障害児や神経症患者、そして重度の薬物中毒患者専門の治療機関なのである。

薬物中毒者。俺の耳はロックフェラー・センタービルのようにつったった。

例のごとく、俺は医療機関には立ち入ることができない。以下の話は、あとで聞いたことを要約したものだ。

問題の人物は山田《やまだ》さんといい、そこで事務の責任者をしている人だった。りゅうとした紳士で、「すごくいい声の人だった」という。

彼は敏彦の顔を覚えていた。彼と会ったことも記憶していた。顔写真を見せるとすぐにわかった。

だが、名前が違うという。

加代ちゃんも、同行していた奥村も、どうしても一緒に行きたいと言ってついてきた友恵さんも、みんな驚いた。山田氏も驚いていた。書類を持ってきてページを繰る。

「顔はこの人です。ですが名前は――宇田川敏彦さんですね」

「入院同意書」の「保証人欄」にそのサインがある。敏彦の筆跡だった。

「宇田川というのは、会社の同僚の名前です。宇野さんは偽名を使ってたんだわ」

加代ちゃんは心臓がどきどきしたという。

「でも、どうして?」と、友恵さんはつぶやく。

山田氏はこわばった顔を隠そうともしなかった。相沢社長の事件のことは、今初めて耳にしたと言うのである。

「私はめったに三面記事は読みませんし、見たとしても、新聞の顔写真は小さいですからね。名前が違っていたら、まず気がつきません。彼がこんな事件を起こしていたなんて——私の失態でした。やはり無理だったんだ」

「無理？」

食いつくような奥村の質問に答えて、山田氏は語った。

「去年の十月頃でしたか。宇田川さんが——つまりこの宇野敏彦さんですね——我々を訪ねてこられました。ここで知人を治療してもらいたいのだが、費用はどのくらいかかるだろうか、とね」

その知人の名は「伊《い》東《とう》あけみ」。入院同意書に記載されている患者である。

彼女は覚醒剤中毒患者だった。

「はっきり申し上げて、ここでは非常に費用がかかります。通い治療やカウンセリングもしてはいますが、重症者は原則として入院治療ですから。特に薬物中毒者の治療は、単に薬への依存を絶つだけでなく、二度と同じことを繰り返さないように、完全に社会復帰できるところまで面倒をみることになっていますから、なおさらなのです」

それでもいい、お願いしますと敏彦は言ったそうだ。

「前金で、二百五十万円です。宇野さんは一週間としないうちに即金で払いにきて、我々は伊東あけみさんを預かりました」

ただし、それには条件がついていた。

「我々のクリニックには、その性質上、身元を隠して入院してくる患者が多いのです。時には芸能人がくることもあります。ですから、奇妙な申し出にも慣れていますが、宇野さんの出してきた条件は特に変わっていました」

伊東あけみという患者には、ここは公立病院だから費用は国が払ってくれる。安心していいと言ってやってくれ。自分が費用を払ったことは、彼女には言わないでくれと言ったのだという。

「それだから、必要な書類や費用の受け渡しも、伊東さんの目に触れる心配のない場所でしたのです。宇野さんはあくまでも、その嘘をつらぬきとおしたい様子でした。伊東さんにも、心配することはないと何度も言い聞かせていましたね」

あの二人は、それほど親しいようにも見えなかった。なにか事情がありそうだとは思ったと、山田氏はくちびるを噛《か》んだという。

「しかし、入院費用を払うために強盗をしたとは……」

「いえ、費用は彼が借金をしたりして工面《くめん》したんです。強盗事件はそれよりずっとあとのことなんですよ」

加代ちゃんはきっぱりと言った。友恵さんがきいた。

「伊東あけみさんは、敏彦の事件のことは知らないんですね?」

山田氏はうなずいた。

「知ってるはずがありません。クリニックの中では新聞を読むことはできませんし、テレビもありませんので。ただ――」

「ただ？」

「もうずっと宇田川さん、つまり宇野さんが顔を見せてくれないので、寂しがっていますし、心配しています」

友恵さんは、励ましを求めるような目で加代ちゃんを見つめてから、こう言った。

「彼女に会わせていただけませんか」

きれいな娘だったわと、あとで加代ちゃんは言っていた。すっかりよくなってた、と。

面会の場所は、クリニックの中庭だった。伊東あけみは芝生の中に据えられたベンチに腰をおろし、セーターを編んでいたという。

「こちらは宇田川さんのお姉さんの友恵さん。そして、友恵さんの友達の蓮見さんと奥村さんだ」と、山田氏は加代ちゃんたちを紹介した。

彼女に会うために、加代ちゃんと友恵さんで、小さな嘘を考えだした。

「初めまして。敏彦の姉の友恵です」と前置きしてから、友恵さんはその嘘を語った。

「敏彦は今、仕事で海外に行ってるんです。最初は、ほんのひと月ぐらいで戻れるはずだったんだけれど、それが長引いてしまって、まだ帰ってこられないでいるの。それでね、つい先週、電話をかけてきて、友達がこのクリニックに入院しているから、ちょっとお見舞いに行ってくれないかって頼んできたというわけなんです。びっくりさせてごめんなさいね」

伊東あけみ——まだ十八歳だというから、糸ちゃんと一歳違うだけだ。俺は心中、彼女を「あけみちゃん」と呼ぶことに決めた——は、まじまじと友恵さんの顔を見つめた。それから花が咲いたようにほほえんだ、という。

「そうだったんですか。よかった。あたし、宇田川さんに忘れられちゃったのかと思って……ホントはそんなふうに思うの、図々《ずうずう》しいんだけど、あたしなんかそもそも相手にしてもらったことの方がおかしいくらいなんだけど、でもやっぱり悲しくて……そうなの、外国に出張してるんですか。元気なんですか？」

友恵さんは答えられなかった。代わりに、加代ちゃんが言った。

「ええ。あなたのこと、心配してるそうよ」

「彼も水臭いよな。恋人がいるならいるって、早く言ってくれりゃいいのに」と、奥村があとを引き取ると、あけみちゃんは首を振った。

「とんでもないわ。あたし、宇田川さんの恋人なんかじゃありません。あたしには、そんな資格、ないんだもの」

そして友恵さんを見上げ、

「あたしのこと、宇田川さんから聞いてないんですか？」

「ええ、詳しいことはなにも。お名前だけでした」

すると、あけみちゃんは話してくれた。

「ここにいるってことだけで、見当はつくでしょう？　あたし、覚醒剤中毒だったんです」

敏彦とは新宿《しんじゅく》で知り合ったのだという。と言えば聞こえはいいが、要するに彼女が彼の袖を引いたのだ。

売春、それもいわゆる「立ちんぼう」の街娼である。もちろん、薬代欲しさにしていたことだ。

「もともとあたし、家出娘なんです。十五の時に飛び出しちゃって――それから転々。そういう娘が覚醒剤なんか覚えちゃった理由、だいたいわかるでしょ」

たいていは、男のせいなのだ。きらびやかだが冷たい都会で、優しそうな顔で近づいてきた男。ひと月もすれば、牙《きば》が見えてくる。

話しているうちに、あけみちゃんは敏彦のことを、「あの人」と呼び始めた。加代ちゃんは、「あの人」という言葉を口にするときの彼女の口調を、こうたとえている。

「小さい子が、『お月様』って言うときみたいだったわ」

話している間も、あけみちゃんは何度か、膝の上に載せた編み掛けのセーターをなでていたという。

「あの人、最初っから変わってた。新宿であたしが声をかけたとき、しげしげって顔を見て、こう言ったの。『最後にちゃんと飯を食ったの、いつ？』だって」

敏彦だって、都会の若者である。この街のこんな女たちと遊んだことだってあるだろうし、免疫だってあったろう。それがとりわけ、あけみに心を動かされたのは、彼女があまりに若くて、痛々しくて、そして——

「思い過ごしじゃないと思うわ。あけみちゃんて、雰囲気や顔立ちが友恵さんに似てるのよ……」と、加代ちゃんは言う。

その日は敏彦と食事をして、別れたという。ヘンなお客、と思っていたら、彼は翌日もやってきた。

「食事させてくれて、ホテルに泊めてくれて……あたし一人でね。ちゃんとしたシティ・ホテルだったわ」

そんなことが何度か続くうちに、敏彦は彼女がヤク中であることを知った。

「薬を絶って、こんな商売から足を洗えって言われたわ。できるわけないじゃない、あたし一人じゃないのよ、逃げようとしたら殺されちゃうって言った。そしたら、いい病院がある、そこに入って時間をかけて治して、ほとぼりが冷めるまで隠れていればいいよ、って」

（そんなお金ないわよ）

（金はかからないんだ。公立の施設だから。得意先の店で聞いたんだよ。とてもいい病院らしい。なんとか入れるように手配しておくから、こっそりこの街を抜け出そう。な?)

そうやって、敏彦は彼女を戸山メンタルクリニックに連れて行った。ただし、費用は自腹を切って。

それが借金の理由だったのだ。敢《あ》えて偽名を使ったのも、万が一「公立病院」の嘘がばれても、あけみが彼を探し出すことができないようにするためだろう。

彼はあくまで、陰の人になりきるつもりだったのだ。

「あの人、時々会いにくるって約束してくれたのに、もうずっと来てないから、心配だったの……」

加代ちゃんは、笑ってごまかすのが精いっぱいだった。

「彼、あなたにはいつも優しかった?」

「とっても」

「白い騎士だったのね」と言うと、あけみは驚いた。

「どうしてそれを知ってるの? あたしがつけたあだ名なのに」

家出してきたくらいだから、彼女の家庭状況は推して知るべしだが、たった一つ、大事にしている思い出の品があるという。

表紙の擦り切れた「鏡の国のアリス」だ。

「あたしを可愛がってくれてた近所のおばさんが、クリスマスにくれたの。これに出てくる

『白い騎士』よ。あたし、東京に行けばこんな白い騎士にめぐりあえると思ってた。でも、会ったのは恐い白い粉の騎士だけだったって言ったら、あの人、『じゃ、僕が本当の白い騎士になろうか』って。アリスの白い騎士みたいに、あたしがちゃんと女王になるところまで送り届けてくれるって。どうしてそんなに親切にしてくれるのよってきいたら──」

「なんて答えた?」

「あたしが元気になれば、それで僕も解放されるんだって。よくわからなかったけど、あとは何をきいても笑ってるだけだったわ」

加代ちゃんたちと別れるとき、あけみちゃんは、八割がた編み上がっているセーターをかざして、笑った。

「これ、宇田川さんにプレゼントしようと思って編んでるんです。着てくれるかな」

友恵さんが、それに答えた。

「きっと喜ぶと思うわ。弟の好きな色だし」

そのセーターは、淡いブルーだったという。

「あんな人間が強盗をすると思うかい?」

クリニックを出て車に戻ると、奥村が怒ったように言った。

「宇野敏彦は、金目当てで人を殺すような男じゃない」

待っていた俺は、戻ってきた友恵さんの真っ赤になった目と、血の気の失せた顔に驚いていた。

これまでの話だけでも、彼女の涙には納得がいく。充分すぎるほどだ。だが、今の動揺の激しさには、もう一つ重なる理由があるように思えた。

加代ちゃんもそれを察している。

「あけみちゃんが更生《こうせい》すれば、それで僕も元気になれる。その言葉の意味が気になるの。彼があんなにも彼女に尽くしてあげた理由はなんなのか、友恵さん、わかりますか?」

彼女が答えるまで、しばらくかかった。やっと聞こえてきた声は、消え入りそうに細かった。

「わたしのせいなの」

悪い方の足に、そっと手を置く。

「この足、子供の時の交通事故が原因なんです。自転車に乗る練習をしていて——わたし、鈍かったのね。なかなかうまく乗れなくて、事故に遭ったときも、敏彦が荷台を押さえてくれていたんです」

その光景が、目に見えた。

「——気がついたら、トラックが目の前に来ていました」

責任という言葉を、俺は思っていた。自分のせいで姉さんの足を不自由にしてしまったと感じて育った青年のことを。

「敏彦のせいじゃなかった。誰が悪かったわけでもないんです。不運だっただけ。でも、あの子はずっと苦しんでて、それを見ているわたしも辛くて。言葉じゃどうしてもわかりあえなかった。気にしなくていいのよって言うたびに、敏彦が自分を追い込んでいくのがわかりました。だからわたしたち、離れて暮らしてきたんです」

敏彦にしてみれば、永遠に続く執行猶予《しっこうゆうよ》のような気持ちだったのだろう。どんなに悔やんでも、元には戻せない。

「敏彦さんは敏彦さんなりに、自分を助ける方法を探していたのかもしれない」

加代ちゃんがつぶやいた。

「そこに、あけみちゃんに会った。手をさしのべなければ、彼女がどうなるのかは目に見えている。だから助けようとした。無償で彼女を助けることで、彼はあなたへの重荷を少しでも軽くできると思ったんじゃないかしら」

ある意味では、あけみちゃんという娘は身代わりだったのだ。

(あたしが元気になれば、僕も救われるんだって)

あなたを送り届けたら、そこで拙者を見送ってくれ。そうすれば拙者は元気づけられる。

「だからこそ、彼は幸せそうに金に困っていた。困ることで救われていたんだ。苦しんで、それで楽になれるはずだった。そんな彼が、どんなに金に困ったからといって強盗なんかすると思うか？」

奥村の言葉に加代ちゃんも友恵さんも目をあげた。その目がおびえていた。

言葉を出したのは、友恵さんが先だった。

「じゃ、本当の犯人は誰？　そして、敏彦は今どこにいるんです？」

8

その晩、俺は日本一うるさい犬だった。

糸ちゃんが雅史のスケッチをしまいこんだ物入れの前で、俺は吠えに吠えた。知っているのは俺だけなんだから、喉が破れるまで吠えるつもりだった。

「マサ、様子が変だよ」

糸ちゃんがまずそう言い出してくれた。が、ピントがはずれている。

「地震でもくるのかな」

違うよ、糸ちゃん、そりゃ確かに、俺は地震の前に騒ぐことがあるけどね。

「外に出たいんじゃないかしら」と、加代ちゃんもボケている。

彼女は眉間《みけん》にしわを寄せて、憔悴《しょうすい》の色が濃い。敏彦以外に、社長を殺す動機を持っていた人間がいるかどうか、ずっと考え込んでいるのだ。

金か？　社長が死んで得をするのは誰だ？　女か？　怨恨《えんこん》か？　敏彦は、そこにどう関わってくるのか？　さっきから加代ちゃんは、そんな自問をぶつぶつと繰り返しながら頭を抱えているのだ。

俺はその手がかりを知ってるんだよ、加代ちゃん！

「おねえちゃんたら、大丈夫？　コーヒーでもいれてあげようか？」

糸ちゃんが声をかけると、加代ちゃんは資料をにらんだまま軽く片手を上げた。

「オーケイ。胃に穴があいちゃうような濃いのをいれてあげる」

などと言って、糸ちゃんは台所に行ってしまう。俺は鼻を鳴らした。

「でもさ、おねえちゃん。宇野さんが最後に事務所に戻ってきたことは確かなんでしょ？　そうすると、真犯人はどこにいたんだろ。隠れてたの？」

加代ちゃんは乙女らしからぬ手付きで頭をかきむしり、大きくため息をついた。

「隠れてたんでしょうね。あのビル、危険なのよ。伏魔殿《ふくまでん》だわ」

「じゃ、どうして社長が一人になるまで待たなかったのかな」

「そこなの。ありがと」と、加代ちゃんはコーヒーカップを受け取った。

「本当の犯人は、相沢社長と敏彦さんを二人とも消してしまいたかったのか。それとも、単に警察の目をくらませるために、敏彦さんを利用しただけなのか」

「ひどい話だわ」と、糸ちゃんがふくれる。

俺は決心して後足で立ち上がり、物入れの扉をガリガリひっかき始めた。家財を傷めることのような行為は極力避けていたのだが、もう仕方がない。

「こら、マサ！　あんた、いい歳して子猫の真似なんかするんじゃありません！」

カップを置いて、糸ちゃんがとんできた。俺はすかさず鼻をならし、吠え、糸ちゃんの足にまとわりついた。

「おかしいね……」と、ようやく彼女は物入れに視線を向けてくれた。

「最近ここに新しくしまったもの、あるかしら」

俺の首を叩きながら、糸ちゃんは考えている。思い出してくれよ、早く！

「事件に関係のあるものかな」

大ありだよ！　と、俺は吠えた。糸ちゃんの目が晴れた。

「あの不健康なスケッチじゃない？」

彼女がスケッチを取り出すと、俺は雄たけびをあげた。加代ちゃんが驚く。

「いやね、これがいったいどうしたって――」

はっとする。そうそう、それだよ！

「糸子」

「なあに」

「ね、絵描きさんは麻薬に頼ることがある？」

糸ちゃんは鼻にしわを寄せた。

「はいと答えたら、大ヒンシュクよ。そんなことないわ」

でも、秋末雅史はそうなんだ。

「だけど、なかにはいるかもしれないわね。麻薬で芸術的インスピレーションが得られるという、不幸な誤解をしている人が」

加代ちゃんは、手にしたスケッチを、そこに答が描いてあるかもしれないという表情でにらみつけている。両肩がこわばっている。

「もし――もし秋末雅史も覚醒剤中毒患者だったとしたら――」

加代ちゃんのつぶやきに、糸ちゃんはぱっちりした目を大きく見開いた。

「それがバレちゃ困るというので、人殺しをするかもしれないわね？　殺された社長さんて、すごく厳しい人だったんでしょ？　長いこと自分の部下として働いてきた秋末さんの息子のことでも、ううん、長い付き合いだからこそ、黙って見過ごしはしなかったんじゃない？　刑務所へ行けって怒鳴る。でも、息子を溺愛《できあい》している秋末さんは、そうはさせじと――」

加代ちゃんはスケッチを持った手をおろし、首を振った。

「駄目よ。だって、雅史さんは刑務所に行くことにはならないもの」

「へ？　だって、覚醒剤所持は立派な犯罪でしょ」

「そうだけど、初犯でいきなり刑務所行きにはならないのよ。まず間違いなく執行猶予がつくわ。保護観察処分にはなるけれど、事実上は自由の身よ。その程度のことを避けるために殺人をするのは、ちょっと危険すぎ――」

言いかけて、加代ちゃんはまばたきをした。

「バカね――なにも初犯とは限らないんだわ」

「誰が？　秋末雅史さん？」

「そうよ」

加代ちゃんはスケッチを置き、書棚に近寄って、「最新版　刑事事件の判例」という本を取りだした。ページをめくり、目的の場所を探し当てると、立ったまま熟読する。そして、そのページに指をはさんだまま、糸ちゃんを振り返った。

「初犯の場合は執行猶予がつく。でも、その執行猶予期間中に再犯をおかした場合は、ほとんどの場合実刑だわ。初犯の罪の執行猶予ももちろん取消になるから、一年や二年じゃ絶対に出てこられない」

「それよ」と、糸ちゃんが指を鳴らした。「でも、雅史に犯歴があるかどうか、どうやって調べる？」

翌日、加代ちゃんはもう一度相沢社長夫人を訪ねた。今度ははっきりと身分を名乗り、詳しく用向きを説明して、協力を請うたのだ。

「社長夫人ならきっと知ってる。いちかばちか、当たってみるわ」

「頑張って、おねえちゃん」

外でじっと待機していた俺の元に戻ってくるまで、一時間以上かかった。だが、帰ってくる加代ちゃんが、まるでサムソンのように力強く地面を踏みしめているのを見ると、成果があったのだとわかった。

加代ちゃんの考えはこうだった。

「これはあくまでも推測だけど、雅史さんはまた薬を使い始めていたんじゃないかしら。秋末さんはそれに気づき、治療のために、ひそかに彼を戸山メンタルクリニックに連れていった。そしてそこで偶然、あけみちゃんを見舞いに来ていた敏彦さんに会った——」

相沢夫人の話では、確かに、一年ほど前、雅史は一度覚醒剤で逮捕され、執行猶予付きの実刑判決を受けているという。そのとき秋末氏に弁護士を紹介したのは相沢社長だった。

そしてその当時、秋末雅史は、治療のために半年間、戸山メンタルクリニックに通ったというのだ。

「相沢社長が、『きちんとした病院にかからんと、治るものも治らん』って、秋末さんを説得したんだって、夫人は話してたわ」

雅史がひどく入院を嫌がったので、通いで治療とカウンセリングを受けた。それも、雅史一人で行かせると、約束をすっぽかしたりするので、いつも秋末氏が一緒について行ったのだそうだ。

「そのかいあって、その時は、すっかりよくなったように見えたんですって」

となれば、雅史が再発——再耽溺《たんでき》を始めたとき、秋末氏がまた戸山メンタルクリニックを頼ったとしてもうなずける。

ただ、こればかりは、直接戸山メンタルクリニックから聞き出すことはできない。医者には守秘《しゅひ》義務というものがあるので、たとえ警察にきかれようとも、患者のことは話さないのだ。

「そこまでは仮説をたてるとして、じゃ、その場合、社長さんは雅史さんの再発のこと、気づいてなかったわけね」と、糸ちゃん。

「ええ。ただ、疑ってはいたそうよ。根拠があるわけじゃないけれど、ああいうものはなかなか断ち切れないものだから、うっかりするともとのもくあみになるんじゃないか、という意味での疑いね」

(徹底的に治すためには、いっそしばらくぶちこまれた方がいいんだ。秋末は息子を甘やかしているから、そんなことを言ったら真っ赤になって怒るだろうがな)と、夫人に話していたことがあるという。

「それだもの、誰にも知られないうちに雅史さんを治したかった秋末さんとしては、毎日が綱渡りの心境だったんじゃないかしら。そこで敏彦さんに会ってしまったら――」

当然、口止めはしただろう。だが、不安で仕方なかったはずだ。いつばれるか、いつ敏彦が社長に話してしまわないか、と。

「わたしね、一つ考えたのよ。ほら、事件の直前、相沢社長と敏彦さんが言い合いをしたでしょう?」

おまえなんか、二百万も出してやる筋合いはない! という怒鳴り声が聞こえたときのことだ。

「あれはひょっとしたら、こういう意味だったんじゃないかしら。敏彦よ、赤の他人に、それも自分の自堕落《じだらく》で覚醒剤中毒になった女のために、なんでおまえが二百万も出してやる必要がある!」

「じゃ、相沢社長は敏彦さんの秘密を知ってたっていうこと?」

加代ちゃんはうなずいて、苦笑した。

「ええ。むしろ、なんにも気づかなかったら不自然だと思うわ。敏彦さんが経済的に苦しそうだということは、周囲のみんなが知っていた。社長だって例外じゃないでしょう。そしたら、うるさくて厳しい社長としては、どうしてそんなに金に困っているのか、敏彦さんを問いつめてみるのが自然なんじゃない?」

「そうね……で、言い合いになったわけだ」

ただ、周囲の人間はそれを金の貸し借りをめぐる争いだと聞いてしまった。

一人、秋末氏をのぞいて。

「敏彦さんの秘密が社長に知られてしまったとき、秋末さんは震え上がったと思うわ。そこまできたら、雅史さんのことも、どんなきっかけで社長の耳に入るかわからない。宇野敏彦がしゃべってしまうんじゃないか、そればかり考えていたでしょう。敏彦さんは、そんな言いつけ口をする人じゃないと思うけど」

糸ちゃんは顔をしかめた。

「そういう常識的な見方は、秋末さんの頭から消えてなくなってたんじゃない？　弱みのある人間て、疑り深くなっちゃうもん」

そして、もし社長に知られたら――黙って見逃してくれるはずがない。しかるべき方法で警察に知らせるだろう。今度こそ、雅史は刑務所行きになる――

どうしよう、しゃべられたらまずい、どうしよう。その繰り返しの中で、追いつめられたような気持ちで、秋末氏は計画を立て、実行した――

「あの方法で強盗に見せかけて社長を殺し、敏彦さんを犯人として失踪させてしまえば、一挙にすべて解決よ」と、加代ちゃんは言った。ぎゅっとくちびるを噛みしめる。

失踪させる、か。

加代ちゃんの頭にある推測が、俺にも見える。おそらく、敏彦は殺されているだろう。遺体は——

「時間がなかった。社長の遺体はいつ発見されるかわからないから、遠くまで運んでいる余裕はないわ。近くで、絶対に発見される心配がなく、楽に埋められる場所は——どこだと思う？」

俺の心に浮かんだ答えを、糸ちゃんが言葉にしてくれた。

「建築中のアトリエの下だわ」

9

仕掛けはやさしかった。奥村が取材を申し込んだのだ。

「僕は文芸部の人間じゃないけど、ちょっとした特集記事のねたを探しているんです。『家族の肖像』というテーマでして。そこへ、蓮見さんから秋末さんと息子さんのことを聞きましてね。お二人の、絵画にかける情熱というのをとりあげたいんですが」

秋末氏は喜んだ。「取材のとき、わたしもおじゃましてよろしいですか？」という加代ちゃんの申し出にも、にこにこしてＯＫしてくれた。

俺たちはカメラマンも同道して秋末家に入った。俺はうまいこと行動して、広い庭に出た。

辛い仕事だが、俺はがんばった。

見つからなければいい。推測がはずれていればいい。そうも思った。もう二度と経験したくない捜索だった。

だが、俺の鼻は裏切らなかった。

腐臭のするシートの端を土中から引きずり出して、俺は吠えた。

それに答えるように、足音がする。大声がする。近所の人たちも顔を出し、秋末家の方でフラッシュが光り始める。

振り返ると、呆然としている秋末氏の顔が見えた。凍ったような奥村がいた。

加代ちゃんは、ほの白い顔で悲しそうに俺を見つめていた。

「どうしたんだよ、うるさいな」

雅史の声がする。

事件の大筋は、加代ちゃんが考えたとおりだった。

「相沢社長とは、以前から雅史のことで意見が対立していました。わたしは甘すぎる、そんなことじゃいかんというのです」

最初に覚醒剤で逮捕されたときも、「本当なら、執行猶予なんかでごまかさないで、少し、くらいこませればいいんだよ。いっぺんで目が醒《さ》める」と言われたのだそうだ。

秋末氏の肩を持つわけではないが、それはやっぱり残酷だろうと、俺も思う。だからといって、秋末氏のしたことを許せるわけではないが。

「社長は、雅史のような繊細な人間を刑務所なんかに送ったらどんなことになるか、まるでわかろうとしていなかったんですよ」

ぽつりとそう言っていた。

金庫の中には金がある。昼間の打ち合わせで、今夜最後に戻ってくるのが敏彦であることもわかっている。彼が社長を殺し、金を持ち逃げしたように見せかけることができる。チャンスだ、と思ったという。

「それまでも、もし宇野君に、雅史のことをしゃべられてしまったらどうしようかと思い悩んでいましたから、夢中でした」

子供の顔しか見えなかったのか。

「一度帰ったふりをして、残って様子を見ていました。社長は電話しながら窓から外を見ていた。宇野君の車が戻ってくるのに気づいて、『ああ、今宇野君が帰ってきたよ』と言ったので、そっと近づいていって頭を殴ったんです。金庫は開いていました。そして、宇野君が事務所に戻ってくるのを待ち伏せて、背後からネクタイで絞め殺したんです」

灰皿に敏彦の指紋をつけ、金と、彼の死体を自分の自家用車に運び込んだ。管理人の目さえ気をつければ、危険はなかったという。

「そのまま家に帰り、深夜になるのを待って宇野君の死体と千二百万円を一緒にアトリエの床下に埋めたのです」

あの暗い通用口と、その夜の瞑《くら》さを、俺は思い浮かべていた。

友恵さんは、事件からひと月ほどして、敏彦を抱いて故郷に帰った。緑豊かな場所に、両親と一緒に葬ってやるのだという。

「奥村さんが駅まで送りに来てたわ」

見送りに行った加代ちゃんが言った。事件後初めて、明るい目をしている。

「一緒に行きたそうな顔をしてた」

糸ちゃんが優しく言った。

「今度は、あの人が友恵さんの白い騎士になってくれるんじゃない？」

あけみちゃんはまだクリニックにいる。退院するまで、彼女には真相を話さないでおこうと、蓮見事務所の面々は決めた。すっかり立ち直るまで、そうした方が彼女のためだと、俺も思う。

それとも、彼女の夢の中には敏彦が現われているだろうか。夢の中で、彼女が編み上げたセーターを着ているだろうか。

そうであってくれてほしい。前脚に鼻を乗せて、俺は考える。

そして、頭の中に流れる白い騎士の歌を聴く。

本文中の「鏡の国のアリス」は、岡田忠軒訳（角川文庫版）から引用しました。　著者

マサ、留守番する

三泊四日の台湾旅行。

私立探偵には盆も正月も連休も社員慰安旅行もない――俺はずっと、そう考えてきた。だが、日の下に新しいものが無い如く、世の中に「絶対無い」は無いのである。そうなのだ、蓮見探偵事務所の面々が社員慰安旅行に出かけることになった。

加代ちゃんと高校時代から仲良しのタカちゃんというお友達が旅行代理店に勤めていて、お勧めのツアーがあると、小まめに情報を流してくれるということは、俺も知っていた。だけど何しろ加代ちゃんは探偵、普通の会社勤めの女の子のように、ゴールデンウィークや盆正月の休暇がきちんととれる身の上ではない。いつも、送ってもらったパンフレットにひと通り目を通し、ここがいいねあそこへ行ってみたいねなどとおしゃべりをして、それでおしまいというふうになっていた。

一方の糸ちゃんは高校三年生である。絵描きになりたい――というか、イラストレーターとかグラフィックデザイナーとかポップアーティストとかいろいろあるらしいが、とにかくそれらのうちのどれかひとつかふたつか三つになりたい――彼女は、卒業したらぜひニューヨークへ行ってみたいという希望を持っているようだが、

「ニューヨークはお金かかるし」

「卒業旅行のシーズンは、行っても日本の女の子がウロウロしてるっていうし」

「ニューヨークには足が生えてるわけじゃないから、あわてなくても逃げないし」

と、のんびり構えてもいるのである。

糸ちゃんは結構テキパキした性格で、所長が何も知らないうちに、自分自身の進路について、しっかり計画を立ててしまっていた。それによると、まず、美術大学ではなく、アートの世界では有名なデザイン学校を受験することを決めた。糸ちゃんの見込み（プラス美術の先生の見通し）では、たぶんこの試験には合格できるだろうし、落ちたとしても、もう一年頑張る。そして、何しろ美術の勉強はいろいろと金がかかるので、所長にお金を出してもらうだけでなく、自分でも頑張って稼ぐ。そのためのアルバイト先も自分で調達してきた。早《わ》稲《せ》田《だ》にあるデザイン事務所で、主に文房具や事務用品のデザインを手がけているところだという。

「働きながら勉強もできて、一石二鳥だと思ってさ」とニコニコする糸ちゃんに、所長も加代ちゃんも、さして心配することなく同意をした。ふたりとも、糸ちゃんの将来の夢については以前から知っていたので、今さら改めて話し合う必要もなかったのである。

そんなわけで、この高校生活最後の夏休み、もちろん糸ちゃんは受験生なのだが、一般の大学受験を目指す高校三年生よりは、よほど気楽な時を過ごしていた。デザイン学校の受験科目はごく限られているし、もともと一夜漬けや丸暗記が通じる世界ではなく、傾向と対策があるわけでもなく、三年生の一年間だけ狂気のように詰め込み学習なんかしたって、駄目なものは駄目なのである。それにこのデザイン学校、入口は広く、道中は厳しく、従って途中下車が多いので出口も狭いというタイプの学校なのだそうで、糸ちゃんとしては、未来の厳しい学校生活に備えて気を引き締める必要こそあれ、闇雲《やみくも》に受験勉強をすることはないのだった。

しかし、糸ちゃんの学友たちの大半は、やっぱりこの夏、必死こいている。必然的に、糸ちゃんはひとり、何となくズレている。早稲田のデザイン会社では、夏休み中も時間があれば来てほしいと要請、糸ちゃんも喜んで通い始めたが、それも週三日のことなので、時間的にはそれほど縛られない。去年の夏は、クラブだキャンプだ合宿だスケッチ旅行だと大忙し、「マサ、行って来るねー」「マサ、ただいまー」の言葉しか聞かせてくれることのなかった糸ちゃんが、今年はのんびり家にいて、みんなの食事をつくったり、俺と散歩したり、風呂に入れてくれたりしているわけで、俺としては実に幸せなのだった。

幸せ気分は、所長も同じだったろう。だが、所長が俺と違うのは、来年以降の糸ちゃんの姿を想像し、

「のんびりできるのは今だけなんだろうな」と考えたことであって、そういう思いが、所長をしてこんな台詞を吐かせたわけである。

「糸子の卒業旅行を繰り上げるつもりで、夏休み中にみんなでどこかへ行こうか」

加代ちゃんは、「いいわねえ」と応じた。

「だけど無理よ、お父さん。事務所を空《あ》けるわけにはいかないもの。お父さんと糸子だけで行ってらっしゃいな」

「それじゃ意味がないだろう。みんなで行かなきゃな」

「だけど、事務所を空けるわけには――」

「だから、事務所を開けないで閉めりゃいいんだ。社員慰安旅行だよ」

これには加代ちゃん、ポカンとした。

「イアンリョコウ？」

「そうだよ。別に不思議じゃあるまい？　うちだって法人なんだから」

「タンテイがイアンリョコウ？」

「探偵ったって、うちの探偵はみんな社員なんだから、社員旅行さ」

実を言うと、蓮見事務所の社員たちは、経理担当のおばさんひとりを除いて、みんな契約社員である。彼らの意見を訊いてみると、経理のおばさんと、おばさんと仲のいい女性探偵ひとりを除いては、社員旅行よりも休暇が欲しいという回答だった。ということは、気を揃えて旅行に行くことになるのは、蓮見一家三人と、経理のおばさんと女探偵の計五人。そしてこの五人という人数が、加代ちゃんを刺激した。

「五人一組なら、タカちゃんに頼んで、うまくツアーを組んでもらえるかもしれないよ」

「そんなら、相談してみようよ」

タカちゃんは大いに張り切って相談に乗ってくれた。そうしてあがってきた企画が、三泊四日の台湾旅行だったのである。もっとも、台湾という行き先を決めたのは、糸ちゃんであったようだが。彼女、どうしても「オキュウ博物院」というところに行きたいのだそうである。ヘンな趣味だと思うのだが……。

旅行に際して、加代ちゃんの心配事はふたつあった。ひとつには、今抱えている案件に絡んで、緊急事態が起きたら困るということ。とはいえ、これについては、まあ正味四日の留守であるし、運良くこの夏はそれほど複雑な事件を抱えてはいないし、休暇扱いになっている契約社員の探偵たちがいるということもあって、まあ大丈夫かなということで落ち着いた。

難問は今ひとつの方である。そう——

「マサをどうしよう。置いてけぼり？」

そうなのである。

誤解されると心外なので先に言っておくが、俺はかなりの程度自立している犬なのであって、三日や四日、ひとりで留守番できないことはない。ただ缶切りが使えないので、ドッグフードは用意していってもらわないと不自由だが、いざとなったら食べ物ぐらい、いくらだって自分で調達できる。盛り場のゴミ捨て場をうろつけばいいのだからね。

だから問題は俺の方ではなく、加代ちゃんたちの側にあるのだ。俺を置いていくことが、やっぱり辛《つら》いというのだよね、彼女たちは。

「マサ、寂しいよね」と、糸ちゃんが俺の首を撫でながら呟く。俺は、寂しいのは俺じゃなくて糸ちゃんだろ？　と思うのだが、やっぱり俺も寂しいのかもしれないとか思うと、糸ちゃんが寂しそうなのを見て寂しくなってしまうのだ。ちょっと混乱しているが。

「ペットホテルを――」

加代ちゃんが言いかけ、俺がううと唸るのを聞きつけて、「――探してみようか」という言葉を呑み込んだ。察しのいい女性である。俺は何が嫌だってあんなところに泊まるのは絶対に嫌だ。あんなところに預けられるくらいなら、野良《のら》になってワイルドな生き方をしてやる。

この難問の回答は、実は、蓮見家のすぐ隣に住んでいた。蓮見探偵事務所のある建物は蓮見家の住まいでもあり、従って町場に在《あ》るので、お向かいは普通の住宅だし、三軒先はパン屋で、はす向かいはクリーニング屋である。で、左隣は「ハイネス田中《たなか》」というアパートなのだ。四世帯入居できるこの洒落《しゃれ》たアパートの一〇一号室、いちばん蓮見家に近い側に、小《こ》早川純子《ばやかわじゅんこ》という女性が住んでいる。引っ越してきて二年ばかりだが、歳は三十代後半で、仕事は翻訳家だというが、そういう根《こん》仕事ばかりをしているとは思えないほどの外向的で朗《ほが》かな人である。この人は無類の犬好きで、朝晩俺を見かけては挨拶《あいさつ》を投げてくれることから、まず加代ちゃんと親しくなり、糸ちゃんと仲良くなり、現在では蓮見家と昵懇《じっこん》の間柄となっている。で、加代ちゃんから旅行の話を聞いた途端に、

「あら、そういうことならあたしがマサを引き受けるわよ。あたしに面倒みさせて」と、勇《いさ》んで申し出てくれたのであった。

ジュンコさんなら、俺としても文句はない。犬好きと言っても、ベタベタと犬を玩具《おもちゃ》にする人でないことは、俺もよく知っている。

「朝晩いっしょに散歩して、きれいな水とご飯をあげる。それでいいんでしょ？　マサはもう大人の犬だもんね。ああ、それと、事務所の鉢植えにも水をあげておくわよ。加代ちゃんのとこのあのポトス、少し形を整えてやった方がいいって、ずっと気になってたんだ。お留守のあいだにいじっていい？」

と、まあ、ざっとこんな次第《しだい》で、加代ちゃんたちは旅行に出発、俺はジュンコさんと共にいることになったわけである。八月、歩道に影が焼きついて焦げる匂いがしてきそうな暑い夏の、三泊四日の留守番の始まりだった。

一日目

行きの飛行機が朝早くに離陸するというので、加代ちゃんたちは、実際の出発日の前の晩から成田《なりた》のホテルに泊まることになった。つまり俺は、その夜からひとりきりになったわけである。

加代ちゃんたちが成田に向かって二、三時間後——夜十一時頃だったろうか、事務所の通用口の鍵を開ける音がして、「こんばんは」とジュンコさんが顔をのぞかせた。同時に、ぱちんと電気が点《つ》く。俺は俺の事務所での定位置——来客用ソファと加代ちゃんの机のあいだの敷物の上から立ち上がり、ジュンコさんに顔を見せに行った。

「お、マサ、いたね」と、ジュンコさんはニコニコする。俺がここにいないわけないのだが、ジュンコさんはいつだって、俺の顔を見るとこの言葉を発するのだ。

「ちょっと夜のお散歩に行こうか」

ジュンコさんは俺に繋ぎ紐を振ってみせた。俺はしっぽを振って応じた。加代ちゃんや糸ちゃんに対してならば、散歩のたびにいちいちこんなやりとりもせずにいられるのだが、やっぱりジュンコさん相手だと、少々勝手が違う。意思の疎通をきちんとはかるためには、俺も小まめにアクションを返さなくてはならない。

ジュンコさんは白いスラックスにTシャツ、かなりくたびれたゴム草履《ぞうり》といういでたちで、首に白いタオルを巻いていた。これでエプロンでもしていたら、深夜営業の八百屋のおばさんのようである。

「蒸し暑くてやんなっちゃうね。水上公園の方へ行ってみようか」

水上公園というのは、事務所の近くにある、元は運河だったところを埋め立て、改造してつくられた、なかなかきれいな場所である。出自《しゅつじ》が運河であるという珍しい公園であるから、ひょろりと細長い構造で、東の端の出入口から入って西の端の出入口のところで折り返し、また東の端の出入口に出るというルートをとると、かなりのロングコースを歩くことができ、しかも車が入ってこない。俺と加代ちゃんの毎朝の散歩コースでもあるから、馴染みの道だ。ただ近頃は、ある事情があって、深夜には踏み込んだことがない。

それでも俺は、ジュンコさんを見上げてしっぽを振った。現在の水上公園が抱える「ある事情」については、ジュンコさん自身が、その場に行けば思い出すだろうと思ったからである。それでどうするかは、彼女に任せよう。

「さ、出かけようかね」

俺の首輪に繋ぎ紐を取り付け、元気よく声をかけて、ジュンコさんは小走りに歩き出した。散歩のときの、ジュンコさんのこの足取りの軽やかさが、俺はかなり気に入った。こういうふうに足を運んでもらえると、俺は、散歩の全行程のほぼ六割くらいを、競走馬でいうギャロップの速さで進んでいくことができるのだ。これは実にいい按配《あんばい》の運動になる。

犬を飼っていて、その犬を愛していて、かなりの程度正しい躾《しつけ》をすることのできる飼い主でも、その犬の種族年齢性別健康状態にあわせた適切な散歩速度については、案外無知無関心であることが多いのには驚かされるし、がっかりさせられるものだ。たとえば諸岡のバカ進也みたいに、最初から最後まで走って散歩されると、もうけっして若くはない俺は、アゴがあがってしまう。かといって、所長のように、ずっとてくてく歩かれたのでは、身体がほぐれなくてかったるい。

これまで漏れ聞いた話によると、むろん、ジュンコさんには愛犬を飼った経験があり、犬のお産にまで立ち会ったことがあるようだから、俺たち犬族についてかなり実際的かつ体験的な知識を持っているに違いない。ジュンコさんは余所《よそ》の犬でも近づいていって話しかけずにはおれない気質の人だが、俺は今まで一度だって、彼女が間違ったことをするのを見たことがない。たとえば、どんなおとなしそうな犬に対しても、いきなり立ったまま上から手をのばして頭を撫でたりしない。ちゃんとしゃがみ込み、犬と視線をあわせて挨拶をする。そして飼い主に、「撫でてもいいですか」と許可を得てから、首のあたりを撫で撫でしてやるのだ。そしてその犬の状態がとても良好で、飼い主とジュンコさんの犬好きのハートがリンクしあえば、やあやあと握手を交わしてにこやかに別れる。しかしその飼い主が、犬はとっても悲しそうな疲れた目をしているのに、ジュンコさんが犬を撫でているあいだじゅう、この犬がいかに高価であったかとか、いかに世話に手がかかるかとか、期待していたような愛敬を振りまかないもしくは番犬として役立たずだ等、本人（本犬）を目の前にして余計なことばかりしゃべり散らすような輩《やから》であった場合には、慇懃《いんぎん》に挨拶をして別れた後、道々ずっとその飼い主のことを罵《のの》り倒すのである。

今夜も熱帯夜であるらしく、俺とジュンコさんは濡れ毛布のような熱気に包まれて、早くも汗をかき始めながら進んで行った。大通りを、赤いランプを灯した終バスが走りすぎて行く。ちらほらと通行人が目につくが、それは皆、一杯気分のサラリーマンや門限を気にする若いお勤めの娘さんたちで、よそ見をせずに家へ家へと向かって行く足取りだ。

水上公園に向かう途中、そろそろ寝支度《ねじたく》にかかっている静かな町のなかで、一カ所だけ煌々《こうこう》と明るい、異質な場所を通過する。「ライフライト」というコンビニエンス・ストアである。二十四時間営業のこの店は、元は小さな趣《おもむき》のある酒屋さんだったのだが、二年ほど前に、先代の主人から今の若主人に代替わりした際に、転業したのだった。加代ちゃんは、朝の散歩の帰りにここで牛乳やパンを買ったりして便利に使っている。俺のドッグフードが切れてしまったときも、急いでここに買いにくる。だからお世話になっている店なのだが、夜にはちょっといただけない場所になる。酒類も扱っているコンビニなので、時に酔っぱらいがフラフラしていたりするし、それよりももっと頻繁《ひんぱん》に、この子らの親はいったい何をしているのだろうかと思うような中学生から高校生ぐらいの若者たちが店先にたむろしているからである。

三カ月ほど前だったか、夜の十時頃に、糸ちゃんが俺を連れてここにトイレットペーパーを買いに来て、髪を金色に脱色した数人の若者に絡まれそうになり、俺が久々に牙《きば》をむくという局面があった。以来、糸ちゃんは怖がってしまってこの店に寄りつかなくなった。先代の酒屋のご主人はいい商売人だったから、息子の代で店がこんな側面を持つようになってしまったことに、きっと心を痛めていることだろう。

今夜はしかし、「ライフライト」の店先は空いていた。店の側からしても、「店内」が混むのではなく、「店先」が混むという事態はけっして歓迎できるものではないはずだから、これは喜ぶべき事態だろう。ただ、店の出入口の自動ドアのすぐ脇に設置されているカード式公衆電話機に、制服姿の女の子が——たぶん高校生だろう——ひとり、べったりと張り付いて、なにやら長電話をしている。

おやおや——と思っていると、カード電話機と抱き合うような格好でしゃべっていた女の子の脇をすり抜けざま、ジュンコさんが大きな声で言った。

「あなた、何やってんの、早く家に帰りなさい！」

俺は振り返らなかったが、人間よりも視界の広い犬族の得なところで、視界の隅に、びっくりしたように身を起こしてジュンコさんを見送る女の子の姿がちゃんと見えた。そして彼女が小さく罵るのが聞こえた。

「何よあれ……クソババア」

幸い、ジュンコさんには聞こえなかったようである。ややスピードをあげて、軽くランニングするような足取りで進みながら、ぶつぶつと呟いている。

「まったく──親の顔が見たいわよ。制服でこんな時間まで外をほっつき歩いてるなんてね、マサ」

そのとおりだが、当のあの女の子の親は、たぶんテレビなんか観てて何も気にしていないのだろうよ。それとももう寝ているのか。

ジュンコさんは憤り続ける。

「それにさ、今の高校の制服って、どうしてあんなにスカートが短いんだろ？　ちょっとかがんだらパンツ丸見えじゃないの。あたしだったら娘に言ってやるけどね、あんた学生時代からそんなカッコして、この先一生パンツ見せて世渡りしていくつもりかって」

というようなことを言われたら、女の子たちはこう逆襲するであろう──「誰もてめえにパンツ見せてくれとは頼んでねえよ、オバサン」

そしてこれは、論点はめちゃくちゃズレているが、感情的には正しい反論なのであろう。

だからどうしようもないのである。

前方に、水上公園の木立が見えてきた。秋冬の夜の木立は黒く沈んで見えるのに、真夏の夜の木立は灰緑色にくすんで見える。闇の濃さが熱気で中和されてしまうのだろうか。

少し息が切れたのか、ジュンコさんは水上公園の出入口のゲートの前で足を止めた。呼吸を整え、首にかけたタオルで汗を拭いている。俺は首を振って周囲を見回した。人けはない。道路のアスファルトは昼間の熱気を残して生温かく、感触も軟らかいようで、脚の裏の肉球が気持ち悪かった。

顔の汗を拭うと、「さて」と声を出して、ジュンコさんは俺を引っ張った。俺は素直についていった。俺の目には、その距離からでも、水上公園の出入口の先に立看板が立っているのが見えた。ちょうど畳を縦に半分にしたくらいの大きさで、白地に黒と赤のペンキで文字が大書してある。

「あれ？」

ゲートを通り、看板の近くまで行って、ようやくジュンコさんは看板に気がついた。見上げる表情が、途端に険しいものに変わった。看板にはこう書かれていたのである。

注意！
今年に入ってから水上公園内で、夜間、複数のグループ犯による悪質な引ったくり、

恐喝事件が頻繁に発生しています。傷害事件に発展したケースもあります。夜が更けてから公園を通過したり、歩行する場合は充分に注意してください。被害に遭ったり、不審な人物を目撃した場合には、すぐに一一〇番通報してください。

文面の最後に、所轄警察署の連絡先電話番号が添えてある。この看板は比較的新しいものだが、たぶん、古い方の汚れがひどくなったか壊されてしまったかして、最近になって新品に取り替えられたのだろう。なぜなら、俺が加代ちゃんとここに来て、初めてここに看板があるのを見つけたのは、今年の二月ごろのことだったから。

「あらヤダ、知らなかったな」

ジュンコさんは男のようにごしごしと頭をかいている。俺はちょっとしっぽを振り、彼女の注意を惹きつけた。そして鼻面を、水上公園に沿って延びている一方通行の舗装道路の方へと向けた。そこなら、街灯に照らされて明るい。肉球は気持ち悪いけど。

「マサ、公園に入りたくないんだね?」

ジュンコさんは察しがいい。より正確には、俺ではなく、ジュンコさんに公園に入ってもらいたくないのだが。

「じゃ、別のとこ回ろうか」ジュンコさんは言って、またランニングを始めた。「もうひと汗かいたら、帰ってビールが美味《おい》しいからさ。行こう!」

水上公園で引ったくりやカツあげをやっている非行少年グループがいるらしい――という噂は、去年の年末頃から、蓮見探偵事務所の面々の耳に届いていた。地元のことだし、所轄警察署とのつながりもあるから、噂と言っても確度の高いものである。

その当時の話では、詳細は、自転車を使った追い越しざまの引ったくりが二、三件、夜遊びをしていた二人連れの女子高生が少年グループに囲まれて有り金を盗《と》られた事件が一件――ということだった。話を聞いた所長は、こういうことをやる犯人グループは早くに捕まえてやらないと、どんどんエスカレートするからと心配していた。

実際、その心配は現実のものとなった。年明けて一月の末、深夜零時過ぎ、新年会帰りの千鳥足で水上公園を歩いていた（どうやら、近道だったようだ）五十代のサラリーマンが、三人組の少年に囲まれてボコボコに殴られた挙げ句、カバンと財布を盗られるという事件が起こったのだ。その現場検証が済んだかと思ったら、翌日の夜、今度はまだ夜十一時前に、水上公園で犬を散歩させていた四十代の主婦が、二人連れの少年にナイフを突きつけられて脅かされた。主婦は財布を持っていなかったのだが、少年のひとりに腕を斬りつけられ、全治二週間の怪我《けが》を負わされた。それから三日後には、同じくらいの時間帯に、公園を通っていた若い会社員がまた襲われたが、このときは怪我もなく被害もなくて済んだ。被害者の会社員の逃げ足が速かったのが幸いしたようである。

蓮見事務所では、早めに警察が地元住民に警告を出した方がいいんじゃないかと気をもんでいた。その一方で蓮見所長は、加代ちゃんが俺を連れて深夜に水上公園を散歩することを厳禁し、加代ちゃんもそれに素直に従った。が、公園内には立ち入らずとも、加代ちゃんは俺を従えて、ほとんど毎晩、公園の周りを歩いていた。そうしているときに、例の看板を見つけたというわけである。

看板が立てられてから以降は、水上公園の不穏な情報は、地元住民のあいだに一気に広まった。夜間の人通りは激減、日が落ちた後は子供たちはここを通らないようにと、各学校から指導がなされた。駅前やバス停、町内会事務所などにも警告のビラが貼り出されている。

だが、ジュンコさんはこれらの動きを知らなかった。独り暮らしで自営業、町内会の活動も縁がないし、子供がいなければ学校とも無縁だ——となると、やっぱり情報は伝わりにくいのであろう。

彼女が今夜、公園内を通るのを諦《あきら》めてくれてよかったと、俺はほっとしていた。ジュンコさんの気性では、

「ボディガードを頼むわよ、マサ！　だらしない警察の代わりに、あたしが犯人グループのガキどもをとっ捕まえてやる！」

なんて、腕まくりしかねないからである。

実際、加代ちゃんもそうなのである。俺を連れて毎夜公園の周囲を歩いていたのも、散歩

兼パトロールのためだったのだから。公園内からキャアとかギャアとか助けてとか叫び声があがったら、俺を引っ張って駆けつけるつもりだったのである。だけど俺は、そんな羽目にならないといいがと内心ヒヤヒヤしていたのだ。そりゃまあ、加代ちゃんは護身術の教室に通って修了証書をもらっていることだし、不良グループに襲われたとしても、普通の若い娘さんよりはずっと的確に行動できるだろうけれど、それだって多勢に無勢ということがあり、確かに俺の牙は今でもそこそこ鋭いが、それでも顎は一組しかないのであるから、最初から勝ち目のない作戦は立てないというプロの掟に従うならば、無茶してはいけないのである。

俺とジュンコさんは、平和に散歩を終え、大いに喉を渇かして家に帰り着いた。ジュンコさんは自分がビールで喉を潤《うるお》す前に、俺にきれいな水をいっぱい飲ませてくれた。そして俺の逆立った毛並みをブラシで撫で、明かりを消し、事務所の戸締まりをきちんとして帰っていった。

こうして、俺はひとりぼっちの夜を静かに眠った。夢は見なかった。ただ、やっぱり留守番役の責任で神経が鋭くなっているのか、眠りは浅かった。明け方、新聞配達が事務所の前を通過してゆく自転車の音が聞こえるころには、もう目を覚まし、窓のブラインドごしにさしかけてくる朝日の色を、ぼんやりと眺めていた。

そして——ふと妙な物音を聞きつけた。

遠くから誰か——そう「誰か」だ、人間だ、明らかに二本の足だ——近づいてくる。早足で、パタパタと。耳を澄ますと、その足音の軽さが感じられた。子供みたいだ。が、その割に、足取りが重いというか——不規則で不自由な感じがする。何か荷物でも持っているのだろうか。

　俺は薄暗い事務所のなかで、両耳をぱっちりと立て、集中していた。足音はどんどん近づいてきて、蓮見探偵事務所の正面のドアのところでピタリと止まった。ちょっと見には一般住宅のように見えるこのスチールドアは、今はしっかりと閉じられて、インタフォンの脇に、小さな貼り紙がしてあるはずだ——四日間事務所を休んでいる旨、加代ちゃんの几帳面《きちょうめん》な字で書いた断わり書きだ。

　ゴソゴソっと、音がした。ドアの向こうで、近づいてきた誰かが事務所のドアの前に何かを置いているらしい。俺は急いで通用口の方へ回った。そこには、ドアは閉められていても俺だけは通り抜けることのできるくぐり戸があるからである。

　くぐり戸を抜け、建物の脇に停められている糸ちゃんの自転車の脇を回り込み、俺は正面のドアのところへ走った。ドアの真ん前に、みかん箱ぐらいの段ボール箱がぽつんとひとつ鎮座しているのが見えた。わずかにおくれをとったようで、周りには誰もいない。見回しても、逃げて行く後ろ姿も見えない。

　横腹に「高原キャベツ」と印刷された段ボール箱だった。箱の上面で開閉するようになっている。テープなどで貼り付けられておらず、蓋の片方が跳ねて斜めになり、ドアの新聞受け口の方を向いていた。

箱に近づいた俺は、そこにケモノの臭いをかいだ。思わずびくりとして、耳がますます鋭角に突っ立った。

置き去りにされた段ボール箱が、もぞもぞと動いた。俺は飛びのいた。

段ボール箱は、ごそごそと音を立てた。また、ケモノの臭いがした。その臭いは俺に、ずっと昔のガキのころ、小学校の校庭に迷い込んでしまったときのことを思い出させた。遠い記憶だが、臭いの記憶は鮮やかだ。なにしろ俺は警察犬あがりのジャーマン・シェパードなのだから。

小学校の校庭――その隅っこにある緑色の金網に守られた飼育小屋。

首をのばして、俺は段ボール箱のなかをのぞきこんだ。箱の蓋に光を遮られた暗がりの底から、都合五対の目玉がぴかりと俺を見上げた。俺の背筋の毛が逆立った。

意図的にか偶然にか判らないが、「高原キャベツ」の箱のなかには、好んでキャベツを食べる動物が入っていた。俺はしばし我と我が目を疑ったが、間違いない。

そこにはなんと、五羽の小さなウサギちゃんたちが丸まっていたのである。

「可愛いねえ、ホラ、たくさん食べなね」

ジュンコさんは箱の脇にぺたりと座り込み、もう満面の笑みである。箱のなかのウサギち

ゃんたちに、次から次へとキャベツやレタス、ニンジンを与えて、

「美味しいの、そう、いい子ねえ」

頭のてっぺんから声を出している。これだから、サイズの小さな動物は得だというのだ。

ウサギちゃんたち御一行様を発見したあと、俺だけではどうすることもできず、結局は箱のそばで張り番をしながら、ジュンコさんが来てくれるのを待っていた。てんで間抜けな光景だったが、早朝のことで誰も見ていないし、ほかにどうしようもなかったのだ。

俺たち町場に住む動物は、犬だの鳥だの猫だのという種族に関係なく、たいていの場合は意思の疎通をはかることができる。そのときには、その地域で使われている人間の言葉が俺たち動物たちの共通語として便利に使われる。これは、日本に住んでいれば、アメリカ人でもフランス人でもイラン人でも日本語を使って会話ができるのと同じである。そのうえで、アメリカ人が日本人の食生活になじめなかったり、フランス人が日本人の生活習慣をバカにしたり、イラン人が日本人の無宗教なことに仰天したりするように、犬と猫、猫と鳥、鳥とウサギと、互いの種族間相違に驚いたり笑ったり嫌悪したりすることもまた同じくである。

しかし高原キャベツの箱のなかのウサちゃんたちは、生後どのくらい経っているか俺には見当もつかないけれど、まだまだとても幼くて、俺と話などできる状態ではなかった。要するに赤ちゃんなのである。ただ、町場の子だから、犬族の俺の臭いをかいでも闇雲に逃げ出そうとしたり怖がったりしないでいてくれるのには助かった。

ジュンコさんは、あの手の職業人としては早起きのタイプで、毎朝七時ごろには起き出してくる。この日もそうだった。そして、蓮見事務所のドアの前に、鼻面にくっついたウサギちゃんたちの柔毛がチクチクするのでクシャミばかりしている俺と、高原キャベツの段ボール箱が並んでいるのを発見した。

ジュンコさん、箱の中身を確認するや否や、いきなりこう言ったものだ。

「マサ、このウサちゃんたち、いったいどこから持ってきたの?」

俺が持ってくるわけないでしょうが。

「たぶん、捨て猫ならぬ捨てウサギだね。だけど――」

ジュンコさんは、ウサギちゃんたちを一羽ずつてのひらの上に乗せ、目の輝きや毛並みを調べているようだ。

「どの子も元気だから、きっと今まで大事に世話してもらってたんじゃないかな。五羽とも子ウサギだから、どこかでウサギのつがいを飼っている人が、子供が産まれて増え過ぎちゃって困って、捨てにきたのかもしれない。ウサギはすっごく早いペースで増えるからね」

ジュンコさんは犬好きというだけでなく、動物好き、ペット好きなのだろう。俺はウサギのことなど何も知らない。このウサギちゃんたちについて俺がジュンコさんよりもよく知っていることと言えば、今朝《けさ》ウサギちゃんたちを蓮見事務所の前に置き去りにしていった人物は、九十九パーセントの確率で、子供だったろうということだ。あの足音の軽さからして、間違いはない。そしてその子供はひとりきりだった。寄り添う足音も、会話の声も聞こえなかったのだから。

ペットで飼っているウサギが増えすぎて、何匹か捨ててこなくてはならないという場合、子供ひとりでそれを実行するだろうか。親がそうさせるだろうか。ちょっと酷だと、俺は思う。ジュンコさんの考えは、普通ならまっとうな推理だと思うが、この場合には当てはまらないような気がする。

俺は歯がゆくてならなかった。ジュンコさんは、加代ちゃんや糸ちゃんに話しかけるようにして俺にも語りかける。俺がその言葉を理解していると、信じ切っているようだ。事実、俺は理解している。だからこそもどかしい。俺に然《しか》るべき発声器官があり、ジュンコさんに他の動物たちクラスの聞き取り能力があるならば、今朝パタパタとやって来た軽い足音のことを話してあげられるのに。

「マサは、ほかの生き物がそばに居ても気にならないんだね。あんた、やっぱり大人の犬ね」

ジュンコさんは俺の首を撫でてくれた。そうだよジュンコさん、俺はチビのウサちゃんたちを虐《いじ》めたりしないよ。だけどやっぱり、ウサちゃんたちを触った手でそのまま俺に触らないでほしいんだよ。臭うからさ。

「でも、ずっと一緒じゃやっぱり気の毒だからさ、大家さんに頼んで、とりあえず引き取り先を見つけられるまで、ウサちゃんたちはあたしの部屋で預かることにするからね」

それは助かる。本当に助かる。ウサちゃんたちが運び去られたあと、俺は心底ほっとして、少しばかりウトウトしてしまった。ウサちゃんたちに夢中のジュンコさんが、俺との朝の散歩をパスしてしまったことも、かえって有り難いくらいだった。

始まりは波乱含みだったものの、その日は一日静かに過ぎていった。事務所で留守番をしていると、時おりピーという電子音がして、その後ファクシミリがガーと鳴って紙を吐き出すという現象が発生する。有給休暇扱いになっている旅行不参加の契約社員探偵たちが、結局は休まずに、何かしらの報告を送って寄越しているのかもしれない。だが、電話はほとんど鳴らなかった。旅行前に、加代ちゃんたちが関係各位への連絡を徹底していたのがよかったようだ。

夕方、事務所のブラインドに茜色《あかね》の夕日が照り映える頃、二階の蓮見家のリビングの方で電話が鳴った。事務所の電話ではなく、蓮見家の電話である。当然のことながら留守番電話に切り替わり、糸ちゃんの声で三泊四日の旅行に出ている旨を告げる応答録音が聞こえ始める。そしてそれが終わるや否や、電話の向こうで諸岡進也がしゃべり始めた。

「あれ、なんだよホントに旅行に行ったのかよ？　俺てっきり冗談だと思ってたぜ」

俺は二階への階段の上がり口で耳を澄ませながら、鼻先でフンと言った。こんな通話を録音するのはテープの無駄である。

「家族旅行なんて地味でツマンネエじゃないの。加代ちゃんも糸子もよっぽどヒマなんだな。旅行ってのはやっぱ、もっとバッチリするもんだぜ」

バッチリした旅行というのはどんなものなのだろう。

「しょうがねえなあ、帰ってきたらまた電話するよ。じゃあな」

電話は切れた。操作方法さえ知っていたならば、二階へあがって行って今のメッセージを消してしまえるのだが。それとも電源を引っこ抜いておこうか。

あんまりあからさまにやると加代ちゃんも糸ちゃんもびっくりするので、できるだけ控え目にしているのだが、電気製品のスイッチを入れたり切ったりすることぐらいなら、実は俺にもちゃんとできるのである。だからテレビなど、ひとりで点けて観ることができる。電話も、電話機本体に脚が届きさえすれば、モニターボタンを押してスピーカーフォンにして、番号ボタンを押せばいいのだから、かけることはできる。ただ、公衆電話の場合はアウトだし、携帯電話のあの豆粒みたいなボタンを押すのも不可能だ。留守電操作みたいなフクザツなこともさすがに脚に余る。長寿庵《ちょうじゅあん》に電話して「たぬきそばひとつにざる二枚」なんて頼むことができないのは言うまでもない。便利なようで、かえって不便かもしれない。

不便と言えば、首輪をつけ鑑札をぶらさげ身ぎれいにしていても、俺単独では真っ昼間はフラフラ出歩くことができないというのもそうだ。これが最大の不便かもしれない。何でかって？ 世の中には犬好きの人ばかりはおらず、犬が怖いという人もまた多く、そういう人が、大型のジャーマン・シェパードが飼い主不在で歩道をウロウロしているのを発見し恐怖して、即一一〇番してしまったりする場合があるからだ。俺は元警察犬だが、だからといってお上に顔がきくわけではないし、無用の騒ぎを起こすのも好きではない。

そういう事情があるから、この日も俺は、日が暮れて夜が来るのを辛抱強く待っていた。ジュンコさんは昨夜よりは早く、午後十時に俺を散歩に連れだしてくれたが、昨日よりはショートなコースを回って三十分ほどで事務所に戻った。言うまでもなく、アパートの部屋にウサギちゃんたちが居るからである。だが俺は気にしなかった。ジュンコさんが「おやすみ」と引き上げた後が、俺の本当の行動時間になるのだから。

午後十一時三十分。事務所のデジタル時計で時刻を確かめてから、俺はのそりと腰をあげ、くぐり戸をくぐって外へ出た。最終バスも出てしまい、人通りがぐんと少なくなるこの時間帯以降は、人間の目を気にせずに聞き込みをすることができる。何を聞くかって？　あのウサちゃんたちを運んで来たパタパタ足音の主の姿形を、事務所の近所の誰か──犬か、猫か、スズメかカラスか──が目撃しているかもしれないじゃないか。

俺はまず、蓮見事務所よりも通り一本北側にある三階建ての洒落た家へ足を向けた。「青木《あおき》」という表札の出ているこの家では、毛並みのいい牝の柴犬を一匹飼っており、彼女はつい一カ月前にお産をしたばかりである。母子は家の脇にある頑丈な犬小屋に仲良く住まっており、夜は金網ごしに話をすることができる。それに、パタパタというあの足音は、俺の耳には、どうもこっちの方角から来たように聞こえたのだった。

「マサさん、こんばんは」

母犬は俺を見つけて、首をひょいと持ち上げた。ふたつの瞳が、夜の色を映していっそう黒く見える。飼い主の青木氏は彼女のことをたいそう自慢にしているようだが、彼女が真にどのくらいの美犬であるかを実感できるのは、犬族の俺たちだけである。

「こんばんは。坊やはもう寝たかい」

「まだなのよ。宵っ張りで困ります」

なるほど坊やは起きていた。自分のしっぽを自分で追いかけて遊んでいる。俺の顔を見ると、あ、マサおじさんだと言った。

「もうすぐ訓練学校に行くんだろう？　宵っ張りをしてると叱られるぞ」

「そうなの？　叱られるの？」

「そうよ。だからもう寝なさい」

母犬は、自分も訓練学校の経験があるが、やっぱり一時的にでも子犬を手放すのが心配なのだろう、このところ俺と顔をあわせるたびに、その話ばかりをしてきた。そのたびに俺は、三週間の訓練期間くらいあっという間だよと慰めてきた。だが問題は期間ではないのだ。母犬も俺も、口には出さないだけで、よく判っている。三週間の訓練の前と後で、坊やは劇的に変わってしまうだろう。赤ん坊が、一人前の大人の犬になって戻ってくるのだ。それはもちろん喜ばしいことだけれど、赤ん坊だけが母親に与えることのできる喜びが、もう戻っては来ないことも事実だ。

俺は母犬に、手短に用件を説明した。彼女は美しいだけでなく賢い犬なので、話はすぐに通ったが、

「今朝方ね……子供の足音……さあ、心当たりがないんだけれど」

「そうか。まあ、こっちの方から来たかどうか、確実じゃないんだ」

「自転車の音なら聞きましたけれどね。でも、新聞屋さんかもしれないしね」

「ウサギの臭いも、感じやしなかったろうね？」

「ウサギねえ……どんな臭いがしたかしら。忘れてしまってるわ」と、母犬は笑った。

「マサおじさん、ウサギとすんでるの？」と、坊やが目をまん丸にして訊いた。

「有り難いことに、一緒に住んではいないんだ」

「ウサギって、おいしい？」

「おまえさんが食べている缶づめのフードよりはまずいと思うよ。食うのに手間がかかるしな。だからウサギには近づかない方がいいな」

礼を言って、俺は母子のところを離れた。ぶらぶら歩いていると、通りのずっと先の方で、耳ざといハラショウが、おいこっちへ寄ってくれよと吠え始めるのが聞こえた。ハラショウ

が飼い主に「うるさい！」と怒鳴られないうちに駆けつけようとしたのだが、間に合わなかった。俺が顔を出したときには、ハラショウは二階の窓から水をぶっかけられていた。

「おーい、おっちゃんさんぽかい？」

ハラショウは頭から水滴をしたたらせながら俺に笑いかけた。

「おまえも苦労するな」

「クロウ？　くろうってなんだい？」

ハラショウはボクサーの血の混じった雑種犬である。半年ほど前に、今の飼い主の鉄工所の親父のところへ、どこかからもらわれてきた。

この鉄工所の親父は、ハラショウをいつも、掛け値なしにいつも、雨の日も風の日も雪の日も、工場の脇の鉄クズ置き場に繋ぎっぱなしにしている。ハラショウと知り合ったばかりのころ、俺は彼のひどい境遇に仰天してしまい、前の飼い主はハラショウがこんなふうに扱われていることを知っているのか、ハラショウは前の飼い主のところに帰りたくないのかと問いただした。ところがハラショウはぽかんとしており、前の飼い主のところでもこういう生活だった、生まれたときからずっとこうしてきたというのである。鉄工所の親父にもらわれてきたのは、前の飼い主が、ハラショウに飽きたからであったらしい。

俺の見たところではハラショウは今三歳ぐらいのはずで、普通なら立派な成犬なのだが、おそらくはそういう放置された犬であるが故に、かなり子供っぽいところがあった。何度会って《も》俺の名前を覚えることができず、いつでも「おっちゃん」と呼ぶ。

話が前後するが「ハラショウ」というのは彼の名前である。何でも外国語であるのだとかで、鉄工所の親父が命名した（前の飼い主のところでは、単純というか怠惰というか、単にボクサーと呼ばれていたのだそうだ）。鉄工所の親父がどんな意図でこの名をつけたのか、その意図はまったく不明である。飼い主にとって格別不愉快な人物のニックネームであるのかもしれない。それをペットの名前にくっつけて、虐めることで間接的に意趣返しをしているのかもしれない。そうとしか思えないほど、ハラショウの置かれた家庭環境は過酷だった。

ハラショウは始終腹を減らし、喉を渇かし、身体を汚しノミをたからせ、とっかえひっかえ皮膚病や腹下しに悩まされている。今も、彼の水の器は空っぽで、餌の器には干からびた鳥の骨が数本入っているだけだった。プンと臭い。いったい何時《いつ》もらった餌だろう。ハラショウと会うのは三日ぶりぐらいだったが、連日の暑さでまた一段と痩せこけてしまって、あばら骨が全部数えられるくらいになっている。

「おっちゃんはいいな、すきに出あるけて。どこへ行くんだい？　オレもつれてってもらえるといいのにな。おっちゃんは今日なにをしてた？　おもしろいことあったかい？　うまいものくったかい？　オレはヒマでしょうがねえんだけども、それにしたってあついね？」

ハラショウは寂しくて、愛情や友情に飢えている。だから異様なほど耳ざとく、近づいてくる犬族の気配を探知していて、誰か来るとハアハアとせわしなく話しかけるのだ。俺はハラショウのそばに腰をおろし、彼の矢継ぎ早の言葉をうまく遮って、事情を話した。

「ウサギかあ……ウサギってどういうのだったっけなあ」

「小さくて耳が長いんだ」

「プードルみたいか？」

ハラショウは、犬族の種族分けをほとんど認識することができないが、プードルだけは知っている。なんとなれば、飼い主が真っ白なプードル犬を飼っているからである。こっちの方は室内犬で、ハラショウとは一八〇度逆の、下にも置かないような扱いを受けている。ついでながら、このプードル犬はハラショウには鼻もひっかけない。ハラショウの方は彼女に憧れている。牝犬なのだ。そういえば、なぜだか知らないが、町場では、俺は牡のプードル犬というものに遭遇したことがないような気がする。

「いや、プードルみたいに耳が垂れているわけじゃない。ぴんと立ってるんだ」

「ふうん……オレわかんねえや」

ハラショウには想像もできないらしい。彼の世界は、もうずっと長さ一メートルの鎖で限定されてしまっている。そんな暮らしのなかでは、想像力なんて育つはずがない。

俺はハラショウに会うといつも、怒りで腹の底が焦げるような気がする。こいつの飼い主は、単に犬嫌いとか面倒くさがりなのではなく、積極的にハラショウを苦しめて楽しんでいるのである。ハラショウを放置していながらプードルを可愛がっているのが、何よりの証拠だ。ハラショウが生き生きと生きることを妨げつつ、バカだの役立たずだのと蹴ったり飯を抜いたり水をかけたりする。もしも人間の子供がこんな目に遭わされていたら、間違いなく親は罪に問われるだろう。しかし、人間の法律はペットを保護してはくれない。以前、加代ちゃんが所轄署の刑事と雑談しているのを聞いたことがあるが、ペットは法の上では器物扱いなのだそうだ。ハラショウはこんなに虐待されているのに、誰も飼い主を告発することはできない。

今までに、俺は何度か、加代ちゃんと散歩をするときに、彼女を強引にハラショウの居る鉄工所まで引っ張ってきて、あいつの姿を見てもらったことがある。加代ちゃんはすぐにハラショウの窮状に気づき、ずいぶんと心を痛めた。一度など、所長と相談の上、ボクサー犬を飼ってみたいからという口実で、ハラショウをもらいうけることができないかと、鉄工所の親父に掛け合いにいってくれた。

だが、鉄工所の親父は断わった。けんもほろろという感じだった。うちの大事な犬だから、どこにもやるわけにはいかないという。何が大事な犬だ。俺が、鉄工所の親父はサディストで、ハラショウを虐めて楽しんでいるのだと揺るぎなく確信したのはこの時だった。

ハラショウ救出に失敗した加代ちゃんは、以来、時々鉄工所の親父の目を盗んでは、ハラショウに餌をやってくれている。だが、ハラショウの餌皿に見慣れないドッグフードが入っているのを見つけると、飼い主はそれを捨ててしまうようだ。しかも、言うに事欠いて、

「うちの犬にヘンなものを食べさせようとするヤツがいて、物騒で困る」とほざくのだという。その噂を耳にして、俺は頭の血管が切れそうになった。

置き去りウサギちゃんたちについての情報源としては、ハラショウは期待できない。それは最初から判っていた。俺はハラショウに、何とかもっとまともな暮らしができるようにしてやりたいから、いろいろ手を考えてるからなと言った。気持ちに嘘はない。だが、できることは限られている。それでも言わずにはおれなかった。ハラショウに、今おまえが置かれている状況は、あまりにも不公平なんだよと理解させるためだけにでも。だが、他の暮らしを知らず、他の飼い主を知らないハラショウはこう言うのだ。

「そうかい？　だけどオレ、今のくらしがそうつらいわけじゃないよ。おっちゃんシンパイしないでよ」

ハラショウの歯がところどころ抜け落ちているのを確認して、俺は泥沼の底のように暗い気持ちで彼と別れた。

それからも俺は、蓮見事務所を中心に同心円を描くようにして、聞き込みの範囲を広げながら歩いていった。そして同心円のいちばん外側、五番目の縁の西側の端っこで、初めて当たりをつかんだ。

ウサギちゃんたちを運んできたパタパタ足音の正体を目撃したという証言ではない。が、貴重なものだった。

「うちのお嬢さんがお友達から聞いてきたんだけど、学校の飼育小屋の子ウサギが居なくなったとかって言ってたの。夏休み中だけど、父兄のあいだじゃ騒ぎになってるらしいわ。あなたのところの子ウサギは、そのウサギたちじゃないかしら」

ウサギが消えた学校は、城東《じょうとう》第三小学校というそうだ。俺にこの話をしてくれた黒猫の飼い主のお嬢さんは、この学校の一年生だという。

黒い液体を猫の形に絞り出したみたいな、細身の猫だった。

「シャムの血が混じってるのよ、あたし。あなたは純血のジャーマンみたいね？」

「だいぶくたびれてはいるがね。あんたの飼い主のお嬢さんは、ウサギがいなくなったことでショックを受けている様子だったかい？」

黒猫は金色の目を細くした。「そうね……心配はしてたわ。隣の第二小学校で飼ってたウサギが増え過ぎちゃって困ってるというので、五羽引き取ったばっかりだったんですって。ウサギたちが第三小学校に来て、まだ一週間ぐらいしか経っていなかったという話よ」

「じゃあ、それまでは、第三小学校ではウサギを飼っていなかったんだね？」

「そうだって。なんでかしらね？　学校にはウズラとかニワトリとかウサギは付き物でしょうに」

そうである。五羽の子ウサギちゃんたちを引き取るに際して、飼育小屋もわざわざ建てたのだろうか？

「さあ、そこまではあたしには判らないわ。うちのお嬢さんも知らないんじゃないかしら。まだ一年生だものね」

黒猫を、彼女の住んでいるマンションの非常階段ののぼり口まで送って、俺は彼女に教えてもらった道順で第三小学校を目指した。近づくにつれて校庭の砂埃《すなぼこり》と児童たちの履《は》き物のゴムの臭いが感じられて、場所はすぐに判った。五分としないうちに、俺は第三小学校の通用口の門の前にいた。

二メートル近い高さのある、鉄の門である。もうちょっと低ければ、俺にも飛び越えられるのだが……。仕方がない、頭をひと振りして他の入口を探した。学校というのは不思議なところで、校庭を囲むフェンスのどこかに、必ず一カ所は破れたところがあるものなのである。地元の猫たちがそこをナイショの出入口にする。ただ問題は、たとえそういう内緒の出入口を発見することができても、俺の身体がそこを通り抜けられるかどうかだ。

城東第三小学校は、建て替えられてから年数が浅いらしく、校舎は白く、淡いグリーンのフェンスに剝《は》げた部分もなく、植え込みは整然と整えられていた。校庭を囲んでL字形の校舎の一階の端に明かりが点いているだけで、後は真っ暗だが、目をこらすと、校舎の明かりがついている窓の少し北側に、ぼんやりと飼育小屋みたいなものの輪郭が見えた。夜目だし遠目だから確実ではないが、印象としては、最近建てられたもののようには見えなかった。

侵入口を見つけることができないまま、俺は校庭を半周し、さっきの通用門とは反対側にある正門のところまで来てしまった。しかし、この正門に希望があった。高さが一メートルもないのだ。助走を確保しようと、俺は一旦、後ろに下がった。それから勢いをつけて走り出し、思い切って踏み切った。

そのとき――金切り声が降ってきた。

「ヘイ、ユー、ワッツアップね？」

仰天した俺は踏切りのタイミングを外し、正門に体当たりをしてしまった。鼻面が鉄柵に激突し、目のあたりまでめりこんだかと思った。あまりの痛さに、目の前がぐるぐる回った。

「ヘイ、ビッグデンジャラス！　ユー、何してるね？」

チャカチャカした声が頭の上の方で聞こえる。俺は涙目で上を見あげた。何度かまばたきを繰り返すと視界が晴れて、正門の鉄柵の端っこに、門と同じくらいに真っ黒なカラスが一羽、とまっているのが見えた。

「ヘイ、ワッツユアネイム？　アーユークレイジー？」

さっきから、このカラスがしゃべっているのだった。

「俺にも判《な》るように言ってくれ」

鼻先を舐めて自分をなだめながら、俺はようやく唸って言った。

「ワカラナイ？　ユー、オバカさんね？」

オバカはそっちの方である。

「カラスがこんなところで何してるんだ？」

真っ黒な鳥は、気取ったふうに羽を広げて、ひと渡り周りを指し示した。

「ここ、ミーのなわばりね。ミー、ここに住んでる。この学校、この公園」

そういえば、第三小学校の正門の向かい側には、小さいが緑の濃い公園があった。

「嘘つくな。カラスは夜にはもっと郊外に帰るはずだ。町場に住んじゃいないよ」

「ミーは住んでるのよ！」

カラスは「憤然」という様子で、大きく羽をばさつかせた。人間なら、肩をそびやかしたというところか。

「おまえ、群から外れたカラスなのか」

カラスはぷいとそっぽを向いた。といっても、この連中は鳥目だから、暗い間は何も見えないはずなのだ。俺のいる方向は、声や気配で感じ取っているのだろう。それにしては、なかなか正確な位置把握だった。

「ま、そんなことはどうでもいいんだ」

やっと鼻面の痛みがおさまったので、俺は体勢を立て直した。

「おまえがこの学校を縄張りにしているというんなら、ちょうどいい。ちょっと聞きたいことがあるんだ。おまえ、ウサギを知らないか？　この学校の飼育小屋で飼われていたんだが、今朝方居なくなったんだ」

カラスは羽を整えて身体にぴたりとつけると、俺の方を見おろした。そして不機嫌そうに言った。

「ミーは、目が見えるのよ」

「鳥目じゃないのか?」

「町は、ホントに暗くは、ならない。だから見えるの。よくは見えないけど、見えるの。ユーは犬ね?」

「ヘビやイグアナじゃないことは確かだ」

カラスはまた首をカクカクと動かして、周りを見るような仕草をした。これは鳥独特の動作なのだと、俺は思い出した。

「ユー、ウサギ、探してるの?」

「探しちゃいない。誰がウサギを持ち出した——いや、連れ出したのか知りたいだけだ」

カラスは首をかしげた。「ホワイ?」

「あん?」

「どうしてかって訊いたのよ。どうしてウサギをかくしたひとを探してる?」

このカラスは、ウサギを「隠した」と言った。「隠した人」とも言った。

「おまえ、何か知ってるんだな?」

「ミーはおまえじゃない。名前があるのよ」

カラスは気取って嘴《くちばし》をツンと上に向けた。

「アインシュタインというの」

俺はまたぞろ目が回りそうになった。「なんだそりゃ」

「ミーの名前よ」

「ということは、おまえ、人間に飼われていたことがあるんだな」

俺たち動物は、人間に養われた経験がない限り、「自分の名前」という概念を持つことはない。そんな必要がないからだ。だから、名前を名乗る動物は、ほとんど例外なくペットであった過去を持っていると判断していい。たとえそれがカラスであっても。

「それじゃアインシュタイン、ウサギについて知っていることを教えてくれよ」

「ノーよ！」

アインシュタインは鋭く言い放つと、さっと飛び立った。俺の頭のすぐ上をぐるりと旋回し、翼の起こす風で俺をひるませておいて、捨てぜりふを投げた。

「ユーなんかにジャマさせないのよ、お帰り！」

ふがいないが、俺はあっという間に飛び去ってしまった黒いカラスを見送り、ただ目を白黒させるだけだった。

二日目

へんてこなカラスとの遭遇のせいだろうか、俺はその夜、浅い眠りの縁でうつらうつらしながら、へんてこな夢を見続けた。

ある夢のなかでは、俺はあのカラスみたいなしゃべり方をして、加代ちゃんとしきりに議論をしていた。俺が「アー、ユー、クレイジー?」などと言うと、加代ちゃんが怒って俺の頭を張った。現実には、加代ちゃんが俺をぶつなんてことは一度だってあったためしがないから、夢を見ている俺は、それが夢だと判っていながらも結構なショックを受けた。

別の夢のなかでは、俺は小さなウサちゃんたちと一緒に狭い箱のなかに閉じこめられていた。ウサちゃんたちは鼻をひくひくさせながら俺の腹の下にもぐりこもうとする。母親のおっぱいを探しているのだ。俺はウサちゃんたちから逃げだそうとする。身動きできないような小さな箱のなかにいるはずなのに、そこが夢のおかしなところで、俺は箱の底の闇のなかをどこまでもどこまでも走って走って逃げるのだった。

そうして走って行った先でハラショウに出会う。ハラショウはあの忌々《いまいま》しい鎖に繋がれておらず、俺の顔を見て嬉しそうに声をかけてくる。俺はハラショウをせっつく。繋がれていないのだから今がチャンスだ、一緒に逃げようと。だがハラショウは首を振る。

「オレはここにいなくちゃならないんだよ、おっちゃん。それがオレのウンメイなんだ」

どんなにせかしても、ハラショウは闇の底にぺったりと尻をおろしたきり、動こうとしない。そうこうしているうちに俺はウサちゃんたちに追いつかれそうになり、あわてて逃げ出す。後ろから、ハラショウの「おっちゃん、さよなら」という声が聞こえてくる。

はっとして、そこで一度目が覚めた。事務所のデジタル時計は午前三時を指していた。嫌な夢だと思った。加代ちゃんの腹立たしそうな顔と、ハラショウの悲しい「さよなら」が、それが夢のなかのものではなく現実の思い出であるかのように、俺の目の裏と耳の底に残っていた。

暗い気持ちでまた眠ると、また夢を見た。俺のそばには心配そうな顔をした糸ちゃんがいて、「マサ、死なないよね、死なないよね」と繰り返し繰り返し尋ねるのだ。夢のなかの俺は、そんな糸ちゃんに気づきもせずにグウグウ寝ている。入れ子のような夢の構造のなかで、俺は寝ているマサであり、寝ているマサを夢見ているマサであり、だから糸ちゃんに気づかず呑気に寝くさっている俺を、俺自身がイライラしながら見守っている。

次に目を覚ましたときには、事務所の窓のブラインドの隙間が白く明るくなっていた。夏の朝は早い。俺はうんと伸びをして起きあがり、全身をぶるりと震わせた。加代ちゃんが、書類仕事が続いて「肩が凝った」と嘆くことがある。そういうときは、たぶん、今の俺と同じような感じなんだろう。寝て起きて、寝る前よりもくたびれているなんて、ずいぶんと効率の悪い話である。

汲み置きの水を飲みながら、俺はまだ醒めきっていない頭で考えた。全体に、不吉というか、暗い夢だった。ただ前の二つと違い、三つ目の夢は、明らかに俺の記憶が変形して現われたものだった。ずいぶん昔の出来事だ。俺が蓮見事務所にもらわれてきたばかりのころ、まだ小さかった糸ちゃんが、俺が前の飼い主を恋しがり、寂しさのあまり死んでしまいはしないかと心配して、毎夜こっそりと様子を見にきたことがあった。そのときの情景が、夢になって再現されたのだ。それにしてもなぜ今になって、そんな夢を見るのだろう。まだたったふた晩をひとりで過ごしただけなのに、俺は自分で思っている以上に寂しがっているのだろうか。

時計を見ると、午前五時三十分をわずかに過ぎたところだ。早起きのジュンコさんでも、まだあと一時間は起きてこないだろう。ちょっと抜け出して、ハラショウの顔を見てこようかと思った。夢のなかの「おっちゃん、さよなら」という声が、どうにも気になって仕方がない。

通用口のくぐり戸の方へ向かったとき、俺の耳はかすかな音を聞きつけた。遠くからやってくる――近づいてくる――

昨日の朝の、あの軽い足音だ。俺はぴたりと動きを止め、レーダーのように耳だけを動かして、空耳ではないことを確かめた。間違いない。やって来る。走ってくる。昨日よりもずっとスピードの速い、迷いのない走り方をしている。

俺はするりとくぐり戸を抜けた。糸ちゃんの自転車と蓮見事務所の建物のあいだに身を潜めて、慎重に外の通りを見渡した。間もなく、蓮見事務所の前を東西に通っている八メートル公道の左手側から、小さな女の子が走ってきた。

小さいと言っても、幼いわけではない。小柄だが、小学校の五年か六年生にはなっているだろう。ショートパンツにTシャツ、素足に白い運動靴を履いている。むき出しの臑《すね》は細くて華奢《きやしや》で、日焼けしたふくらはぎが、ある時期の小さな人間の女の子だけが持っている独特のきれいな線を描いていた。

蓮見事務所の前まで来ると、女の子はぴたりと足を止めた。急停車に、彼女の耳の両脇にさがっているふたつのお下げ髪が、吊革みたいに大きく揺れた。おさげの端には小さな赤いリボンが結びつけてある。その色が、女の子の小麦色の顔によく映っていた。

女の子は、いかにも「足音を忍ばせています」という足取りで、事務所の玄関の周りをウロウロし始めた。何かを探しているような様子だった。俺は自転車の陰に鼻面を引っ込めて、息を殺した。

この女の子が昨日のウサちゃん配達人だったとしたら、今になってここへ何しに来たのだろう。俺の聴力と、耳から聞き取った情報を分析する経験則は、この子が問題の「パタパタ足音」だと断定している。だが、彼女が今ここで何をしているのか、俺にはさっぱり判らなかった。ウサちゃんたちを取り返しに来たとでもいうのだろうか。

そのとき、俺のすぐ左手の方から声が聞こえた。

「あ、やっぱり来たね」

ジュンコさんの声だった。俺は仰天して飛び上がりそうになり、危うく糸ちゃんの自転車を倒すところだった。ジュンコさんに気づかれぬように、ぐっと奥歯を噛《か》みしめて身を縮めた。

ジュンコさんの姿を見て、女の子は今にも逃げ出しそうになった。ジュンコさんもあわてて彼女に近づいた。

「逃げないで！ 怒ったりしてないから。きっと様子を見にくるだろうと思って、おばさん、昨日から待ってたんだ」

女の子は、逃げだそうとする姿勢のまま、首だけよじってジュンコさんを見つめている。昨日の箱のなかのウサちゃんたちよりも、今の彼女の方がずっとひどく怯《おび》えているように見えた。

「ウサギちゃんたちは、おばさんが預かってるよ。五羽とも元気よ。見ていく？」

ジュンコさんの言葉に、女の子は弾かれたように向き直った。

「見てもいい？　ホントに大丈夫？」

ジュンコさんは笑顔でうなずく。「うん、大丈夫よ。可愛いウサちゃんたちだよね。あなたが飼ってたの？」

女の子はうつむいて黙ってしまった。

「おばさんの部屋、隣のアパートなの。一緒に来る？　あ、そうか、知らない家には入りたくないよね。ちょっと待ってて、おばさん、今ウサちゃんたちを連れてくるから」

ジュンコさんは走ってアパートの方へ戻っていった。俺は自転車の陰からのぞき見ながら、この隙に女の子が逃げ出したりしないようにと祈っていたが、それはまったくの杞憂《きゆう》だった。女の子はジュンコさんが去っていった方に首を伸ばし、ウサちゃんたちが連れてこられるのを心待ちにしている。

やっぱり、増えすぎたウサギを捨ててこいと命じられて、心ならずも置き去りにしていったのだろうか。それにしても、ジュンコさんはなぜ、女の子が今朝またここへやって来ることを予想できたのだろう？

例の段ボール箱を抱えて、ジュンコさんがやって来た。女の子は箱に駆け寄り、なかをのぞき込んで嬉しそうに顔いっぱいに笑った。俺はそっと自転車の隙間から外に滑り出て、蓮見事務所のドアの前に立った。

ジュンコさんが俺を見つけて、女の子に言った。「ねえあなた、大きな犬は怖くない？大丈夫？　そんなら振り向いてごらん。あなたのウサちゃんを最初に発見したのは、あのシェパードなの。どうやら彼も、あなたに挨拶したいらしいわよ」

「あたしもね、身に覚えがあるんだ」と、ジュンコさんは心なしか懐かしそうに言った。

俺とジュンコさんは、女の子を真ん中にはさんで、蓮見事務所のドアの前に並んで腰をおろしていた。ウサちゃんたちの段ボール箱は、女の子の膝の上に乗せられている。

「小学校のときだったかな。飼ってた猫が赤ちゃん産んで、増え過ぎちゃってね。捨ててこいって父さんに言われてさ。タオルにくるんで寒くないようにして、姉さんとふたりでもう、泣き泣きね、近所の神社の境内に捨ててきたの。誰かもらってくださいって書いた立て札を立ててね。だけど心配で、もう一時間ごとぐらいに様子を見にいかないといられないのよ。動物好きの人が仕方なしに動物を捨てなきゃならなくなったら、みんな同じことすると思う。だからおばさん、昨日は一日ずっと気をつけてたの。誰か、蓮見事務所の周りをウロウロする見慣れない人がいないかなって。でも、昼間は誰も来なかった。だから、昨日ウサちゃんたちを置きに来たのと同じ朝早くにやって来るんじゃないかなと思って、早起きして様子見てたんだ」

なるほど、そういうことだったのか。これぱかりは、ペットを飼ったことのない俺には、想像することの難しい心理だった。

ジュンコさんは大きなあくびをして、笑った。

「おかげでおばさん、寝不足だよ」

女の子はほっそりとした首をすくめた。「ごめんなさい……」

「謝ることなんかないよ。だけどさ、おばさんに教えてくれない？　あなたどうして、ウサちゃんたちを蓮見さんの事務所の前に置いていったの？　蓮見さんとこ、今は社員旅行中でさ、二、三日は帰ってこないのよ。そのことは知ってた？」

女の子はつぶらな目をまん丸に見開いた。「知らなかった。誰かいると思ったから」

「そう。インタフォンの脇に貼り紙がしてあるんだけどね。小さい貼り紙だから、わかんなかったかもね。でも、蓮見さんとこが普通の会社じゃなくて、探偵事務所だってことは知ってたの？」

女の子はうなずいた。真面目な顔だった。無意識のうちにか、ウサちゃんたちの入った箱をぎゅっと抱きしめる。

「知ってました」

「探偵って何をする仕事なのか、それも知ってた？」

「はい」

「でも、そしたら不思議だよね、なんでウサちゃんを探偵事務所に――」

ジュンコさんは、額をぴしゃりと打った。そして楽しそうに笑った。

「そうか！　こりゃ参ったな。探偵さん、ウサちゃんたちのもらい手を探してくださいって、そういう意味があったのね？　そうでしょ」

そうではなさそうである。女の子は箱を抱いたまま下を向いて、黙っている。ジュンコさんの笑顔もしゅうっとしぼんだ。

「――違うの？」

「……」

「なんかもっと、深い理由があるの？」

女の子はパチパチとまばたきをする。長いまつげだ。近くで見ると、女の子のお下げのリボンがひどく不器用に結んであり、右側のリボンなどすっかり逆立ちしてしまっていることに、俺は気づいた。自分で結んだのだろうか。

ジュンコさんは手を伸ばし、ウサちゃんの箱の上にてのひらを乗せた。そして優しく話しかけた。

「あなたさえかまわなければ、このウサちゃんはおばさんが責任もって大事に育てるよ。だから安心して。でも、他にも何か心配事があるんなら、話してくれない？　おばさんは独り者だし、学校とは全然つながりないから、あなたのこと先生に言いつけたりしない。ただ、あなたがそんな暗い顔してること、おばさんも気になるし、あなたが何かでとても困っているならば、あなたのお父さんやお母さんにはお知らせしなくちゃならないかもしれないけど、それも、あなたがどうしても嫌だから言わないでくれって言って、おばさんもそれはそうだなって思ったら、何も言わないよ」

俺もジュンコさんとまったく同じ気持ちだった。このウサちゃんたちが女の子のウサギではなく、城東第三小学校の飼育小屋から連れ出されたウサギたちであるらしいという情報をつかんでいる分、俺の懸念の方がより具体的だったろう。俺は女の子を脅かさないよう、鼻息が荒くならないように気をつけて、じっとそばに座っていた。

女の子はくちびるを嚙んだ。まばたきが激しくなった。やがて、本当に小さな声で、ぽつりと告白した。

「このウサギ、あたしのじゃないんです」

ジュンコさんはびっくりしたようだったが、あえて表情には出さず、黙って女の子を見守っている。

「学校の飼育小屋のウサギなの」

「あなたの学校？」

女の子はうなずく。「城東第三小学校です」

ジュンコさんは、俺の頭には浮かばなかった質問をした。「よくあなた独りで連れ出せたねえ。どうやったの？」

本来は、ここでは場違いな感情のはずだが、女の子は少しばかり誇らしそうな顔をした。

「あたし飼育係の子と友達だから、鍵のかけてある場所をよく見て覚えておいたんです。今夏休みだけど、昼間だとやっぱりちょっと誰かに見られるかもしれないから、それで朝早くに見つからないように学校に忍び込んで、鍵開けて連れてきたの」

「そりゃ凄い」ジュンコさんは感心している。そして間髪入れずに訊いた。「なんでそんなことしたの？」

女の子はさっとうつむいた。恥じているようにも怖がっているようにも見えた。しかし、答える声にはそれ以外の感情、俺の耳に間違いがないのならば、明らかに怒りの感情が含まれていた。

「――飼育小屋に入れておくと、殺されちゃうから」と、女の子は答えた。

今度こそジュンコさんは仰天し、それを隠しておけなくなった。

「殺されちゃう？　誰に？　誰かがウサギを殺すって言ってるの？」

女の子は大きくうなずく。「前にもそういうこと、あったんです。あたしが三年生のとき。飼育小屋のウサギとか、ニワトリとかが全部殺されたんです」

「あなた今、何年生？」

「五年生です」

「そうすると、二年前か……」

ジュンコさんが呟き、そしてそのとき俺は、出し抜けに思い出した。昨夜の夢のことを。

加代ちゃんがへんてこなしゃべり方をする俺と議論して、怒っている——夢のその部分は本当の「夢」だが、加代ちゃんが誰かとしゃべりながら怒りをあらわにしているという光景は、実際にあったことだった。めったに怒らない加代ちゃんが、本当に忌々しそうに、腹立ちを抑えることができないという様子で、拳を固めながらしゃべっていた——

そうだ、あれは二年前だった。第三小学校の飼育小屋の動物たちが、深夜に侵入した何者かによって惨殺された。当時、加代ちゃんがその事件について所轄の親しい刑事としゃべっているのを、俺はすぐそばで聴いていたのだった。昨夜ハラショウと会ったときにちらりと頭に浮かんだ、ペットは器物扱いだという知識も、そのときの加代ちゃんたちの会話から得たものだったのだ。

(抵抗できない小さな動物を皆殺しにするなんて、どんな理由があっても許せないわ)

加代ちゃんはプンプン怒っていたのだ。

(犯人はどうせ歪《ゆが》んだ心の持ち主でしょうけど、スミマセン悪戯《いたずら》でしたで済むようなことじゃないわ。見つけだして厳しく罰しなくちゃいけませんよ)

学校で飼っている小動物が殺されたり傷つけられたりするという事件は、悲しいことだが日本中の至るところで発生している。だが、俺たちの暮らすこの町でそんなことが起こったのは、そのときが初めてだった。余計にショックが大きかったのだ。

「あたし、三年生のときは飼育係だったから、だからすっごく悲しかった」と、女の子は続けた。「殺されたウサギたち、全部名前がついてて、あたしが呼ぶと寄って来たんです。それがみんな首とかねじられちゃって、ハサミで耳を切られてたりして、あたし――」

女の子の声が裏返りそうになった。ジュンコさんが宥《なだ》めるように軽く女の子の腕を叩いた。

「それで、ウサギたちを殺した犯人は捕まったの？」

お下げ髪を振り回すように、女の子は激しくかぶりを振った。「全然。何もわかんなかったんだもん」

そうだった――あのとき加代ちゃんがあんなに怒っていたのも、捜査がいっこうに進まないからだったのだ。

なにしろ警察は忙しいし、ペットは器物扱いなのだから。

「そうか……それは辛いことだったね」ジュンコさんは言って、女の子の顔をのぞき込んだ。

「じゃああなたは、このウサちゃんたちもまた殺されちゃうんじゃないかと心配になって、連れ出したってわけなのね？　だけど、二年前の事件の後は、飼育小屋の動物が殺されるようなことは起こらなかったんでしょ？」

「あの事件の後は、飼育小屋で何も飼ってなかったから。空っぽだったんです」

「あら、そうなのか……」

「このウサギたちは、うちの学校に来てまだ一週間ぐらいなんです。先週のプール教室の日に、当直の先生が飼育小屋の掃除してて、第二小学校でウサギが増えちゃったから、何羽かもらうことになったって教えてくれて。今度は絶対にあんな目に遭わせないように、先生たちが交代で見張るからねって。だけど——」

女の子の話は、昨夜俺が城東第三小学校一年生に飼われている黒猫から聞いた話と合致している。

ジュンコさんはしんみりしてしまった。

「そういうことだったか……。あなたの心配する気持ちは、おばさんよく判るよ」

女の子はぎゅっと箱を抱きしめた。

「だけどさ、先生がそう言っている以上、今度は飼育小屋に入れておいても大丈夫じゃない？ あなたが黙ってウサギを連れ出しちゃったことで、あなたと同じくらいウサギたちのこと可愛いと思ってる子が、今頃夜も眠れないくらい心配してるかもよ」

うつむいて身を硬くしたまま、女の子は首を振った。「大丈夫じゃないんだもの。ちっとも大丈夫じゃない！」

「どうして？ なんで判るの？」

「あたし、聞いたから」

女の子は顔を上げると、すがりつくようにジュンコさんを見た。

「おとといの夜、ゲームセンターで、知らないお兄ちゃんたちがしゃべってるのを聞いちゃったんです。第三小学校のウサギ小屋のウサギを殺してやるって。ホントに聞いちゃったんです！」

ウサちゃんたちは大丈夫、ちゃんと面倒見るし、このことは誰にも言わないよ——そう言い聞かせてから、ジュンコさんは女の子を家に帰した。去り際にやっと、女の子は名前を教えてくれた。高町《たかまち》ゆかりちゃんというのだそうだ。

ウサちゃんたちをアパートに保護し、ジュンコさんが俺を朝の散歩に連れ出してくれたのは、それから小一時間後のことだった。ジュンコさんはすっかり疲れたような顔をしていて、元気がなくなっていた。

「どうしたもんだろうね、マサ」

てくてくと歩きながら、空いている方の手でバサバサの髪を撫でつけている。

「あたしには子供がいないから、こういうときどこを頼りにしたらいいか、全然わかんないのよ。いきなり警察へ行くっていうのも気が進まないしなあ」

頭のなかでゆかりちゃんの話の内容を整理しながら、俺も考え込んでいた。

一昨日の夜、ゲームセンターのなかでゆかりちゃんが漏れ聞いたというのは、制服を着た中学生ひとりと、私服のやはり中学生か高校生ぐらいの少年とのやりとりだった。ふたりは大きな音のするビデオゲーム機の前に座り、ゲームでは遊ばず、しきりと話し込んでいたという。

ただ、ゆかりちゃんは、筋道立った「ウサギ殺害計画」を耳にしたわけではない。ふたりの少年の会話の端々に、「第三小学校」「ウサギ」「また殺す」「近いうちに」などの言葉が混じっているのを、断片的に聞き取っただけなのだ。だが、断片でも物騒な言葉であることに間違いはないし、ゆかりちゃんが心配のあまりウサギを盗み出してしまった気持ちはよく判る。子供なりに必死なのだ。

しかし、ゆかりちゃんの話を聞いているとき、それにしても一昨日の夜、彼女自身はゲームセンターで何をしていたんだろうかと、俺は気になって仕方なかった。ジュンコさんも同じ気持ちだったに違いない。だが、うっかり口をはさんでそれを問いただすと、ゆかりちゃんが非難されたと思って口を閉ざしてしまうかもしれない。尋ねるタイミングが難しかった。

だが、ゆかりちゃんは俺やジュンコさんが思っている以上に賢かった。ジュンコさんの困ったような表情にちゃんと気づいて、説明を入れた。

「うち、ゲームセンターやってるんです。うちのパパのお店なんです」

「ドリームランド高町」という店だという。

「高町って、うちの名字です。五丁目の『ライフ』ってスーパーの並びにあるんです」

ジュンコさんが吹き出したので、俺はびっくりした。

「あの店があなたの家だったのぉ！　おばさん、去年『バーチャファイター2』にハマッて、週に三日も四日も通ったことがあったよ」

ゆかりちゃんはありがとうと言った。だけど、パパがゲームセンターをやっていることで、学校の先生やPTAの人たちとはうまくいっていないのだと寂しそうに話した。

「お店に小学生とか中学生とか来るし、よくないって。パパはうちの商売にケチをつける気かって怒って、喧嘩みたくなっちゃって」

難しい問題である。親の商売が魚屋やクリーニング屋なら何の支障もないのだろうが。

問題の少年たちが話をしていたのは、一昨日の夜の八時ごろだったという。七時過ぎに制服の中学生が独りで来て、一時間ほどして私服の方が来た。中学生を探しに来たという感じだったという。そのときゆかりちゃんは、両替や景品の引き渡しをするためのカウンターに入っている父親の後ろに隠れて、そこで夕飯を食べていたのだという。店は混んでおり、父親は忙しく、カウンターのすぐ並びのゲーム機のところにいる少年たちの会話は耳に入らなかったようだった。

「独りでご飯食べるの寂しいから、あたしときどきそうやってご飯食べるんです。たいてい、コンビニのおにぎりとかだし」

ジュンコさんが驚いて、あなたのママも一緒にお店で働いてて、忙しくてご飯つくれないのと訊いた。するとゆかりちゃんは、今まででいちばん恥じ入ったような顔をした。

「ママはいないんです。あたしが一年生のとき、パパと離婚したから」

ゆかりちゃんにはふたつ年上の姉さんがおり、母親はその子と共に去ったという。夫婦でふたりの子供をひとりずつ分け合ったということなのだろう。俺としてはいろいろ言いたいことはあるが、まあ、余所の家のことだし、今は何も言わない。

一昨日の夜、コンビニのおにぎりを食べながら少年たちの話を漏れ聞き、恐ろしさに震え上がったゆかりちゃんは、身を硬くしてカウンターの奥へ隠れた。少年たちに、今の話を聞いていたことを悟《さと》られてはいけないと思ったのだそうだ。そして八時半ごろになって、私服の方が外へ出ていき、それから三十分ほどして制服の方が店を出ていくのを見て、思い切ってあとを追った。

「制服を見れば、名前が判るかもしれないと思って。名札とか、校章とか」

あいにく、制服の少年はそのどちらも身につけていなかった。ただ、彼はゲームセンターまで自転車で来ており、帰るときもその自転車にまたがった。ゆかりちゃんはその自転車のサドルの裏に白いペンキで名前が書いてあるのを見た。消えかかってはいたが、

「藤堂《とうどう》って、読めました」

この藤堂という少年は、城東第三小学校へやって来たばかりのウサギたちを殺そうとしている――そればかりか、彼は「また殺す」と言った。ということは、二年前の事件の犯人のひとりである可能性もあるのだ。

しかし、ゆかりちゃんはそれを誰にも話せず、相談することもできなかった。彼女の話を

裏付ける物証はなく、少年たちの正確な身元も判らない。だいいち、この話を大人たちに信じてもらえるかどうかさえ怪しいものだ。

となると、ウサギ殺しを防ぐには、ウサギたちを避難させるしかないのだ。そこでついに、独りでウサギたちを連れだし、蓮見探偵事務所に預けるという作戦を決行したのである。

「二年前の事件のときに、いつまでたっても警察が犯人捕まえてくれないから、飼育係の友達とかと話して、探偵さんに頼んだらどうかって言ってたんです。そしたら、友達のお父さんとお母さんが相談して、いっぺん聞いてみてあげるよって。そのときに、同じ町にあるからって、蓮見さんとこに話をして、そしたら蓮見さんとこから人が来てくれたんだって。女の人だったたって。ぜひ犯人を見つけたいって言ってたって」

おそらく、それは加代ちゃんであろう。しかし、この件については俺も初耳だった。

「だけど結局、友達のとこでも探偵さんを雇わなかったんです。PTAのなかに、犯人を探し出すことに反対な人がいたんだとかって、友達のお父さんとお母さんも、出しゃばりだとかいろいろ言われちゃって。蓮見さんとこの探偵さん、すごく残念がってたって聞きました」

悲しいかな、警察と違い、依頼人なくしては何もできないのが探偵である。

「動物は大好きだし、ああいうことをする犯人は捕まえなきゃいけないって、その女の探偵さんが言ってたってこと、あたし覚えてました。だからきっと、ウサギのこと大事に預かってくれると思って。それでここに持ってきたんです」

結果として、その判断は正しかった。加代ちゃんは台湾だが、ジュンコさんがいたのだから。天はゆかりちゃんに味方したのである。

「ほら、ここだよ、マサ」

ジュンコさんは俺を連れて、「ドリームランド高町」の前まで来ていた。商店街のなかにある、間口一間半ほどの小さな店だ。店名に音符やハートのマークをあしらった看板はひどく汚れて古ぼけている。今はまだシャッターが降りており、営業時間は午前十一時から深夜二時までという大きな貼り紙と、午後六時以降は未成年者の立ち入りを禁止しますという注意書きが、陰気な門番のようにシャッターの左右を固めていた。

ジュンコさんはきょろきょろと家の周囲を見回していた。ゆかりちゃんの父親がどんな人物なのか、できたらちょっと顔を見てみたいと思っているのかもしれない。が、残念ながら、「ドリームランド高町」はまだ寝静まっていた。

「うちのパパ、朝は十時ごろでないと起きられないから、それであたし、朝早くならあっちこっち自由に行けるんです」と、ゆかりちゃんが言っていたことを思い出した。

奥行きはかなりあるようだが、間口の小ささから推して知るべし、「ドリームランド高町」は、普通の二階家の一階部分を店舗に改装しただけの店だ。二階にある住まいの部分には、家の脇を通り抜け、裏口から入るのだろう。シャッターの左側の注意書きの脇に、小さな赤い郵便箱が据えてあった。郵便箱の名札には、ゆかりちゃんと彼女のお父さんの名前しか書いてない。

ジュンコさんは呟いて、ため息をついた。

「結局は、加代ちゃんたちが帰ってくるまで待ってるしかないね。大家さんに、あのウサちゃんたちの出所を知られないように、あたし気をつけなくちゃな」

そして、俺を引っ張って歩き出した。

どれほど正しい動機から出たことであれ、小学校五年生のゆかりちゃんの胸の内には、普通ではないことをやってしまったという恐怖と罪悪感があるはずだ。それでなくても、城東第三小学校では、もらったばかりの五羽のウサギの行方不明事件に、すでに騒ぎ始めているという。夏休み中だから、噂が野火《のび》のように急激に広がることはないにしろ、二年前の残虐な事件の思い出もまだ醒めやらないうちのことだ、そのうち、あちこちで波紋が広がることだろう。社会全体が、類似の事件の発生に神経を尖らせている折でもあり、マスコミだって取材にやってくるかもしれない。これから、そういう日々の動きを見たり聞いたりするに連れて、ゆかりちゃんの心の動揺は大きくなっていくに違いない。今はもう安全に保護されているウサギちゃんたちの身の上よりも、俺にはゆかりちゃんの今後の方がずっと気がかりになってきた。

そして、ゆかりちゃんとゆかりちゃんのウサギ移送計画を、なぜあのクレイジーなカラスが知っていたのかということも。

その夜、十一時半ごろになって、俺は家を出た。城東第三小学校へ出かけてゆくと、アインシュタインはまた正門の鉄柵の上にとまっていた。俺を待っていたような感じだった。

「昨夜のイヌね。やっぱり来たね」

のっけから、そう言ったからだ。

俺はアインシュタインを見あげた。カラスという鳥は、身体全体も大き目だが、特に嘴がアンバランスなくらい大きく目立って見える。しかもその嘴も漆黒なので、気味悪く思われることも多いのだろう。

「なあアインシュタイン、おまえ、昨日の朝、小さい女の子が飼育小屋からウサギを連れ出すのを見ていたんだな?」

アインシュタインは、細かく首を動かしながら、黙って俺を見おろしている。首がカクカクするたびに、俺の言葉が分析にかけられているみたいな感じがした。

「それだけじゃない、女の子がウサギを飼育小屋から移して安全な場所に隠そうとしていたことも知ってた。ということは、おまえは、二年前に同じ飼育小屋のウサギたちが殺された事件についても知ってたんだろうな?」

アインシュタインは大きな羽をばさりとばらかし、器用に首をよじって遠く校庭の向こうの飼育小屋の方を見やった。

「二年前の事件、ミー、見てたね」

「見てた？　じゃ、犯人を知ってるのか？」

「影だけよ。真っ黒い、人の形。ミーは、夜のあいだは目がよく見えない」

まったく見えないわけではないが、よくは見えないと言っていた。

「それを見たときは、ミーは、ウサギたちが死んでたこと、知らなかった。朝明るくなって、近くまで行ってみて、判ったの」

「飼育小屋には、よく行くのか？」

アインシュタインは羽をぶるぶるさせた。

「とんでもない！　ミーが小屋のそばにいると、人間に石、ぶつけられる。追い払われる。ミーがウサギたち、狙うと思って」

カラスは何でも食べるが、小さな動物も襲うことがある。カラスの住み着いている町には、ドブネズミが少ないという話を、俺もテレビのニュースで見たことがあった。

「だけどミーは、ウサギなんか狙わない。ウサギたち、殺したのは、人間じゃないか」

そして唐突に羽を広げると、

「門を飛び越えられるなら、ミーと一緒に飼育小屋に行ってみる？」と、言って、ばさりと飛びあがった。

俺はなんとか門を越えて、校庭を横切り、飼育小屋へと近づいた。城東第三小学校の校庭は、今時《いまどき》の学校らしく水はけのいいゴムシートみたいなものが敷いてあり、俺の脚は弾みがついた。

飼育小屋は細い木の柱に目の細かい金網を張り巡らせ、屋根をトタンで葺《ふ》いただけの簡略なものだった。出入口は一カ所、校庭の方に向けて片開きのドアが取り付けてある。無論、このドアも金網でできている。ドアの取っ手の部分に南京錠をぶら下げることができるようになっているが、今はそこには何もついておらず、ドア自体もわずかに開いたままになっていた。

子ウサギたちの臭いがした。それに負けず劣らず、ここに出入りしていた子供たちの匂いも残っていた。衣服の匂い、ゴム底の靴の匂い、食べ物の匂い、消毒薬の匂い。人間は、自分自身ではまったく気づかないようだが、いつだって実に種々雑多な匂いを身にまとい周りに振りまきながら生活しているのだ。

「二年前の事件のとき、アインシュタインの見た人影は何人だった？」

小屋のトタン屋根の上にとまっていたアインシュタインは、首をかしげた。

「ひとつ。なんでユー、そんなことときくの？」

「本当にひとつか？」

「ひとつで、ウサギもニワトリもひよこも、みんな殺して行ったね」

俺はじっとりと湿った夜風のなかで目を細めた。ゆかりちゃんは、ふたりの少年がウサギ殺しについて話しているのを耳にした——その会話からすると、彼らふたりが二年前の事件の犯人であるように思える——が、アインシュタインが目撃した二年前の犯人の人影は「ひとつ」だった。

前回の事件はどっちかひとりの少年の犯行だったが、今度はふたりでやろうと計画していたのか。それとも、ウサギ殺しを楽しむのはふたりの少年のうちのどちらか一方だけで、もう片方は話だけを聞いているのか。止めもせず、諌《いさ》めもせず、誰かに密告することもせずに。

「昨日の朝の女の子、ウサギに話しかけてた」と、アインシュタインが言った。「女の子の方が、ウサギより、ずっとずっと怖がってた」

「近くで見たのか？」

「誰か、飼育小屋に近づいていくから、ミー、飛んでいった。また、ウサギ殺す人間かもしれないと思ったから。だけど女の子だった。ウサギを抱いて、箱に入れてた。それで話しかけてた。怖くないよ、怖くないよ——」

アインシュタインは、ゆかりちゃんの声色を上手に真似てみせた。

「ここにいたら、危ないから、よそに行こうね。そう言ってた。女の子は泣きそうな顔してた。大人に見つかったら、叱られるからか？」

「そうだろうな」と、俺はうなずいた。

「ユー、なんであの女の子探す？　ウサギ隠したあの子を探す？」

「昨日も言ったが、ウサギも女の子も探しちゃいない。それに、今の俺は、あの子がどこの誰だか知ってるし、ウサギを守るために連れ出したんだってことも知ってる。いい子だよ。あの子は、誰かがウサギを殺そうと狙ってることを知ってて、急いで助けにきたんだ。そして俺は、ウサギを狙ってたヤツや、一昨年ウサギを殺したヤツを捕まえる手がかりを探してここへやって来たんだ」

アインシュタインはじっと俺を見た。下から見上げる俺には、闇に溶けこんでいる彼の――いや彼女か――姿を見分けることはできず、ただ、校舎のなかでたった一カ所灯っている明かりを受けて、一対の漆黒の瞳が俺を見据えてぴかりと光るのが見えるだけだった。

「二年前の事件の夜もこんなふうだったのか？　犯人は、校舎の明かりを頼りに飼育小屋に忍び込んだんだろうか」

「ほかに明かりは、なかった」と、闇のなかからアインシュタインが答えた。「電灯みたいなもの、あの人影は持ってなかった。だからミー、はっきり見えなかった。あの人影がここを逃げ出していくとき、二、三回なにか……ちら、ちら、光ったみたいに見えた、けど、ミーにはそれ、なんだかよくわからなかった」

「そうか……」

「人間、なぜこんなとこで、ウサギ飼う？」

アインシュタインが言った。質問口調だったが、俺は答えず黙っていた。

「こんなとこ、危ない。最初から判ってる。人間、頭ゆがんでるヤツ、たくさんいる。ウサギ、黙って殺される。それなのになぜ、こんなところにウサギ閉じこめる？　殺されても、また飼う？　ウサギ死ぬ、面白いか？」

アインシュタインは怒っていた。

「だからミー、あの女の子正しい、思った。ウサギ、こんなとこにいちゃいけない。あの女の子、ウサギ連れてって、もう二度と見つからないところへ行く、それいいこと」

だから昨夜、俺の目的がわからないうちは、あの女の子――ゆかりちゃんをかばおうとしたのか。

「ミーは、人間、嫌い」と、アインシュタインが小さく言った。

それならなぜ、おまえはひとりぼっち、こうして町に住み着いているのだと、尋ねようとしてやめた。昨夜俺が考えたこと――アインシュタインは人間に飼われていた過去があるのだという推測は、まず間違いなく当たっているだろう。だから、アインシュタインは同胞たちの元へ、帰りたくても帰れないのである。

鳥類はその代表格だが、おおむね、群社会をつくって暮らす動物たちは警戒心が強く、いったん群を離れて人間に養われ、人間の匂いが染み込んでしまった仲間を、戻ってきたからといって、はいそうですかと受け入れたりしないものだ。人間たちの側ではそのことを、「野生に戻すのが難しい」という言い方をしている。特にカラスは、鳥たちのなかでは群を抜いて賢いから、かえってそういう禁忌《きんき》も強いかもしれない。

「あの女の子は、ゆかりちゃんという名前だ。ゆかりちゃんは、何があっても絶対にウサギたちを虐めたりしないよ」

それだけ言って、俺はアインシュタインに背中を向け、正門の方へと向かった。

少し回り道をして、「ドリームランド高町」の前を通って帰ろうと思った。彼女がほっとして眠っている家の前を通過するだけで、俺もなんだか慰められるような気がしたのである。

並びの商店がシャッターを閉め明かりを消して寝入っているなかで、「ドリームランド高町」だけは明かりを灯し、妙に安っぽいピンク色に輝いていた。昼間見たときもしょぼいシロモノだと思った看板は、明かりが点いている状態で見ると、なおさら悲惨であることが判った。小さな電球を並べて店名を表示しているのに、それがあちこち壊れているがために、「ド　ムラン　町」になってしまっている。

それでも店内には客がいた。三、四人だろうか――みんな若者たちだ。いや少年たちか。ドアを締め切ってクーラーをかけているのだろう、店内には煙草の煙が立ちこめているようで、薄紫に煙っているが、彼らがゲーム機の前に腰かけていたり、カウンターにもたれて話をしている様子が見てとれた。

店の前の歩道には、自転車が三台停めてあった。通路をふさいでしまうようなだらしのない停め方で、いっそ放置してあると言った方がいいかもしれない。

俺は自転車に近づいて、サドルの後ろを調べてみた。とたんに、自分でも意外なほどにどきりとした。いちばん車道側に停めてある自転車のサドルの裏に、白いペンキで「藤堂」と書かれているのを見つけたのである。

俺は待つことにした。夜は長いが、「ドリームランド高町」の営業時間は午前二時までだ。たいして辛い張り込みではない。そして待機の始めに、「藤堂」の自転車の後ろに回り、タイヤに向かって用を足した。品のない話で申し訳ないが、必要なことなのである。

歩道の端に身をひそめて待っているあいだ、ふと上を見あげると、看板のすぐ上の二階の手すりのところに、小さな鉢植えがひとつ据えてあることに気づいた。ひょろりと細長い植物が植えてある。ひまわりのようだった。ゆかりちゃんの、夏休みの観察日記の材料になるのだろう。

昔、糸ちゃんが同じようにしてひまわりを育てていた夏のことを思い出す。みんなは今頃、どうしているだろう。糸ちゃんは「オキュウ博物院」とやらに行くことができたろうか。加代ちゃんは、美味しい料理を食べているだろうか。台湾は東京よりもさらに暑いと聞いたけれど、所長はバテていないだろうか。

俺なりに台湾旅行を想像しているうちに、小一時間が経っていたらしい。耳障りな音がして「ドリームランド」の自動ドアが開き、なかから人がふたり出てきた。俺はぴんと耳を立てた。

　先に出てきたのは、のっぽで痩せぎすの、妙に手足の長い少年だった。白いＴシャツに、膝丈までのジーンズをはき、ゴム草履をつっかけている。ゴム草履といっても、ジュンコさんが散歩のときに履いているようなクラシックなタイプのものではなく、真っ黒で、底は五センチくらいの厚みがあった。

　もうひとりの方は、白いだぶだぶのズボンを穿き、やはり同じように分厚い底のゴム草履。ただ、勇ましいことに上半身裸で、こんがりと日焼けしていた。短く刈り上げた髪は見事なまでの金色で、片耳にきらりと光るものが見える。ピアスだろう。

　俺が見守る前で、片ピアスの半裸少年はもうひとりの方に軽く手をあげ、「じゃあな」と言った。白いＴシャツの少年も手をあげて応じた。そして、ジーンズのポケットからキーを取り出すと、三台のうち、いちばん車道側にある自転車に差し込んだ。

「藤堂」の自転車だった。

　俺はするりと前に出た。今の俺の脚で、彼の後を走ってついて行くことができるとは思えないが、さっき用を足した自分の臭いを追うことなら簡単にできる。少年が去ったら、すぐにも追跡開始だ。

　少年は自転車のスタンドを蹴ると、サドルにまたがった。そのとき、俺は自分の臭いと別種の強烈な臭いを感じた。

血だった。それもまだ新しい血の臭いだ。少年の身体から臭ってくる。

思わずひるんで、俺はちょっと後ろに下がった。Tシャツの少年は自転車をこぎ出した。ほとんど周りを見ることのない、乱暴な走り方をして車道に降りると、どんどんスピードをあげていく。俺は呆《あき》れて見送った。あれじゃ、若いシェパードでも追いつけないだろう。

俺の鼻は、血の臭いで充満してすっかりマヒしてしまって、もう少年を追跡する役には立たなくなっていた。あれが何の血なのか、残念ながら今夜は突き止められそうにない。

俺はとぼとぼと家に帰った。ウサギのいる小学校は城東第三だけではない。他にもある。明日になれば、血祭りにあげられたのがどこのウサギたちであるか、情報が入ってくることだろう。ホントはそんなこと、知りたくもないが。そう思いながら眠りについた。

しかし、俺は甘かった。あの血がどこのウサギの血であるかということばかり考えていて、「誰の」血であるかなんて、一度も頭に思い浮かべようとしなかったのだから。

三日目

ジュンコさんと朝の散歩に出ようと支度しているとき、遠くの方でパトカーのサイレンが聞こえ始めた。水上公園の方向のように、俺には思えた。

「朝っぱらから何だろうね」と、ジュンコさんも顔をしかめる。

散歩を始めて大通りに出ると、交差点のところで、また一台のパトカーが走り抜けてゆくところだった。やはり、水上公園の方に向かってゆく。

「ちょっと行ってみようか」

ジュンコさんは俺を引っ張って走り出した。言われなくても、俺も彼女をそちらへ誘導するつもりだった。ジュンコさんは気づかなかったようだが（加代ちゃんじゃないのだから当然だが）、パトカーのすぐ後ろには、警視庁の機動捜査隊の車がくっついていたのだ。機捜が出てくるということは、ちょっとした喧嘩や暴力沙汰以上の事件が発生しているのである。気になった。

水上公園のこんもりした木立が見えるところまで来ると、近所の人たちがぽつりぽつりと外へ出ていて、みな公園の方を見やったり、浮かない顔で立ち話をしたりしている。ジュンコさんは足をゆるめ、額の上に手をひさしのようにかざして朝日を遮りながら公園の方を眺めているおばさんに声をかけた。

「何があったんですか？」

おばさんはまぶしそうな顔のまま答えた。

「人殺しだって。公園に死体が転がってたんだってよ」

ちょうどそこへ、自転車に乗った男の子がひとり、公園の方向から凄い勢いで走ってきて、おばさんの隣の家の前で急停車をした。おばさんは彼に呼びかけた。

「カッちゃん、どうだった？」

カッちゃんは興奮を抑えきれない様子で、息を切らしていた。「よくわかんねえよ。もうロープ張られちゃってて。お巡りがウロウロしてるしさあ」

どうやらカッちゃんは、自転車で水上公園まで野次馬偵察をしに行っていたらしい。

「またカツあげじゃねえの？　あいつらナイフ持ってるから危ないんだよ」

カッちゃんはそう吐き捨てた。

「公園に、警告の看板が立ってましたもんね」と、ジュンコさんが呟く。

「今時の子は、何やらかすか判ったもんじゃないからねえ」と、おばさんは腹立たしそうに言った。

俺たちも近くまで行ってみたけれど、水上公園の出入口はすべてロープで封鎖されており、なかに入ることはできなかった。集まっている野次馬たちのなかに犬を連れた中年男性がいたので、俺はその犬に、何がどうなってるか知ってるかいと話しかけてみた。

気の強そうな顔をした、まだ若い秋田犬だった。「やっぱり俺たちみたいな散歩の犬が、ご主人と一緒に人間の死体を見つけたらしいよ」と教えてくれた。

「どこの家の犬だろう。知ってるかい？」

「さあ、そこまでは判らないよ。俺もここへ来て、うちのご主人たちが話しているのを聞いただけだから」

ジュンコさんが俺を引っ張った。「マサ、駄目よ、余所の犬に唸ったら。ごめんなさいね」

ごめんなさいという言葉は、秋田犬の飼い主に向かってのものだ。別に俺は唸ってるわけじゃないんだが。

「おじさんもこの水上公園にはよく散歩に来てたかい？」と、秋田犬が訊いた。

「いろいろ物騒な事件が起こる以前はな。俺の飼い主はまだ若いお嬢さんだから、危ない真似はさせたくないんで、ここんとこはずっと来てなかった」

秋田犬はジュンコさんを見上げた。「若いお嬢さんなのかい？」と、本当に不思議そうな顔をした。

「おい太郎《たろう》、おまえも唸るんじゃない」と、秋田犬の飼い主が彼を叱った。俺たちは苦笑いをしながら別れた。

結局——このあたりがマスコミとやらの発達している人間社会の不思議なところなのだが——生活圏内で起こった事件だというのに、詳しい情報は、テレビを通して得ることになった。その日の午前中のニュースやワイドショウ関係は取材が間に合わなかったらしく、「公園内に変死体」という第一報は、正午のNHKニュースで流れた。

水上公園の東側のゲートを入ってすぐのところに小さな四阿《あずまや》がある。洒落た四角い屋根と堅いベンチがあり、加代ちゃんがときどき、散歩に疲れると腰かけていた場所なので、俺もよく知っている。今朝五時ごろ、そこに中年男性が倒れているのを、散歩に来た老人が発見したのだという。様子が変なので近づいて調べてみると、左胸に刃物で刺されたような傷があり、中年男性は既に死亡していた。四阿の床やベンチには血が飛び散っていたそうである。この中年男性の服装は黒いポロシャツに紺のズボン、足元は黒の運動靴。眼鏡をかけており、左腕に腕時計をはめていた。しかし、財布や運転免許証の類は身につけておらず、よって身元がまだ判らないという。殺人事件かどうかははっきりしないので、アナウンサーは慎重に、終始「変死体」という言葉を使っていたが、この水上公園で少年グループによる強盗事件が発生していることに言及し、城東警察署ではその関連で捜査を始めていると言い添えることも忘れなかった。

――藤堂。

俺は、昨夜俺の鼻をマヒさせた強烈な血の臭いと、自転車ですっ飛ばしていった少年の横顔を思い出していた。あのときの血の臭いの理由は、そうだったか、ここにあったのか。今度はウサギではなく、人間が被害に遭ったということなのか。

俺はあまり驚きを感じなかった。小動物を殺す人間は、時間の経過と共に残酷さをエスカレートさせ、かなり高い確率で同胞である人間を殺したり傷つけたりするようになるものだ。ただ、今の段階では情報が少なすぎるから、あまり推測ばかりを膨らませるのはいけないと自重もした。

俺は午後もずっとテレビを点けっぱなしにしていた。二時頃からのワイドショウを見れば、もう少し詳しいことが判るかもしれないと思ったのだ。加代ちゃんたちが居れば、もっと早くもっと確実に詳細を知ることができるだろうに、もどかしかった。昼間は聞き込みに歩くことのできない我が身も歯がゆい。

二時過ぎのワイドショウの最初の話題は芸能人の離婚問題で、俺は鼻面でリモコンを切り替えながら、どこかで水上公園の事件を取り上げてくれないものかとヤキモキしていた。

そうやってテレビの方に神経を集中していたものだから、俺としたことが、ジュンコさんが通用口の鍵を開けて入ってきたことに、まったく気がつかなかった。だから、

「あら、なんでテレビが点いてるの?」

ジュンコさんが仰天して声をあげたとき、俺も飛び上がりそうになるほどびっくりした。ジュンコさんは手に植木ばさみを持っていた。加代ちゃんに約束した、例のポトスの手入れにやって来たのだろう。空いた方の手で俺の鼻先の床の上のリモコンを取り上げると、呆れたように俺を見た。

「あんた、テレビ観てるの？」

俺は無邪気を装ってしっぽを振った。テレビって何？　電気ってビリビリ来るの？　俺は知らないよ、犬だもの。

「タイマー予約かなんか、してあったのかなあ……。それで勝手に点いちゃったのかしら……」

ジュンコさんは首をひねりながらリモコンを手近の机の上に載せた。テレビを消されてしまうと諦めかけた俺だったが、ちょうどタイミングよく、そのとき映っていた局のワイドショウが水上公園の事件の話題を取り上げた。もちろんジュンコさんも興味があるのだろう、画面に目をやった。

水上公園の見慣れたゲートに、女性レポーターが立っている。えらく深刻な目をして、カメラの方に顔を向けたまま、カニ歩きをして公園に入っていくところだ。その大真面目な画面づくりの端っこに、さかんにピースサインをつくったり手を振ったりする地元のガキんちょたちがしっかり映ってしまっているのがご愛敬だ。

俺はちょっと笑ってしまいそうになった。が、その笑いは鼻先で蒸発した。女性レポーターがこう言ったからだ。

「——ということで捜査の結果、この男性の身元が判明しました。藤堂孝夫《たかお》さん、五十二歳。都内の不動産会社に勤めるサラリーマンで、事件現場のこの公園の近くに自宅があります」

トウドウ　タカオ。

——藤堂？

画面には、藤堂孝夫というフルネームと、彼の顔写真が映った。眼鏡をかけた細面《ほそおもて》の男性で、写真が悪いのかもしれないが、なんとなくガッツのなさそうな、くたびれたような感じの顔をしている。不動産屋には珍しいタイプじゃないか。

——藤堂。

どこにでもある名字ではない。ウサギ殺しの第一容疑者である少年の名字が藤堂。今朝水上公園で発見された変死体が藤堂孝夫で、五十二歳。あの少年は中学の——二年か三年か。いずれにしろ、親子であってもおかしくない年齢だ。いや、おそらくは親子だろう。こんな偶然、そうそうあるもんじゃない。

だとしたら、どうなる？　不良息子が父親を手にかけたというのか。昨夜、藤堂少年が身にまとっていたのは、彼の父親の血の臭いだったのか。

「藤堂——」と、ジュンコさんも呟いている。

「ゆかりちゃんが見たっていう自転車の男の子、確か藤堂って名字だったよね、マサ。あら嫌だ、マサどうしたの？　毛が逆立っちゃってるよ」

ジュンコさんが、植木ばさみを持っていない方の手で俺を撫でてくれた。

レポーターが続ける。「――藤堂さんの胸の傷は、何か先の尖ったはさみのようなもので刺されたものであるらしいのですが、凶器はまだ発見されていません。また推定死亡時刻は、昨夜の午後十一時から午前二時頃までと推定されています。奥様のお話によりますと、藤堂さんは昨夜、夜八時過ぎに会社から帰ったそうなのですが、夜になってまた、たとえば散歩などのために外出したのかどうか、奥様には判らないということです」

「この事件は、殺人事件と考えてよろしいんでしょうか」と、スタジオのアナウンサーが問いかける。

「そうですね、藤堂さんの遺体のそばには財布などがありませんでしたし、ご自宅にも、日頃藤堂さんが持ち歩いているはずのものが無いそうですから、これは盗まれたのではないかと考えられます。そうしますと、強盗殺人事件の疑いが濃厚になりますね」

「事件現場はこの公園内でしょうか。他から遺体が運び込まれたということではなく？」

「そうですね、四阿のなかにはかなり激しく争った形跡があるそうなので、事件現場は遺体発見現場のこの四阿であると考えていいと思います」

「そうしますと、この公園で頻発しているという非行少年グループによる強盗傷害事件、いわゆるオヤジ狩りではないかとも考えられるわけですねえ」

「城東警察署の捜査本部も、その疑いを持っているようです」

「そうですか、また新しい情報がありましたらお願いします」

画面がスタジオに切り替わる。俺はぺたんと床に伸びた。ジュンコさんは、「ヤダねえ、嫌な世の中だ」と呟きながら、植木ばさみをちょんちょん鳴らしている。ただジュンコさんは俺と違い、藤堂少年の血の臭いをかいでいないから、今はまだ、ふたつの出来事を直《じか》に結びつけて考えてはいないようだった。

コマーシャルが始まった。ジュンコさんはリモコンでチャンネルを切り替えた。こちらの局では、いきなり五十歳くらいの男性の顔がアップで映った。

「――そうですね、ちょうど二年前のことです。小屋のなかの動物が、全部殺されてしまいました」と、画面の男性がしゃべる。頭頂部が薄く、残っている髪も半白だが、押し出しのいい知的な感じがする。誰だろう?

「夜のあいだに忍び込んだんでしょう。この金網が、ペンチのようなものでねじ切られていました。ええ、子供たちは大変なショックを受けました」

俺ははっとした。男性の後ろに映っているのは城東第三小学校の空っぽの飼育小屋だ。そうするとこの男性は? 学校関係者だろうか。

「当時、私は校長になったばかりでしたが――」と、男性が続ける。「私自身も、言葉もないような気持ちでしたね。子供たちの心がどれだけ傷ついたかと思うと……。それで職員一同協議をしまして、しばらく小動物を飼うのは見合わせようと。それが今回、まあお隣の学校から依頼を受けて、子ウサギを引き取ったわけです。ところが途端にこれでしょう、本当に憤りを感じます」

この番組では、水上公園の殺人事件とあわせて、城東第三小学校のウサギ行方不明事件も取り上げているのだった。インタビューに応じて話しているのは校長先生なのだ。

ジュンコさんも手を止めてテレビに見入っている。ゆかりちゃんはこれを見ているだろうか。狼狽《うろた》えてはいないだろうか。怖がっているのじゃないか。今度のウサギ行方不明事件は、二年前のウサギたちの惨殺事件とはまったく違うのだと、この校長に教えてやることができないのがもどかしい。

校長先生のインタビュー画面が終わり、司会者とレポーターの顔が映る。

「と、こういうお話なんですが、実はもうひとつ気になることがあるんです。中崎《なかざき》校長にうかがいますと、去年の年末ごろから、今回の殺人事件の現場となった水上公園で、少年グループによる強盗や恐喝事件がぽつりぽつりと発生しているということなんですね」

「ははあ、同じ公園内で」

「そうなんです。この城東第三小学校のありますあたりは、郊外の新興住宅地ではありませんよね。いわゆる下町で、古くからここに住んでいるご家庭がたいへん多いわけなんです。

ですから、小学校のウサギを殺した犯人も、水上公園で強盗をしている少年たちも、地元の学校、たとえばこの第三小学校の卒業生である可能性は大変に高いわけで、逆に捜査がしにくい、犯人を突き止めにくいという空気もあるそうで、中崎校長もそのあたり、たいへん頭を悩まされたそうです」

「なるほど……」

「そうしまして今回、水上公園でとうとう殺人事件まで起こってしまったわけですね。この事件が少年グループによる強盗殺人事件であるかどうかはまだはっきりしませんし、今度のウサギたちの行方不明事件もまだまったく手がかりがないのですが、いずれにしろ、この町の子供たちに何かが起こっている、地縁に結ばれて、お互いに世話を焼きあったり声をかけあったりすることが多いはずの下町でも、荒れる子供たちが登場してきつつあるということに間違いはないということになりますね」

なるほど、うまくまとめるものである。ひとつの町のなかで起こったウサギ殺し、強盗や恐喝、それがエスカレートしての殺人。その三つを足して出てくるのは「荒れる子供たち」。だが、さすがのレポーターも、藤堂孝夫を殺したのが彼の実の息子で、しかもその息子が第三小学校のウサギ殺しの犯人でもあるという真相を知ったら、やっぱり仰天するだろう。

床にぺたりと伏せて目を閉じ、俺は考えた。今度の事件が藤堂父子の事件ならば、これは家庭内の事件だ。そして家庭内の事件は、よほどこじれた異常な出来事でない限り、手を下した本人が、あるいはそうせざるを得なかった過程を知っている家族の誰かが、警察に出頭したり、刑事に事情をうち明けたりして解決がつくことが多い。家庭内の事件には独特の匂いがあるので、勘のいい刑事ならすぐにそれと察しがつくし、そのうえで家族にやんわりと逃げ道をつくってやり、隠し通すことに耐えきれなくなった家族の誰かが話し出すということもある。

ただ、今度の件で気になるのは、事件現場が藤堂家のなかではなく、水上公園だということだ。殺してから――あるいは死んでしまってから――四阿に運んだのではなく、四阿で殺している。家庭内のトラブルが理由で起こる殺人で、殺害現場が家庭の外にあることはきわめて稀だ。少なくとも警察犬時代の俺はそういう事件に遭遇したことがないし、蓮見事務所に来てからも聞いたことがない。

だが、藤堂少年が、藤堂孝夫が殺害されたと思われる時間帯に、鮮血の臭いを漂わせていたことに間違いはない。昨夜俺が「ドリームランド高町」へ着いた時刻から逆算して考えると、藤堂少年は父親を手にかけたあと、「ドリームランド」に行ったのだろう。

ほぼ間違いなく、彼は父親の殺害に関係していると考えられる。しかも父親の財布が消えている。これはどういうことだ？

もしも藤堂少年が地元の不良少年グループの一員で――その可能性は大いにあると、俺は思う――過去にも水上公園で強盗恐喝事件をやったことがあるとしたら？　昨夜、仲間とつるんでたまたま襲ったのが、散歩中の父親だったとしたら？

いやしかし、父親と知らず、いいカモだと思って襲いかかったのだとしたら、殺人が四阿のなかで起こっているのはヘンだ。少年グループが、カモをわざわざ四阿のベンチに連れていって座らせるわけがない。だいいち、藤堂孝夫が、危ない危ないと看板を立てられている水上公園へ、用もないのに散歩に行くというのもおかしい。

いっそ、こういうことだったと考えてはどうか。藤堂孝夫は、息子の非行を知っていた——仲間と群れて水上公園をうろつき、犯罪をおかしていることを。あるいは、ウサギ殺しをしていることを。そして昨夜、またふらりと家を出て行った息子を追いかけ、そういう生活を改めさせようとした。しかし口論になってしまい、刺されることになった——

この場合には、諍《いさか》いと争いが四阿で起こっていることも納得できる。父親は息子を水上公園で発見し、家に帰ろう、帰るもんか、とにかく父さんの話を聞け、ちょっと座ろうか——

だが話はこじれ、少年は父親を刺してしまう。とっさに少年は、父親の財布を盗む。こうしておけば、水上公園の不良少年グループの仕業《しわざ》に見せかけることができるかもしれないと考えたのだ。藤堂少年がその不良少年グループと関わりがあってもなくても、偽装工作としては、やってみる価値があることだ。

しかし藤堂少年、さすがに真っ直ぐ家に帰ることはできない。よく仲間とたむろしている「ドリームランド高町」で、深夜ひとり頭を冷やす。俺はそこに遭遇した——

しかし、凶器は何だろう？　レポーターは、ハサミのような尖ったものだと言っていた。なんだかしっくりこない話だ。ナイフで刺されたというなら判る。近頃の子供たちは、格別素行の荒れた子でなくても、ファッションなのかお守りなのか、びっくりするような鋭利なナイフを持ち歩いていたりするものだし、あの藤堂少年が刃物のひとつやふたつ、ポケットに忍ばせていたって不思議はないから。

だが、ハサミのような尖ったものとなると——

そのとき、さっきテレビの画面に映っていた城東第三小学校の中崎校長の顔が、俺の頭に浮かんだ。

（金網が、ペンチのようなものでねじ切られていた）

ペンチ。ハサミみたいな工具だ。先が尖っている形のものもある。

そうか。俺は起きあがった。

第三小学校のウサちゃんたちは、ゆかりちゃんによって連れ出された。そのことで騒ぎが起き始めている。しかし藤堂少年は、昨夜の段階ではまだ、ウサギたちが居なくなったことを知らなかった。だから、また金網をペンチで切って侵入しようと、こっそり出かけた。父親が——以前からウサギ殺しについて薄々察していたのか、昨夜初めて見かけて不審に思ったのかはともかく——そのあとを追いかけ、水上公園で追いつく。話し合い、口論になり、もみあいになり、少年は持っていたペンチで父を刺す。

「どうしたの、マサ？　今度はやけにしょぼんとしちゃったね」

ジュンコさんが不思議がっている。

ジュンコさんはすっかり観葉植物の植え替えや剪定《せんてい》に夢中になり、夕方六時ごろまで蓮見事務所にいて、あっちをいじったりこっちをいじったりしていた。切り落とされた枝から放たれる植物の匂いや、土や肥料の香りに、俺はまた鼻が満杯になってしまった。

最後のひとつ、ベンジャミンの鉢に満足いくように手を入れて、ジュンコさんはそれを窓際に運んでいった。作業のあいだは開けておいたブラインドをおろそうと、紐を引っ張る。

そのとき、窓越しに外を見て、「あっ」と声をあげた。

急いで外へ出ていく。何事かと首を伸ばしてみると、開いたドアの向こうにゆかりちゃんがいた。彼女と手をつないで、三十代の小柄な男性が頭を下げている。

「どうも、ゆかりがとんだお世話になりまして……。小早川さんでいらっしゃいますね」と、その男性は言った。

「うちのパパです」と、ゆかりちゃんもペコリとした。

ジュンコさんはちょっと迷った様子だったが、ふたりを蓮見事務所のなかに招じ入れた。ジュンコさんは無断使用に気が引けているようだったが、俺としては、彼女個人の住まいを使うよりずっといいと思ったし、加代ちゃんたちだってそうだろう。

ゆかりちゃんのパパの高町氏は、今日になって、ゆかりちゃんからウサギの件を聞いたという。本当に恐縮している様子で、しきりとジュンコさんにぺこぺこした。だが、高町氏がゆかりちゃんを頭ごなしに叱りつけた様子はなく、ゆかりちゃんが落ち着いた顔でお父さんに寄り添っていることに、俺は安心した。

「そりゃまあ、ちょっと強引なやり方だったかもしれないけど、ウサギたちが心配で思わず連れ出しちゃったという気持ち、あたしはよく判ります」と、ジュンコさんも笑顔で言った。

「だからお父様も、そんなに謝らないでくださいな」

高町氏はうなじに手をあてて、はあというような声を出した。ゆかりちゃんは膝に手を置き、きちんと座っているが、少しばかり緊張しているようだった。

「そう言っていただけると、親としては救われた気分です。ただ――」

高町氏は周りに気兼ねするような顔をした。誰もいないから安心しなさい。

「こちらへ伺ったのはそのことばかりじゃないんです」

「はあ?」

「今朝、水上公園で殺人事件があったことはご存じですか?」

「はい。テレビでも騒いでますよね」

高町氏はまた周りを見て、声を潜めた。

「そのことで、まだテレビでは報道されていないと思うんですが、実は、犯人が捕まったそうなんです」

「あら、もうですか？」

ジュンコさんは派手にびっくりした。俺は座り直した。

「殺された藤堂って人の、息子さんだそうです。午後になって、母親に連れられて警察に出頭してきたそうで」

やっぱりそうなったか。

「藤堂さんは四人家族だそうで、奥さんと、息子さんがふたり。出頭したのは下の息子で、中学三年生だそうです。上の兄さんは高校二年生」

「まあ……」

「中三ですから、進学問題もありますよねえ。そのことで、このところ父親とは喧嘩が絶えなかったとかで。それに、兄さんはなかなか優秀な子供らしいんですが、弟のそいつの方は学校からも見放されたような札つきでね、例の水上公園で強盗やったりカツ上げやったりしている不良グループとも付き合いがあるらしいんですよ。だから警察じゃ、最初から弟の方を怪しいとにらんでいたそうです。だいたい、それ以前に、自分の旦那が夜出かけたきり帰ってこなかったのに、警察に報《しら》せてなかったっていう、藤堂の奥さんの方もどうかしてますよ。おおかた、息子が何かやったと察していたんじゃないですか」

「まあ、そうですね」

「身元が判ったのも、警察が水上公園の近所に遺体の顔写真を持って聞き込みに回って、藤堂さんを知ってる人にぶつかったからなんです。それまで、藤堂さんの家族からは、何の働きかけもなかったそうですよ」

ジュンコさんはうなずいた。「そうですか。でも高町さん、ずいぶん詳しいんですね」

高町氏は頭をかいた。「半分は警察から聞いて、半分は近所の噂です。私も地元の出身だし、うちの店のあるあの商店街の人たちは、みんな親代々の地元民ですからね。お互い、余所のうちの家庭の事情なんかも、よく知ってるものなんです」

ふうんと、ジュンコさんは口を尖らせた。彼女は近所づきあいを嫌う人ではないが、こういう形での地縁の濃さを、あまり好いてない節がある。

「うちの店は借りてるものなんですが、大家さんが、殺された藤堂さんとは小学校の同窓生だそうで。城東第三小学校ですよ。今の校長の中崎さんも、みんな同窓だそうです。一昨年の春に、何十年ぶりかで同窓会をやったそうですが」

「へえ……集まって楽しいのかしらね」

ジュンコさんの合いの手を、高町氏は無視した。

「もともと、藤堂さんの下の息子がグレてるのは、商店街じゃ有名でしてね。そいつ、万引きの常習犯でしたし。ところが中崎先生は、今は校長先生だけども、藤堂さんの下の息子が城東第三小学校の二年生のとき、彼を担任していたことがあるんだそうです。でまあ、同窓会でもその話が出たんでしょうね。中崎先生と藤堂さんが喧嘩になって――小学校でおまえに虐められたからうちの息子はグレたんだとか、そんなバカな話はないとかねえ、えらい騒ぎだったそうです。だけどそのとき、他の同窓生はみんな、藤堂の息子のワルなのをよく知ってるから、誰も藤堂さんの味方をしなかったって話です」

「そういうの、なんだか嫌な話ですね」と、ジュンコさんは素っ気《そけ》なく言った。俺も、こんなこと言ってる高町氏は高町氏で、ゆかりちゃんの先生たちともめて、ゆかりちゃんを板挟みにしてるじゃないかと考えていた。だけどまあ――今は勘弁しよう。当のゆかりちゃんが、パパの隣で居心地悪そうにしていることでもあるし。

高町氏は、自分が格別穿鑿《せんさく》好きだから噂話に詳しいわけではないのだと説明し終えると、気が済んだらしい。本題に戻った。

「それでその、藤堂の息子が出頭した後、刑事がうちに聞き込みに来たんですよ。犯人の息子の――なんていうんですか、アリバイを調べに。昨夜、そいつがうちの店に来てたもんでね」

そうだ。そのことなら俺も知っている。

「あの、ひとついいですか？」と、ジュンコさんが割り込んだ。「藤堂さんの下の息子さんの名前、なんていうんでしょう」

「へ？ いや、知らないなあ。刑事も言ってなかった。教えちゃいけないんでしょう、少年法の決まりで」

「ご近所の噂でも、名前までは知られないものなんですか？」

「気にしませんからねえ。顔は覚えるけど、いちいち名前までは」

ジュンコさんは、藤堂の下の息子が、「そいつ」と呼ばれ続けるのが嫌だったのだろう。

「それで？　刑事が何を言ったんですか？」ジュンコさんは高町氏を促し、ゆかりちゃんにちょっと微笑んで見せた。おばさんがパパに無愛想なこと言うの、許してね。

「藤堂の息子の話じゃ、昨日の夜の十二時頃、公園でぶらぶらしていたところを、探しにきた父親に見つかって叱られて、喧嘩になったというんだそうです。自転車を盗もうと思って、鍵を壊すためのペンチを持っててね、それで刺してしまったと。自分ひとりでやったことだというんです。ところがねえ……」

高町氏は、本当に困ったように頭をかいた。「昨夜の十二時ごろに、彼はうちの店にいたんですよ。常連だし、しょっちゅう夜中に遊びに来ますからね。顔は間違えようがないです。どれだけ注意しても私のことにらみつけるだけで、そりゃもう凄い目つきでね。埒《らち》があかないから放っておいたんですよ。親の顔が見たいと思ってね。昨夜もそうだったんです。十二時ごろに水上公園で父親の藤堂さんを殺したっていうけど、その時間、あいつはうちの店にいたんです。十時半ごろに来て、それから閉店間際に帰るまで、ずっと居続けてたんですよ」

しばし、ジュンコさんはじいっと高町氏の顔を見た。ゆかりちゃんはパパとジュンコさんの顔を見比べている。

「じゃ、アリバイがあるってことじゃないですか」と、ジュンコさんが言った。

「そうなりますよねえ」と、高町氏がうなずく。一足す一が三になってしまう、壊れた電卓を叩いているみたいな不満げな顔だ。

俺も唖然としていた。昨夜俺は、藤堂少年の血の臭いをかいだ。あれは何時だったろう？　十二時前ではなかった。十二時は確実に過ぎていたはずだ。十一時半ごろ家を出て、城東第三小学校に行き、「ドリームランド高町」には、その帰りに寄ったのだから。

藤堂少年が帰ったのは閉店間際だという。あれから水上公園に行って父親を手にかけたのであるはずはない。それならば、血の臭いがするはずがないのだから。

血の臭いの件があるから、俺は少年が父親を殺したと思った。血の臭いの件があるから、少年が「何時に『ドリームランド高町』に来たか」ということには、注意をはらっていなかった。

「刑事もね、私の記憶違いじゃないかと言うんです。ほかの日と間違ってるんじゃないかとか」と、高町氏が言った。そのときの彼の顔を見て、どうして彼がここへ来たのか、やっとわかった。

「まずいと思うんですよ。警察に逆らうようなことをやったらね」

怯えているのだ。怖がっているのである。「私には藤堂の息子をかばうような義理はないんだし、市民の義務は果たしたいと思っているんです」

高町氏はいらだたしそうな口ぶりで言った。

「だけど、なんか今のこの状態は、逆じゃないですか。まずい立場ですよ。困るんです。そしたらゆかりが、こちらさんは探偵事務所だっていうから、それならこういう警察沙汰にも慣れておられるだろうし、もしも弁護士なんかが必要だとしたら紹介してもらえるかもしれないと思って。だから伺ってみたんですよ」

ジュンコさんはため息をついた。「そういうことですか――」

「どうしたらいいでしょうねえ、私らは」

「申し訳ないですけど、あたしはただの留守番役で、探偵事務所とは関係ないんです。だからお役には立てません」

そして高町氏に向き直ると、

「だけど高町さん、嘘をついてるわけじゃないでしょう？　藤堂さんの息子さんは、確かに昨夜、高町さんのお店にいたんでしょ」

「そうですけど……」

「だったら、事実を正直に言うしかないですよ。それが警察に逆らうことになるとは、あたしは思いませんけどね」

「しかし――」

「写真、見せられました」ゆかりちゃんが、思い切ったように口を開いた。「あたしもパパと一緒に見たんです。あたしもよくお店にいますって言ったら、刑事さんが見せてくれたんです。その――犯人だって言われてる男の子の顔が見分けられるかどうか、刑事さん、いっぱい写真持ってきて」

目撃者に予断を与えないよう、刑事はそういう手順を踏むことがある。最初から疑惑の当人の写真を見せず、第三者のものと混ぜて確認させるのである。

「少年課の常連ばっかりの写真だったんでしょうね。六枚ばかりありましたけど、藤堂の息子も含めて、そのうちの四人まではうちの常連でした。だけど、問題の息子の顔を、私が見間違えるなんてことはありません。ところがね、刑事たちが帰ったあとに、ゆかりが――」

高町氏はゆかりちゃんの頭に手を置いた。

「真っ青な顔になりましてね。それで私も心配になって、あれこれ聞いたんです。そうしたら泣き出して、ウサギの一件をうち明けてくれたんです」

「そうだったの……」

ジュンコさんは、労《いたわ》るような目でゆかりちゃんを見た。俺もゆかりちゃんを見た。だが、労るためではない。なんで刑事に写真を見せられて真っ青になったのか、その理由を訊きたかったからだ。

「写真、見分けられた？」ジュンコさんが尋ねると、ゆかりちゃんはうなずいた。

「写真のなかに、あの……ウサちゃんたちを殺す話をしていた男の子がいました。制服着た、中学生ぐらいの男の子」

「問題の、藤堂の息子です」と、高町氏が割り込んだ。「あいつめ、大人を挑発するみたいに、わざと制服のまま深夜までウロウロしていることがあるんですよ。まったく何を考えてるんだか」

ジュンコさんはゆかりちゃんを促した。「それで？　その先は？」

ゆかりちゃんはごくりと唾を呑んだ。

「あの……もうひとり、顔が判る人がいたんです。あの日——制服の男の子のところに後から来て、ウサちゃんたちを殺す話を一緒にしてた、私服の男の子」

「年上の男の子の方ね？」

「はい」

「その高校生の顔が、写真のなかにあった？」

「はい」ゆかりちゃんはうなずき、いっそう近く、お父さんに寄り添った。

「あたし、この人もお店によく来てますって言いました。ホントは、その人が来たのは、ウサギちゃんたちの話をしてた、そのとき一回きりだったけど、どこの誰だか知りたかったから、ちょっと嘘ついちゃって」

「うん、うん」

「そしたら刑事さん、教えてくれました」ゆかりちゃんはジュンコさんを見た。「この写真の男の子は高校生で、問題の少年のお兄さんだよって」

夜、たったひとり、加代ちゃんの椅子の足元に寝ころんで、目をつぶり、俺は考えていた。

ウサギ殺しについて話し合っていたのは藤堂兄弟だったという。

そして彼らの父親が殺され、弟が自分がやったと出頭した。兄さんはできがいいが、弟は近所でも札つきのワルで、現に俺は、犯行のあった夜に、彼の身体から血の臭いがするのを感じている。しかし、弟にはアリバイがある――

藤堂孝夫殺しは、家庭内の殺しだ。その匂いがプンプンする。財布を盗ったのは偽装工作だ。警察はそんなものに騙《だま》されはしないし、俺も引っかからない。この事件のポイントは財布の紛失なんかではなく、一度帰宅した藤堂孝夫が、なぜ深夜になって水上公園に行ったかということだ。

何か用があったのだ。差し迫った必要があったのだ。そして俺は、それをこう考えた。弟息子のウサギ殺しを止めるためだと。だが弟にはアリバイがある。そして、ウサギ殺しについて口に出していたのは、弟だけではなかった。だとすれば――

ウサギ殺しは、兄の方なのか。

ああいう無抵抗な小さな生き物を殺し、心の憂さをはらすということを、最初に「発明」

した人間は誰だったろう？　どういう性格の奴だったろう？　近所でも評判のワルか？　それとも、傍目には「よくできた」お兄ちゃんか？

ウサギ殺しが密《ひそ》やかな悪意の表明、日頃は押し隠されている残虐性の発露だとするならば、それをやるのが「ワル」だとは限らないのだ。「いい子」だってやるかもしれない。

俺は起きあがった。昼間のワイドショウで藤堂家を映してくれていたので、場所の見当はつく。行って、藤堂家の近所を聞き込んでみよう。きっと、それではっきりする。ウサギ殺しをするような歪んだ心が、兄弟のどちらに宿っていたのか。

なぜなら、これという動機もなく、ただ欲求不満を解消したくて、小学校へ忍び込んで小動物をなぶり殺しにするような人間は、日常のなかでも、近所の犬や猫を虐めたり傷つけたりしているに違いないからだ。人間たちは気づかなくても、地元の動物たちは知っているはずだからだ。誰が危険なのか。誰が殺戮者《さつりくしゃ》なのかを。

幸い、藤堂家にはすぐにたどりつくことができた。ブロック塀に囲まれた、築十年以内だろう、構えの立派な一戸建て住宅である。庭には植木がちらほらあるが、ジュンコさんでも手の施しようがないくらいに枯れてしまっている。

建物の隣にカーポートがあり、白い乗用車と自転車が二台停められていた。自転車のうちの一台は、俺が用を足してしるしをつけた藤堂弟のものだと判った。

門灯も点いておらず、一階は真っ暗だが、二階の手前の窓の明かりだけが点いていた。二階の奥のベランダのところで、何かがきらきら光って見える。気になるので目をこらすと、ガラスの風鈴がさがっていて、かすかな夜風に揺られ、手前の部屋の明かりを映しているのだった。

夜しか出歩くことのできない俺は、夜は家のなかに入っている室内犬やカゴの鳥たちの話を聞くことはできない。だが、歩き回っているうちに、野良猫一匹と、藤堂家の裏手にいる年老いた雑種犬一匹と、その雑種犬の口利きで、藤堂家の向かいに住んでいる家の飼い猫と話をすることができた。

野良猫は言った。自分の知っている限りでは、この近所で、猫や犬や鳥たちが、理由もなしに、ただ楽しみのためだけに殺されたり傷つけられたりしたという噂を聞いたこともないし、見かけたこともないと。

「藤堂さんの家では、おいらはときどき残り物をもらうよ。奥さんがくれるんだ。子供さんがくれることもあった。いい人たちだよ。そういえば、旦那さんには会ったことないけどもね」

裏の雑種犬は言った。藤堂家では喧嘩が絶えないと。

「うちのご主人様も気にかけていたよ。一一〇番しようとしたこともあるよ。今度のようなことになったのも、仕方がないんじゃないかとうちの奥様は言っている」

それはどういう喧嘩だったのか。

「たいてい、藤堂の奥さんや子供さんが、ご亭主とやりあっているようだった。奥さんは、よく殴られていたようだね」

近所の人間たちは、気づいていたのだろうか。

「見て見ぬふりさ。人間はね。まあ、それがルールということもあるだろう。ご亭主が息子に殺されたというのも、自業自得かもしれないよ。あの家のことなら、向かいの猫がよく知っている。俺がちょっとばかり吠えて呼んでやろう」

そうして会った向かいの猫は、でかい虎猫だった。およそ美形ではない牡で、額に向こう傷がある。去勢手術を受ける以前は、近所の野良相手に喧嘩ばかりしていたと自慢げに言った。

「金が万事なんだね、人間は」と、虎猫は悟ったような口ぶりで言った。「藤堂の主人がおかしくなったのは、景気が悪くなってからこっちのことだよ」

「不動産会社に勤めてるそうだね」

「家や土地を売るんだろう？　うちの主人はタクシーの運転手だが、よく言ってるよ。十年くらい前は、家や土地を転がして大儲《もう》けしていたような奴が、今じゃ口が干上がって運転手に転職してるって。藤堂さんのご主人も、会社が傾いてだいぶ大変なんじゃないかって。一時は景気よかったのにな。あの家、外車が二台もあったんだよ。カーポートには一台しか停めないから、余所に駐車場を借りてさ。いつのまにか売っちまったようだけどね。あの家も、建て替えたのは外車を買う前だったかな」

ひょっとすると、大枚のローンが残っているのかもしれない。

「少なくとも、金繰りが悪くなって、家のなかもおかしくなったのかな？」

「藤堂の主人が奥さんを殴るようになったのは、景気が悪くなってからだよ。息子がよく止めに入ってた。上の兄さんは、止めに入って一緒に殴られる。下の弟は、止めに入って殴り返すんだ。性格の違いだろうね」

「よく知ってるな」

「うちには小さい子供がいるんだ」と、虎猫は言った。「ご主人の孫娘だ。まだ三つのお嬢ちゃんだ」

「可愛いだろうね」

「俺にのっかって遊ぶんだ。俺は爪をたてないように、そりゃ用心してるんだ」

「よく判るよ」

「藤堂家で喧嘩騒ぎが起こると、お嬢ちゃんが怖がって泣くんだ。だから俺は様子を見に行く。喧嘩がひどくてなかなかおさまらないようだったら、お嬢ちゃんと一緒に寝てやるんだ」

愛《いと》おしそうにそう言って、虎猫はふと付け加えた。

「そういえば、去年だったかな、一昨年だったかな。今ごろの季節に、藤堂の主人が夜中に帰ってきて、鍵をなくしたとか言って、ドアの前で大騒ぎをしたことがあった。ドンドン叩いてわめいてね。さすがにうちのご主人が怒って、警察を呼ぶぞと言ったらおとなしくなったが。藤堂の主人、だいぶ酔っていたようだった」

「藤堂の主人は酒飲みかい?」

「浴びるように飲むよ。瓶がいっぱい捨ててある。昨夜だって飲んでたんじゃないか? 九時頃だったかな、また暴れて奥さんを殴っていたからね」

「昨夜九時頃――」

「そうだよ。息子がふたりがかりで止めていた。それからしばらくして、藤堂の弟が出かけていった。飛び出していったという感じだったね。自転車で飛ばしてさ。信号なんか、全部無視してるんじゃないかね。そうやって事故にでも遭って死ねるなら、いっそその方がいいってな自転車の乗り方をするんだよ、あいつは」

それは、俺もこの目で見た。

「それから、だいぶ時間が経ってから、藤堂の主人が出かけていった。真っ黒な格好をしてね。その後すぐ、兄さんの方が出ていって――帰ってきたかどうかは、俺も知らない。ただ、藤堂の主人は帰ってこなかったんだよな。少なくとも、自分の足で歩いては」

「この近所で、猫や犬や鳥が藤堂家の人間に虐められているのを見たことがあるか?」

「全然ないね。あいつらは、いつだってお互いに虐めあうのに大忙しだった。下の息子がグレるのも当然だって、うちのご主人は言っている。俺も同感だ」

「藤堂の息子たちにも、添い寝してくれる猫がいれば違ったかもしれないな」

虎猫は渋い笑い方をした。「あの兄弟は、少なくとも精神的には添い寝してたかもしれないよ。兄弟仲は良かった。兄さんは弟の生活が乱れているのを、無理もないと思ってはいても、心配しているようだった」


どうしても知りたいことがあったので、その後も俺は聞き込みを続けた。今度は城東第三小学校を中心に、円を描いて歩いて行った。

ようやく、主人が城東第三小学校の出身で、藤堂孝夫や中崎校長のこともよく知っているというシベリアンハスキー犬に出会ったころには、夜がいくぶん白っぽくなり始めていた。

 シベリアンハスキー犬は、馬力があるが頭が足らないと、一部で言われることがある。確かに彼らは小利口ではない。だが主人への忠誠心は掛け値なしに犬族のなかでも最強で、なまじなシークレットサービスなんかよりも信頼していいくらいだ。だからこのハスキーも、一昨年の春に執《と》り行われた城東第三小学校の大同窓会で、自分の主人が中崎校長（当時はまだ教頭だったそうだ）と藤堂孝夫の喧嘩を止めにかかり、側杖《そばづえ》をくって怪我をしたことで、今でも憤っていた。

「幼なじみもいいことばかりじゃないって、うちのお父さんは言うんだ」

このハスキーは、たぶんこの家の子供たちに倣《なら》っているのだろう、飼い主のことを「お父さん」と呼んでいた。

「藤堂って人は、中崎って人が学校で偉くなったのが気に入らなかったんだってさ。自分は景気悪くて困ってるのに、昔の遊び仲間は周りに先生先生って言われてちやほやされて、面白くなくてしょうがなかったんだ、だから喧嘩を売ったんだってさ」

「じゃあ、ふたりの仲違《なかたが》いは、その場だけのことじゃなかったんだな？」

「そうじゃないの？　同窓会のあと、中崎って人はうちのお父さんに謝りにきたけど、そのときも藤堂のことをふたりでボロクソ言ってたよ。藤堂の方は、とうとう謝りになんか来なかったしね」

「そうか、どうもありがとう」

俺は、しっぽを返して城東第三小学校へ向かった。東の空に太陽が顔を出し、俺の行く手を照らし始めた。

四日目

アインシュタインは、すぐ目に付くところにはとまっていなかった。俺は正門の前に座ってちょっと吠えた。すると、ものの数秒もしないうちに羽音が聞こえて、真っ黒な翼が旋回しながら鼻先に降りてきた。

鉄柵の上の定位置に着地すると、アインシュタインは嘴を開いた。だが、頭のてっぺんから出るような彼の――彼女の？――声が聞こえてくる前に、先んじて俺は言った。

「二年前のウサギ殺しの犯人が判った」

アインシュタインは嘴を閉じた。首をカクカクかしげて、俺を見た。

「そいつは天罰を受けて、今はもうこの世にはいない。だからそいつがウサギ殺しを繰り返すことは、もうあり得ない。おまえは安心していい」

そう――藤堂孝夫は死んだ。もう、第三小学校の飼育小屋に忍び込み、ウサギたちを手にかけることはない。

「ユーに、なぜそれが判る？」と、アインシュタインは訊いた。

俺は今までのことを順序立てて説明した。賢いカラスは、俺の話を少しずつ噛みしめながら聞いているようだった。

「最初から、俺は間違っていた。ゆかりちゃんは、ふたりの少年がウサギ殺しについてしゃべっている言葉を聞きかじったとき、その少年たちがウサギを殺そうとしているのだと思いこんでしまった。俺もそうだった。だが、ゆかりちゃんの耳に入ってきた言葉は、あくまで会話の断片だった。大切なのは、ゆかりちゃんが聞き取れなかった方の断片だったんだ。そのことに気がついたとき、事件が全部ひっくり返って見えてきた」

藤堂兄弟は、ふたりでウサギ殺しを相談していたのではない。彼らの父親が、第三小学校で再びウサギが飼われ始めたってことを知り、また凶行を繰り返すのではないかと心配していたのだ。「また殺す」というのは、彼らではなく、父親の所業を指した言葉だった。

そのうえで、どうやったら父親を止められるかということも、相談していたのかもしれない。ふたりは対策を話し合っていたのだ。

「『ドリームランド高町』でゲームをしていた弟のところに、それまであの店に足を踏み入れたことのなかった兄さんがやって来て、それからふたりで話し込んでいたという形も、これなら不自然じゃない。おそらく兄さんは、五羽の子ウサギが小学校の飼育小屋に来たことを知って、それを父親が知ったらまたひどいことをするんじゃないかと考えて、弟にすぐ相談を持ちかけたんだろう。家のなかではかえって話しづらくて、ゲームセンターみたいな騒々しいところの方が、安心して相談できたのかもしれない」

思うに、藤堂兄弟も藤堂夫人も、二年前の事件が起こったときから、父親が犯人ではないかと疑っていたのだ。疑惑を抱かれるような行動を、父親がとっていたから。

そして問題の夜がやって来た――

「父親はいつものように酒を飲み、暴れて女房子供を殴った。ひょっとすると息子たちから、ウサギ殺しのことを持ち出されて余計に荒れたのかもしれない。これが夜九時ごろのことだ。誰かが怪我をして、血が流れた。かなりの量だと思う。鼻血かもしれない。そして藤堂の弟は、その臭いを身体にしみつかせたまま、家を飛び出し、『ドリームランド高町』へ行った。家を離れて頭を空っぽにするために、それがいちばん手っ取り早かった」

そのあと、藤堂孝夫が家を出る。黒ずくめの目立たない服装に身を包み、懐に金網を切るためのペンチを忍ばせて。彼はまだ、ウサギたちが飼育小屋から居なくなったことを知らなかった――

「藤堂の兄さんは、父親から少し遅れて家を出た。すぐに追いかけなかったのは、なぜだか判らない。お袋さんが止めたのかもしれないし、怪我の手当てが必要だったのかもしれない。夜の町に出た兄さんは、第三小学校へ向かう。しかし幸か不幸かその途中で、水上公園に入って行く父親を発見する。あの公園は、藤堂家から第三小学校へ行く通り道にあるし、非行少年グループが事件を起こしたおかげで、夜はみんな恐れて近づかなくなってしまった。だからこそ藤堂孝夫は水上公園を通った。人目につかないからだ。兄さんは父親を呼び止める。兄さんは、父親にまともな親父に戻ってもらいたかったんだ。四阿に入り、話し合おうとする。しかし父親は正気を無くしてる」

酒のせいで。思うようにならない景気のせいで。ガキのころからの友達は出世していくのに、ひとり取り残されていく自分への怒りのせいで。自分の行動を鏡のように映し、グレて反抗する息子のせいで。自分のことを哀れむような目で見て、一人前の顔で説教する息子のせいで。

そして何よりも、こんなことをしているあいだに失われていく時間のせいで。息子たちはまだ若い。だが藤堂孝夫にはもう後がないのだ。

「もみ合っているうちに、兄さんは父親を刺し殺す。動転した彼は、それでも気丈に頭を働かせて、凶器と父親の財布を持ってその場を逃げ出す。うまくいけば、非行少年グループの仕業ということで済んでしまうかもしれない――」

俺が言葉を切ると、アインシュタインはその場で大きく翼をはためかせて伸びをし、そして訊いた。

「ユーの考え、正しい？　本当にそう？　どうして判る？」

朝日が目に入るので、俺はアインシュタインを見上げるのをやめ、遠く校庭の向こうの飼育小屋を見やった。

「俺は藤堂家の周りの動物たちに聞いて回った。今まで藤堂家の誰かに、彼らの仲間が虐め殺されたりしたことはないかと。彼らはないと答えた。一度もないと」

前にも言ったが、小動物を虐め殺すような人間は、そのうちに、かなり高い確率で、人間にもひどいことをするようになる。同時に、そういう残虐なことを、継続的にやり続ける。そうやって自分のなかの残虐性を発散させないと、平穏に暮らしていけなくなってしまうのだ。だが藤堂家の誰も、家の近所では動物を虐待していないという。となると、そんな彼らが、二年前の夏に突然残虐さに目覚め、いきなり学校へ忍び込んでウサギを殺したとは考えにくい。

それならば、この場合は、「学校のウサギたちが殺された」という事件を耳にしたとき、俺たちが一様に頭に思い浮かべる動機——心の歪んだサディスティックな人間が、殺しを楽しむために殺したという筋書きの方を、疑ってかかるべきではないのか。つまり、城東第三小学校のウサギ殺しは、単なる殺しのための殺しではなく、何か目的があったのではないか
——俺はそう考えた。

「最初のウサギ殺しは、藤堂孝夫が同窓会で中崎校長と大喧嘩をした、その年の夏に発生している。ふたりは幼なじみだ。だが今や立場の差は歴然だ。一方は校長、一方は不景気にあえぐ不動産会社のサラリーマン。しかもサラリーマンには非行歴のある息子がいて、その息

子がどれほどのワルであるか近所じゅうが知っている。それどころか当の校長は、その息子の小学校時代をじかに知っている」

サラリーマンにとっては面白くないことばかりだ。気にくわないことばかりだ。日々の暮らしのなかで、その不満はつもりつもっていく。そして二年前の夏の盛り、蒸し暑い夜に、不動産屋のサラリーマンは、今や大嫌いな幼なじみが王様として治めている城へ出かけていく。彼の保護のもとに置かれている学校へと出かけていく。そしてそこでいちばん無防備な、損なっても厳しい捜査の始まる心配のない、弱い手駒を皆殺しにして、溜飲《りゅういん》を下げて家に帰る——

「それがウサギ殺しだった？」と、アインシュタインが訊いた。

「そうだよ」と、俺は答えた。「あれはウサギを殺すのが目的だったんじゃない。中崎校長への嫌がらせだったんだ。友達と喧嘩をして負けて、悔しいからその友達の机を蹴っ飛ばす。ほとんどそれと同じような、幼稚な心理さ」

藤堂孝夫は、家の中で妻子に暴力をふるっていたという。つまり彼は、わざわざウサギを標的にしなくても、欲求不満のはけ口としての暴力の対象には困っていなかったのだ。ウサギを殺すことを思いついたのは、あくまで中崎校長の城を汚し、彼と彼の保護下の子供たちを悲しませて、スカッとするためだったのである。

「日本中あっちこっちで、学校のウサギたちが殺されている。おおかたは、ただ殺して楽しみたいだけの殺しなんだろう。そしてそういうことをする人間を生み出しているのは、競争ばかりしていて、他人のことになど無関心で、他人の痛みを想像することのできない自己中心的な今の社会そのものだって、テレビじゃ力説してるよ。だが、この学校のウサギ殺しだけは違う。言ってみりゃ古典的な動機の殺しだよ。ひがみややっかみが引き起こしたことだ。藤堂孝夫は、幼なじみの中崎校長をやっつけることができない代わりに、彼のウサギを痛めつけたんだ」

「人情に溢れ、互いに世話を焼きあうことの多い下町」と、テレビのレポーターは言っていた。だが、そこにもやっぱり、水底に溜まる泥はあるのだ。水が温かければ、泥は余所より早く腐るのだ。もしも藤堂孝夫と中崎校長が幼なじみではなく、まったく赤の他人であったなら、ウサギたちは殺されずに済んだかもしれないのだった。

ただ、それでも、藤堂家の内部には、いずれ破綻《はたん》が来ただろうけれど。

「アインシュタイン、おまえの話のなかにも、藤堂孝夫がウサギ殺しの犯人じゃないかと思わせるヒントがあったんだよ」

「ホワィ？　どういうこと？」

「言ってたじゃないか。犯人は明かりを持っていなかった。校舎の方に、ひとつだけ灯っている明かりを頼りにウサギたちを殺した。だけど、小屋を出ていくときに、犯人のシルエットのなかに、ちらちら光るものが見えたって」

「言った。ミー、そう言った」

「光ったのは、藤堂孝夫の眼鏡だよ。眼鏡が、校舎の方の明かりを映して光ったんだ」

昨夜、藤堂家の二階の風鈴を見上げたとき、やっとそのことに気がついたのだった。

「光るものといえば、もうひとつあるな」と、俺は続けた。「二年前の事件の朝、おまえは、飼育小屋の近くに行ってみるまでは、ウサギたちが死んでいることに気づかなかったと言った。だけど、それならそもそもどうして飼育小屋に行ったんだ？　小屋に近づくと、人間たちに石を投げられるんだろ？　面倒なことは嫌いなはずのおまえが、なんでわざわざそんな危険を冒した？」

アインシュタインはそっぽを向いた。

「朝日を受けて、何かが光ったんだな。飼育小屋の近くでさ。地面の上にあったのかもしれないし、何かに引っかかっていたのかもしれない。だからおまえは飼育小屋の方へ飛んでいった。光るものに気をそそられてね」

カラスは光るものが大好きだ。ガラスのかけらでもぴかぴかの硬貨でも金属の破片でも、拾い集めて巣に溜めておくクセがある。

「そこでおまえが拾った光るものの正体を当ててみようか」

俺がそう言った直後に、アインシュタインは飛び立った。俺は彼女を——彼を？——見上げて首を巡らせた。アインシュタインの姿はすぐに視界から消えた。

しかし、俺は一分と待たされなかった。戻ってきたアインシュタインは、俺の鼻先ぎりぎりをかすめて、何かを落っことした。アスファルトの歩道に落ちたそれは、チャリンと金属質の音をたてた。

鍵だった。古ぼけたプレートタイプのキーホルダーがくっついている。

そう、二年前の夏の深夜、藤堂孝夫はここに鍵を落とした。だから、ウサギたちを殺して帰宅し、自宅の玄関のドアの前で大騒ぎを演じなければならなかったのだ。そしてそれが、家族にウサギ殺しを勘づかれる最初のきっかけにもなったのだろう。

「それ、ユーにあげる」と、アインシュタインは言った。

「いや、要《い》らないよ。こんなもの、名前が書いてあるわけじゃなし、証拠にはならない」

「でも、ミーも持ってるの嫌よ。ウサギ殺しの鍵。きれいでも、嫌ね」

「じゃあ、元あったところに捨ててくるといい。それが正解だ」

アインシュタインは、首をかしげて俺を見つめた。

「ユー、これでいいと思う？」

「うん？　何がだ？」

「弟、兄さんかばってる。弟、誰も殺していない。だけど、捕まってる」

「ああ、そのことか」

藤堂の弟に代わって、俺はアインシュタインの思いやりに感謝した。

「それなら大丈夫だよ。遅かれ早かれ兄さんの方が、嘘に堪えられなくなって本当のことを話し始めるだろう。弟が出頭したのは、母子三人で話し合って、まあ弟ならいちばん若いし、罪も軽いだろうし、もともと疑われてる身の上だから、警察も簡単に信じてくれるだろうと考えてのことだろうけどね」

それに藤堂の弟には、捨て鉢なところがある。俺はどうなってもいいんだよ——あの自転車のすっ飛ばし方は、あの歳でもう人生を捨てている証拠だ。

だが、弟のことをずっと案じてきたという兄さんは、そんなふうにしてかばわれることに、そう長いこと堪えていられないだろう。

「アインシュタイン、教えてくれよ」

「まだ、何かある?」

「おまえにそういうしゃべり方を教えた飼い主は、どんな人だったんだ?」

アインシュタインは姿勢を正した——ように、俺には見えた。

「ミー、子供のころ、巣から落ちた。それ、助けてもらった。恩人? そういう意味?」

「ああ、そうだ」

「飼い主、もういない。アメリカへ行った。そのときミーのこと、空に放した。男の子。もう、今はいない」

アインシュタインの片言の英語から推して、その男の子の両親のどちらかがアメリカ人だったのかもしれない。あるいは、へんてこなディスクジョッキーだったという線もあり得るが。

アインシュタインは、正門の上から俺を見おろした。

「ユー、判る？　ミーに教えてくれる？　アメリカ、良いところ？」

「さあ、どうだろう」

俺には、人間のいるところはどこでも良いところに見えるときがあるし、その逆のときもある。どちらかと言えば、今は後者の気分だった。二年前に殺されたウサギたちの亡霊が、まだあたりを漂っているからかもしれない。

「もう、朝ね。ミーはいかなくちゃ」

アインシュタインは飛び立った。どこへ行くのか、昼間の生活圏がどこにあるのか、訊くことはできなかった。そのうえ、遅蒔《おそま》きながら事務所への帰り道で気がついたのだが、俺はとうとう、アインシュタインが彼なのか彼女なのかということも、聞き損ねてしまったのだった。

加代ちゃんたちは夜八時着の飛行機で帰ってくる予定だ。俺はその日をぐうたらぐうたら寝て過ごした。目を覚ましていると、時間が過ぎるのが遅くて遅くて、いらついてしょうがなかったからだ。

午後になって、また進也から留守番電話が入った。

「や、今日帰ってくるんだよな？　まだ帰ってないのかよ。遅《お》せえなあ。台湾なんか、どこが面白いんだよ」

俺はくっくと笑い、今日は怒らずに進也の独り言が留守番電話に吹き込まれていくのに耳を傾けた。あいつも俺も、留守番部隊の所在なさは一緒なのだと判ったから。

そうやってとろとろと過ごし、夕方六時のニュースを見ていると、水上公園の殺人事件の続報が流れた。藤堂の兄が、警察に出頭したという。少年犯罪であり、しかも父親殺しでもあるから、ヘッドライン扱いの大ニュースだった。

予想以上に早かった。兄のためにも弟のためにも、俺は喜んだ。

タクシーは、午後九時三十八分三十秒に、蓮見事務所の前に到着した。

「ただいまぁ！　マサ！」

糸ちゃんの声がした。

「ああ、やっぱり家はいいわね」と、加代ちゃんがスーツケースをどさりとおろす。

「マサ、お留守番ご苦労さん。わあ、見てお父さん、ジュンコさんが鉢植えをみんなきれいにしてくれたみたいよ」

俺は糸ちゃんに抱かれて、猫のように喉をゴロゴロ鳴らそうと一所懸命努力した。そりゃもう、努力したのなんのって。

　加代ちゃんたちはジュンコさんを招き、荷物を解き、持ち帰ったお土産を検分し、てんでに大きな声を出してしゃべり、糸ちゃんが現地の人と間違えられてヨーロッパからの観光客に道を訊かれたとか、加代ちゃんがホテルでナンパされそうになったとか、オキュウ博物院で所長が迷子になったとか、夜中過ぎまで大騒ぎをした。旅行の話であまりにも盛り上がってしまったので、ジュンコさんは気勢をそがれ、ウサちゃんたちの一件を報告する暇がないままに、両手いっぱいのお土産を抱えてアパートに引き上げていった。まあ、ウサちゃんたちのことは、これからいくらでも話す時間があるんだからいいだろう。

　それにしてもジュンコさん、あのままウサちゃんたちを飼うつもりだろうか。まあ、その方が、アインシュタインは喜ぶだろうけれど。

　一同は、午前一時頃になってやっと寝静まった。皆がそれぞれの寝室に引っ込んでしまってから、俺はむくりと起きあがった。もう、水上公園事件のためでも、ウサちゃんたちのためでもない。ハラショウに会いに行くつもりだった。この二日、夜はずっと出歩いていたので、彼の顔を見ていない。あの痩せ細ったハラショウがどうしているか、急に心配になってきたのだった。

　生温かいアスファルトを踏みしめて歩いていく。美犬の母犬は、彼女の犬小屋のなかで熟睡していた。子犬も母親の匂いに寄り添うようにして眠り込んでいる。俺はそっと街角を曲がった。夜の熱気の底に、ハラショウの鉄工所の看板が見える。

普段なら、夜歩きしている俺を見つけて、黙っているハラショウではなかった。遠くにいるうちから、おっちゃんおっちゃんと吠えて呼びかけてくるはずだった。だから俺は、すぐにおかしいと思って然るべきだった。

だが、「家族」が帰ってきたことの幸せに、俺はすっかり浮かれていて、すぐそばに近づくまで、まったく気づかなかったのだ。

ハラショウは死んでいた。

右の腹を下にして、彼を繋ぎとめていた忌々しい鎖の上に横になり、すっかり冷たくなっていた。俺が彼の匂いをかいでいると、鉄工所周辺を縄張りにしている野良猫が、向かいの家の屋根の上から呼びかけてきた。

「昼間、鉄工所の親父にこっぴどく殴られたんだよ。何が理由だか知らないけどね。夕飯ももらえなかったみたいだ」

「いつ死んだ？」と、俺は尋ねた。

「さあ、暗くなる頃には、もう横たわっていたね。腹が減りすぎて立ち上がれないのかと思ったら、息をしていなかったんだ」

死んでしまった。俺が他のことにかまけているあいだに。

野良猫は、黄色い目をまたたいて、ハラショウをちょっと斜に見た。

「バカな犬だったね。一度も逃げようとしなかった。いつか殺されるのが目に見えてたのに。野良になるのが、そんなに怖かったのかね？　あたしゃ気が知れないよ」

猫はくるりと尾を巻いて、屋根の向こうへと姿を消した。俺はハラショウとふたりきりになった。

そうやって、朝になるまでずっと座り込んでいた。頭上で夜がくるりと反転し、朝が地平線に顔をのぞかせるまで。

だが、朝が来てもハラショウは生き返りはしなかったし、そんなことは俺にも判っていた。ハラショウは、他の生き方を知らなかった。ハラショウは、飼い主はみんなあんなもんだと思っていた。

（おっちゃん、これがオレのウンメイなんだ）

運命なんて言葉を、ハラショウはいったいどこで覚えたんだろう？　いやそうじゃない、あれは俺の夢のなかのハラショウの台詞だったんだ。俺は密かに、ハラショウの境遇はハラショウの運命だと自分で自分に言い聞かせて、ハラショウの苦しみから目をそらそうとしていたのか。

鉄工所の親父のような人間は、これからもどんどん増えていくのだろう。そういう人間は、大人もいるし、子供もいる。学校のウサギを殺して面白がる奴もいれば、ペットを気晴らしの対象にする奴もいる。生き物の生殺与奪《せいさつよだつ》の権利を握って君臨するのは、さぞかし気持ちのいいことだろう。やめられなくなることだろう。虐め過ぎて死んでしまったら、また金で買ってくればいいのだ。命なんて、たやすく金で購《あがな》えるのだから。

通りすぎてゆく夏の夜空を見上げながら、俺はふと考えた。今までずっと、昼が主役で、夜は昼が寝ている間だけ、昼の目を盗むようにしてやってくるものだと思っていた。だが、本当は違うのじゃないか。主役は夜で、真っ暗なのが本当で、昼の光の方が夜をはばかりながら、たまさかだ、俺たちを照らしてくれているのじゃないか。

それとも、こんなことを考えるのは、俺が歳をとった証拠だろうか。

朝日がのぼるころ、俺はハラショウにさよならを告げて、ゆっくりと家に帰った。帰る家があることを、俺が帰りを待っている人たちが、俺の帰りを待っていてくれることが、今ほど大切に思えるときはなかった。

蓮見事務所の屋根の上に、淡い黄色の光を放つ小さな星が、夜明けの空に、消えかかりながらも一所懸命に輝いているのを見つけた。今までは、見かけたことのない星だった。

あれはハラショウの星だろうかと、俺は思った。もしそうならば、日が経つごとに、もっともっと空の高いところにのぼっていってくれるといいと思った。もう、誰の手も届かないところに。

ハラショウは、やっと自由になったのだ。

事務所に帰っても、俺は眠れなかった。しばらくすると、早起きの加代ちゃんが起き出して、事務所におりてきた。コーヒーをわかす、いい匂いがしてきた。加代ちゃんは机に向かい、溜まった郵便物を整理し始めた。

俺はのそりと起きて、加代ちゃんの足元に行き、彼女の足首に頭をすり寄せて、横になった。

「マサ、どうしたの？」

加代ちゃんが、不思議そうに言った。

「なんだか元気ないね。留守番してるあいだに、何かあったの？」

手を伸ばし、俺の首を撫でてくれた。俺は加代ちゃんのぬくもりを感じながら、やっと眠りについた。ジュンコさんのそばにいる子ウサギちゃんのようにぬくぬくと。

そして水上公園の緑のなかで、ウサギちゃんたちと跳ね回っている夢を見た。

マサの弁明

実は、非常に気が重い。

蓮見探偵事務所で暮らして四年。その前の、警察で飯を食っていた期間が五年。俺も、人間たちのやらかす可笑《おか》しなことをたくさん見聞きしてきて、たいていのことには驚かない心構えができているつもりだし、実際、ひとつの事件を解決したあと、ひどく落ち込むようなこともない(俺の相棒である加代ちゃんは、やっぱりまだ若い娘であることだから、ときどき考え込んでしまったりしているが、彼女もおいおい、俺のようになってゆくことだろう。それが、彼女にとって良いことなのか悪いことなのかは、また別の問題だが……)。

しかし、今度ばかりはちょっと、ねえ。

申し遅れたが、俺の名前はマサ。蓮見探偵事務所の用心犬である。額に白い星のあるジャーマン・シェパードで、自分で言うのもなんだが、気性は優しい。人間は、よくこんな言い方をするね。「歳をとって、角がとれてきた」と。その伝でいくと、俺も、年齢を重ねて犬が円《まる》くなったのだ。

かと言って、今度の件に関して、俺と加代ちゃんが沈黙を守ることに決めたのは、けっしてただの温情からではない。告発したところで、すべてがもう時効であるからだ。ことを公にしても、ただ傷つく人間が増えるだけだし、得する者は誰もいない。

そして、むしろ真相を伏せておいたほうが、あとあとのためになりそうだ――そんなふうにも思う。

しかし、語りにくい話なのだよ、これが。


それは、いつものように、調査の依頼を受けたことから始まった。

依頼主の名前は、宮部《みやべ》みゆき。職業は小説家――それも、推理小説を書いているというのである。もっとも、俺はもちろん、加代ちゃんも蓮見事務所の面々も、誰一人彼女の名前を知らなかったところをみると、たいした作家ではないのだろう。本人が名刺代わりに持ってきた本の著者紹介を読んでみて、所長が言っていた。

「ははあ、まだ新しい人なんだよ」

要するに、売れてないのである。

そのくせ、いっちょまえに「午前中は寝てますので……」などと、物書きらしいことをいっているので、俺と加代ちゃんは、午後二時の約束を厳守して、彼女のちっぽけな仕事場へとおもむいた。

年齢三十歳であるから、加代ちゃんより五つも年上だ。その割に、落ち着きのない人である。顔も童顔だが、賭けてもいいね、こういうタイプの人間の女は、ある時突然、一夜のうちにガタンと老《ふ》けておバアさんになっちまうのだ。

加代ちゃんが俺を連れてやってきたのを見て、彼女はおおげさにびっくりした。そこで加代ちゃんは説明した。

「ご依頼の内容を検討しまして、今夜から張り込みをしてみた方がいいと判断したんです。案外、一晩であっさり解決するかもしれません。早い方がよろしいでしょ？」

「それで、この犬と一緒に張り込みをするんですか？」と、宮部氏は訊いた。

「そうです。マサは元警察犬なんですよ。わたしには聞きとれない音や、感じられない匂いも、マサにならわかります」

「へえ」宮部氏は言った。「大丈夫かなあ。それにこの犬、もうずいぶん歳をとってませんか？　働かせるの、可哀相みたいねえ」

大きなお世話だ。俺は、こういう疑似動物愛護主義的発言が大嫌いである。だから、この依頼者のこともいっぺんで嫌いになった。

だいたい、彼女の依頼の内容そのものが、ふざけている。余所《よそ》の探偵事務所だったら、まともに取り合っていないだろう。

夜中、彼女が仕事をしていると、外の通路を、誰かがつっかけを履《は》いて歩いてくる——というのである。

「は？　つっかけ？」

蓮見探偵事務所を訪ねてやってきたこのセンセイから、最初にこの話を聞いたとき、加代ちゃんはそう言ったものだ。いや、それしか言いようがないじゃありませんか。

「履物のつっかけですね？」

「そう。ほら、サンダルみたいなやつですよ」

「ええ、それはわかります。わたしも、子供の頃には履きましたから」

「あたしが子供の頃には、ピコピコサンダルを履いたけど」

「ああ、あのキュッキュッて鳴るやつでしょう？　ええ、履きましたね」

履物談議なんかしてる場合じゃないよ、加代ちゃん。俺は喉の奥で小さめに警告の唸り声をあげた。

そのとき、ひょいと目をやって気がついたのだが、俺たちの依頼主の女性推理作家は、えらく小さな足をしていた。今でも、立派にピコピコサンダルを履くことができそうだ。

「それで、つっかけを履いた人が近づいてくることが、恐ろしいんですか？」

「べつに、恐ろしいとまでは言いませんけど……」

「気味が悪い？」

「そうですねえ」と頷いて、依頼者は煙草に火をつけた。このセンセイは、生意気にも煙草を吸うのである。

「毎晩、きまって午前二時すぎになると、聞こえてくるんです。こちらに近付いてくるんですけど、それで――」

彼女の仕事場の窓の前で、ピタリと止まるという。

「それがもう、十日以上続いてるんです」

「窓を開けてみたことは？」

「ありますよ。でも……」

「でも？」

「誰もいなかったんです。それで当たり前なんです。通路と言っても、家と家の隙間で、人ひとりがやっと歩ける程度の幅しかないんですから。それなのに、つっかけの音だけが聞こえてきて……なんだかあたしを迎えに来てるみたい」

おいおい、よしてくれよ、『牡丹灯籠《ぼたんどうろう》』じゃあるまいし。俺は呆《あき》れ返ったが、加代ちゃんは「これも商売」と割り切っているのか、じゃあ、一度お伺いして、付近の様子を見てみましょうと約束してしまった。

そして、俺たちはこうして宮部氏の仕事場へやってきたというわけだ。

陽《ひ》のあるうちに、仕事場の周辺を歩き回ってみた。

なんということもない、ごく普通の町の一角である。いかにも下町らしいのは、しもたやに混じって、小さな町工場が点在していることだ。板金屋や印刷屋が多い。豆腐《とうふ》屋と、ちゃんと一升瓶で醤油や油を売っている乾物屋、それに、銭湯の煙突も二本ばかり見つけた。住み心地は悪くなさそうだが、こういう町で暮らしていたら、宮部氏、一生かかっても、華やかな作風のものは書けないでしょうな。

彼女の仕事場というのも、自宅の木造家屋のいちばん奥の座敷に、外からじかに出入りできる小さな扉を付けたというだけのものである。日当たりも風通しも、最悪の一語。もっとも、同居している家族の証言によると、彼女が好んでそこにいるのであって、けっして、皆で性根の良くない娘を虐待しているわけではないのだそうだ。ま、どっちだっていいのだが。

この座敷は家の北西の角にあり、窓のすぐ外側を、L字形の通路が走っている。この通路は隣家との境界にもなっており、隣家の洗面所と風呂場の窓が、通路の方を向いてあけられている。

隣家は、宮部氏の家とは対照的な、モダンな新築住宅である。野暮ったい町のなかでは、銭湯の洗い場に突然入ってきた水着のモデルのように目立っている。目で見て美しいし、使い勝手も良さそうな家だ。惜しむらくは、周囲がぎゅうぎゅうにたて込んでいるので、風通しが悪いということか。なにせ、風の逃げる場所と言ったら、隣の宮部家とのあいだにある、L字形の通路だけなのだ。

そして、ここが問題の「つっかけ」が歩いてくる通路でもあるのだった。

しかし、誰が好きこのんで、夜中の二時すぎに、こんな狭苦しい通路を歩いたりするもんかね？

「たぶん、どこかで何かが何かにぶつかって、つっかけの足音みたいな物音をたててるんだと思うのよね」

加代ちゃんも、事務所で、所長にそんなことを言っていたものだ。

「毎夜二時すぎに始まるってことが、ヒントになると思うの。その時刻に、何かがあるのよ」

ここに来るまでに、加代ちゃんはいくつか下調べをしていた。隣家の住人についても、ちゃんと情報を仕入れており、世帯主がレストランの経営者で、毎夜帰宅が深夜をすぎるということもつかんでいた。

これ、脈がありそうではないか。隣家のあるじが深夜に帰宅して、夜食をこさえたり、風呂に入ったりする物音が、ちと偏執狂の気味のある作家の耳に、おかしな足音として聞こえる——というのは、大いにありそうな話だ。

さらに、隣家のご主人は、仕事の都合で、家を新築してからしばらくのあいだ、家族と別居していたのだという。彼が家族と一緒に新しい家で生活を始めたのは、正確に十二日前からのことだった。

してみると、宮部氏が「つっかけ」の足音を「十日ぐらい前から始まった」と言っていることとも符合してくる。

しかし、なぜ、よりにもよって「つっかけ」なのだろう？

その夜、俺と加代ちゃんは、宮部氏の仕事場のそばに車を停め、そのなかで午前二時が来るのを待った。

静かで、なんのへんてつもない夜だった。午前一時三十分に、隣家の主人が車で帰宅して、慣れた動作で車庫入れをし、家のなかに消えていったが、それ以外には、人の動きも見えない。

宮部氏には、問題の「つっかけ」の足音が近づいてきたら、この車に電話するようにと言ってある。そして、二時五分すぎに、電話が鳴った。

「そう、始まりましたか。じゃ、そこから動かないでくださいね」

加代ちゃんは言い置いて、車を降りた。そうっと、そうっと、L字形の通路を進んでゆく。手には懐中電灯。足にはスニーカー。

俺は彼女のすぐあとに続く。宮部氏の仕事場の窓から、かすかな明かりが漏れている。ほかには、すぐ近くで、明かりの点っている窓は見当たらない。

そして――

当然のことながら、俺の耳の方が、先にキャッチした。

カツン、カツンという音を。

加代ちゃんも気がついたのか、身体を起こした。

「あっちだわね」

振り向いて、二、三歩戻る。ちょうど、隣家の風呂場の窓の下だ。ブラインド型のスライド式の窓が、今はいっぱいに開けられており、加代ちゃんが懐中電灯を持ちあげると、その隙間から、銀色に光るシャワーのヘッドを見ることができた。

ヘッドには水滴がついている。ついさっきまで、隣家の誰かが——たぶん、一時半に帰宅した主人だ——使っていたのだろう。

カツン、カツン。

物音は、その風呂場の方から聞こえてくる。そして俺には、はっきりとわかった。

タイル張りの風呂場の壁に、何かがぶつかっているのだ。何か——プラスチック製のもの。

さらにもうひとつ、俺は別の種類の物音を聞きつけていた。この距離では、まず間違いなく、俺の耳にしか届かない物音。ごく低い、モーターの回転音。そして、羽根のようなものが風を切る音——

なんだ、換気扇だよ。

そう悟《さと》ったとき、そのモーターのうなりが止んだ。同時に、カツン、カツン、という音が途絶え、背伸びして隣家の風呂場をのぞきこんでいた加代ちゃんが、

「あら！」と言った。

「簡単なことなんです」と、加代ちゃんは笑った。

翌日の日中のことである。隣家の主人に頼んで、加代ちゃんは、問題の「つっかけ」の音をたてていた物体を借りだしてくると、宮部氏に見せてやった。

それは、古い形の寒暖計だった。プラスチック製で、おそらくは雑誌の付録だったのだろう、裏側に、子供向け学習参考書の出版社の名前が入っている。

時代がかったしろものだ。その出版社に問い合わせてみると、確かに、雑誌の付録の「実験してみよう」セットというので、寒暖計を付けたことがあるという。二十年も昔のことだそうだ。

隣家では、これを、風呂場の壁にかけていた。換気扇の吸い込み口の、すぐ近くに。

「お隣のご主人が、家に帰ってきて、お風呂やシャワーを使ったあと、換気扇を回すと、壁にかけてあるこの寒暖計が、風の勢いでふらふら揺れて、タイルにぶつかって音をたててたんですよ」

隣家は風通しの悪い家なので、窓を開けただけでは、風呂場の蒸気を外に追い出すことができない。そこで、三十分タイマー付きの換気扇を備え付けていたというわけだ。

「あの音が、いつも午前二時になると聞こえてきたというのも、お隣のご主人がお風呂を使い終えるのが、毎夜だいたいその時刻だったからなんです」

そして、タイマーが切れれば、ぴたりと止まる。

「でも、あの音は、こっちに近付いてきてるように聞こえたんですよ」と、宮部氏は不服そうだ。

「それは、やっぱり錯覚ですよ。じっと耳をこらしてると、そんなふうに聞こえるんです」

宮部氏は何とも言わず、黙って古ぼけた寒暖計を見つめている。やがて、ぽつりと訊いた。

「お隣は、こんな古いものを、どこで手に入れたんでしょうね」

「なんでも、お隣を新築されるとき、土台の土が少し痩せていたので、余所からいくらか土砂を運びこんできたそうなんです。これは、そのなかに埋もれていたんですって。古いものだけれど、お隣のご主人も、子供の頃はずいぶんとこの雑誌の付録で遊んだものだから、懐かしくなって、きれいに洗って使っておられたんだそうですよ」

ずいぶん長いこと沈黙してから、宮部氏は言った。「この寒暖計、もらってもいいでしょうか」

表向きには、話はここで終わりだ。事件とも言えない、つまらないことだった。

だが、俺も何となく気になったし、加代ちゃんはもっと気になっているらしい。時間を割《さ》いて、宮部氏の子供時代のことなどを、少々調べていたようだ。

その結果、わかったことがある。

二十年ほど昔、氏の一家の近くに住んでいた田中という人が話してくれたのだ。町内で不審火があって、田中さんの同級生が一人、亡くなったことを。

「家が一軒、丸焼けになって——土台まで焼け焦げてしまってました。焼け跡にブルドーザーが入って、根こそぎ全部掘り返して運びだして、どこかへ捨てに行きましたよ」

どうやら放火だったらしいが、犯人は捕まらないままだった。

「悲しかったわ。彼女とあたし、仲良しだったから。あたしたちは、理科クラブで一緒だったんです。一年間、毎日朝と夜の決まった時間に、家の内と外の気温を計って記録するっていう、地味な研究をやってました。小学校の四年生だったんだもんねえ」

加代ちゃんは、内心の動揺を表情には表わさなかった。

「どんな寒暖計を使ってたんですか？」

田中さんは答えた。「雑誌の付録についていたやつだったの」

加代ちゃんの頼みを快く聞き入れて、田中さんは、焼け死んだ同級生の写真を見せてくれた。

「町内会の集まりのときに撮ったんですよ」

白黒の団体写真だった。端っこの方に、可愛げのない顔をした子供時代の宮部氏が写っていた。

「ほら。火事で亡くなったあたしの同級生は、この子ですよ」

と、田中さんが指で示した女の子は、宮部氏のすぐうしろに立っていた。

彼女は、素足につっかけを履いていた。

そのあと加代ちゃんがしたことは、ひとつだけだった。宮部氏の隣家に問い合わせて、家を新築したとき、土台に足した土砂をどこから持ってきたのか確認した、ということだ。

答えは、建築を請け負った工務店の方から報《しら》せてきた。だから、ちゃんとわかった。

でも、それをここで言うと、因縁話になってしまうので、やめておく。

子供は火が好きなものだ。いや、本当に。ちょっとした悪戯《いたずら》で、大きな悲劇を引きおこしてしまい、深く後悔しなければならない羽目になることは、誰にでも――まあ、誰にでもとは言わないが、まれにはあることだ。

放火で焼け死んだ女の子がねむっているお墓に、俺といっしょにお参りしたとき、加代ちゃんはご住職に声をかけて、こんなことを尋ねた。

「最近、ここに、何かの供養を頼みに来た女性がいませんでしたか？」

いたと、ご住職は答えた。小さな箱に納められたもので、中身は見ていないという。

「その必要はありませんのでな」

「どんな女性でしたか？」と、加代ちゃんは尋ねた。

すると、しばらく考えてから、ご住職は答えた。

「顔などは忘れてしまったのですが……。ご供養のためになかへ通ったとき、その女性がそこで靴を脱がれましてな。それが、まるで子供のみたいに小さな運動靴だったので、驚いたことを覚えています」

やっぱり、な。

どっちにしろ、すべては時効である。追及のしようもない。加代ちゃんも俺も、その点ではお手上げである。

宮部氏は、現在のところ、それなりに一所懸命仕事をしているようだ。だが、あんまり働き者のようには見えないし、そのうち、ダラダラすることを覚えて手を抜き始めるに違いない。

しかし、それはとんでもない話だ。彼女には、適当にいい加減に世渡りするような権利はない。犯罪や人殺しを扱う推理小説を書いているのだって、なにがしか（無意識のうちにでも）「罪の告白をしたい！」という衝動があるためだろうから、その意味でも、彼女には手抜きなんか許されないのである。

一所懸命書かねば、贖罪《しょくざい》にはならない。今後もずっと、俺は、彼女の仕事ぶりに目を光らせているつもりだ。

だから、彼女が一所懸命に仕事をしているうちは――評価や売れ行きはともかくとして――真面目にやってるうちは、読者諸賢よ、どうか、放火殺人の罪については見逃してやってくれまいか。そう、一種の執行猶予だと思ってくれればいい。

なに？　ああ、それはかまいませんよ。あなたが彼女に会ったとき、意味ありげにちょっと笑うくらいならね。

それだけは、俺には不可能なことだから。

著者ご挨拶

時が流れるのは本当に早いもので、あと数カ月で平成十年がやってきます。

東京創元社の「鮎川哲也と十三の謎」で長編デビューしたわたしたち——北村薫さん、山口雅也さん、有栖川有栖さん、今邑彩さん等々——は、時に「八九年組」と呼ばれますが、一九八九年は平成元年のことでして、つまり、この年にデビューしたわたしたちは、ミステリ界における職業作家としての勤続年数が平成に入ってからの年数と同じなので、数えやすいという利点を持っているわけです。もっとも、そんなささいなことを「利点」として数え上げるのは、計算と数字と年号に弱いミヤベくらいであろうと思いますが……。

そういう次第で、最初の長編から十年目という時が、もうすぐやってくるのです。それにしても、この十年の何と速かったことよ！

あのころのわたしたちはまだ幼いほどに若く、そして今よりずっと体重も軽かった——少なくともミヤベはそうでした。おお、あの体重を取り戻したい！

などと脱線しますのは、この先が白状しにくいことであるからなのです。どういうことかと申しますれば、前述した「八九年組」のなかで、東京創元社でたった一冊しか本を出していないのは、ミヤベミユキだけであるということであります――この恩知らず！

長いこと、このことは気がかりでありました。戸川さんはいつもニコニコ、けっして矢の催促などなさいませんでしたが、気が咎めることしきりのミヤベはコソコソ逃げ回り、書き下ろしは一向に進まず。

それがこのたび、単行本未収録の蓮見探偵事務所と元警察犬マサの登場する短編を集め、それに一作書き下ろしの中編を加えるという形で、ようやく短編集をまとめることができました。ミヤベとしては、借金の半分ぐらいがやっと返済できたかなという気持ちです。十年目を目の前にしたこの時期に、古い短編を集めてお目にかけるという趣向も、ひょっとすると面白いかもしれないという期待もあります。読者の皆さん、この作品集を一読し、「ミヤベは昔も今もお人好しだなあ」とか、「昔は今よりもっと下手クソだったんだね」とか、「昔の方が筋立てに頭を使ってたな」とか、たぶん様々な感想を抱かれることと思いますが、ミヤベとしては古傷を暴かれるような恐怖もあり、おそれ多いので耳を覆っていることにいたします。

本当に久しぶりに、戸川さんと作品のゲラをやりとりしたことも楽しかった。そういえば、『パーフェクト・ブルー』のゲラチェックをした錦糸町駅北口のケーキ屋さんを覚えておられますか？

最後にひとつ、言わずもがなのことですが、この作品集の作品はすべてがフィクションです。隅から隅まで作り話です。とりわけ「マサの弁明」という作品を、どうぞ本気になさいませんよう。子供のころのミヤベミユキが、深夜の路地を歩いてくる足音に怯えたことがあるというエピソード以外は、全部創作であります。

この足音は、病弱で学校嫌いだった子供のミヤベミユキの心のなかに棲んでいたモノノケのものだったのでしょう。しかし、大人になって、作家としてご飯を食べることができるようになったのは、このモノノケのおかげであると、今のミヤベミユキは考えております。

それでは、次は来春、桜のころに、新しい作品でお目にかかれると思います。それまで皆さま、ご機嫌よろしゅう！

宮部みゆき

一九九七年十一月

宮部さんのデビューの頃

戸川安宣

最近、創元推理文庫で新訳を刊行したフレッド・カサックの『殺人交叉点』に併載されている『連鎖反応』は、原題をCARAMBOLAGESという。ビリヤードの用語で、玉が次々とぶつかり合っていく様を表わしているのだが、人生においても、ひとつの事件が起因となって、まさにビリヤードのように次から次へと局面が展開していくことがある。そして、たまたまそういう事態に遭遇するという、それこそ滅多に味わえぬ経験をすることがある。これからお話ししようというのは、まさに編集者冥利に尽きる、と表現するしかない僕自身の体験談である。

発端がどうだったか、今となってははっきりしない。が、入社した頃から、海外の作品に伍す日本の名作もそのうちに創元推理文庫に収めたい、と思っていた。それがどういうきっかけで、決断を下したのだろう。いずれにせよ翻訳物ばかりの中に入れるのなら、まずは体系立ったものを、と考え、『日本探偵小説全集』全十二巻の企画へと発展していったのだ。乱歩、夢野、小栗、久生……と指を折って考えていくうちに、『ドグラ・マグラ』や『黒死館殺人事件』を収録するとなると、最低六、七百ページは必要になる――などと考えながら、北村薫さんのお宅に電話をした。それから見る間に企画が形を取りだし、二人して中島河太郎先生のお宅に伺い……といった具合に進行し、全集が刊行を開始したのは一九八四(昭和五十九)年十月であった。

その企画段階のある日、鎌倉に鮎川先生をお訪ねした。用件の一つは、「名作集2」の解説をお願いすることだったが、併せて「幻の探偵作家」探訪に意欲的だった先生のご意見を伺うのも目的のひとつだった。

そして、鎌倉から帰る横須賀線の車中、まだ先生の熱気にあおられ上気した気分のまま、先生が講談社の「書下し長篇探偵小説全集」全十三巻という企画――江戸川乱歩をはじめとする錚々たるメンバーに交じって、最終巻を新人の優秀作に充てる、という大胆な企画に応募し、みごと『黒いトランク』によって、デビューされた、という鮎川哲也誕生の逸話を思い出している内に、そうだ、うちでもそれをやってみよう……。そして今度は鮎川先生に執筆陣に加わっていただき、併せて十三番目の椅子を選んでいただこう……と、考えは膨らんでいったのだ。

ここまでても充分、カランボラージだと思うが、このときの玉の動きはさらにドラマチックだった。

これが巡り合わせ、というのだろうか。こちらのこうしよう、こうしたい、という思いが通じたのか、降って湧いたような話があちらからこちらから舞い込んできた。

学生時代、北村さんの一学年下だった秋山協一郎氏から、同期の折原一氏がミステリを書いて〈オール讀物〉の推理小説新人賞に応募したらしい、という話を聞いたのはまさにそういうタイミングの時だった。早速、当時日本交通公社で〈旅〉誌の編集をしていた氏の許へ電話を入れ、その応募原稿を読ませていただいた。それがやがて『五つの棺』としてまとまる短編集の巻頭を飾った一作「おせっかいな密室」だった。面白い、もっと書いているの、と聞くと、まだあるという。それなら連作短編集を作ろうか、ということになった。それが今も言った『五つの棺』である。これは創元推理特別書き下ろし作品、と銘打って四六判ハードカバーで、一九八八（昭和六十三）年の五月に刊行された。かつて、坂口安吾の遺稿に高木彬光が書き足して完成させた『樹のごときもの歩く』や松本清張の『危険な斜面』などを刊行したことはあったが、それはいずれも創元推理文庫創刊以前——創元文庫という総合文庫をはじめ、人文、自然科学から児童書まで、要するに総合出版社としてあらゆるジャンルの本を出していた頃のことで、日本人作家の推理小説を単行本で出すというのは、東京創元社にとって三十年ぶり、書き下ろしとなると、それこそ初めてのことだったかもしれない。

その本づくりの途中、折原氏からオール讀物推理小説新人賞を受賞した人の中にスゴイ人がいる、という耳寄りな話を伺った。そこで連絡をとってお目にかかったのが、宮部さんだったのである。

当時の宮部さんは、法律事務所に勤めながら、講談社フェーマス・スクール・エンタテインメント小説教室に通っていた。その教室での習作が何本かある、という。それらを纏めて読ませていただいた。

その中には、受賞作の「我らが隣人の犯罪」をはじめ、キャッシュカードを使った当時最先端の犯罪を扱ったものなど、題材に一つ一つ工夫が凝らされていて、後から思い返してみると、『火車』やら『理由』やらの源はすべてここにあった、と思わせるような宝の原石が揃っていた。それから何度となく宮部さんとお逢いし、いろいろなお話をしたが、宮部さんは小説であれ映画であれ、はたまた最近の事件やスポーツに至るまで、とにかく社会のあらゆるものに対し、常に旺盛な好奇心を持ち続けている。それは初めてお逢いしたときから少しも変わらない。習作として見せていただいた作品はすべて、そういう目配りの良さを感じさせる内容だった。

宮部さんがオール讀物推理小説新人賞を受賞したのが昭和六十二年十月、「かまいたち」で歴史文学賞に佳作入選したのが、その二月後であった。宮部さんと初めてお目にかかったのは、まさにそういう時期だったのだ。

その後、それなら長編を書きませんか、と僕の方で言ったのか、宮部さんが長編のアイディアがあるので、どうせなら長編を書きたい、と言われたのか、覚えてはいない。が、ともあれ、こういうものでどうでしょう、という長編の書き出し部分を見せていただくまで、それほど時間はかからなかった。その間、宮部さんから高校野球をテーマにして書きたいので、ひょっとして取材に応じてくれる高校はないだろうか、という問い合わせがあった。その時、咄嗟に頭に浮かんだのが、当時教鞭をとっていた北村さんの存在だった。北村さんは単に高校教師というだけではなく、大変なプロ野球ファンだったし、その当時赴任していた学校は県下有数の進学校だったが、現在スポーツコメンテイターとして活躍している青島健太氏などを輩出した学校で、六大学ファンの僕は彼が慶応に入学してきたときから見続けていたから、高校野球というと、北村さんのことがぱっと頭に浮かんだ、という次第であった。結局、その取材はなされないまま終わったと思うが、宮部さんに続いて北村さんも作家デビューを飾ることになるのだから、ますます不思議な縁《えにし》を感じる。

それはさて、どうも記憶が定かでないが、『パーフェクト・ブルー』の第一稿は三人称で書かれていたように思う。加代子が「ラ・シーナ」に進也を探しに行って、酔っぱらいに絡まれるシーンから物語は始まっていた。進也がそこに恰好良く登場し、そして「ラ・シーナ」のマスターがそれに輪をかけたようにカッコいい。印象的なイントロだったが、宮部さんは書きながら犬の一人称、という思い切った趣向を試してみたくなったのだろう。全面的に書き直された完成稿は、現在お読みいただいている形に大幅な変更がなされていた。

こうして、『パーフェクト・ブルー』をいただいたのは一九八八年の十月——東陽町駅近くのビルの二階にある喫茶店でだった、と記憶する。それも夜の九時とか十時といった時間ではなかっただろうか。フランクフルトのブックフェアに出かける前日のことだった。翌朝、僕はそのワープロ原稿の束を鞄に詰めて機中の人となった。フランクフルトまでの機上と、ブックフェアから戻ったホテルの部屋とで読み終え、赤字を入れて、入稿したのは帰国直後だった。そして本になったのはその翌年一九八九年の二月——その時、和暦の方は平成、と変わっていた。そういえば、原稿を抱えて参加したフェア会場の一郭——日本のブースが並ぶところに、開会二日目だったか三日目だったか、天皇崩御、の誤報が流れ、緊張が走ったことも、今では忘れられない思い出である。

ここに収められたのは、『パーフェクト・ブルー』刊行の半年後、角川書店の〈野性時代〉に発表された「てのひらの森の下で」から、この『心とろかすような』の刊行（平成九年十一月）に併せて書き下ろされた「マサ、留守番をする」まで、九年間に亘って発表された五短編である。

その間、宮部さんは新潮社の日本推理サスペンス大賞に応募し、みごと栄冠を贏《か》ち得た

『魔術はささやく』をはじめ、日本推理作家協会賞を受賞した『龍は眠る』、吉川英治文学新人賞に輝いた『本所深川ふしぎ草紙』、山本周五郎賞を受けた『火車』、日本ＳＦ大賞の『蒲生邸事件』等々、矢継ぎ早に推理小説からＳＦ、時代物の話題作を書き分け、本書刊行の翌一九九八年に刊行した『理由』で、とうとう直木賞を授与され、文字通り文壇の寵児となったのは、ご存じのとおりである。

初出一覧

心とろかすような　『鮎川哲也と十三の謎'90』一九九〇年十二月
てのひらの森の下で　〈野性時代〉一九八九年八月号
白い騎士は歌う　〈野性時代〉一九九〇年五月号
マサ、留守番する　書き下ろし
マサの弁明　『鮎川哲也と十三の謎'91』一九九一年十二月

著者紹介　1960年東京都江東区に生まれる。都立墨田川高校卒業後、法律事務所に勤務。1987年にオール讀物推理小説新人賞を受賞。著書に『魔術はささやく』『龍は眠る』『火車』『本所深川ふしぎ草紙』『孤宿の人』『この世の春』などがある。

検印
廃止

心とろかすような
マサの事件簿

2001年4月20日　初版
2012年9月28日　26版
新装新版　2019年11月15日　初版

著者　宮《みや》部《べ》みゆき

発行所　(株)東京創元社
代表者　渋谷健太郎

162-0814/東京都新宿区新小川町1-5
電話　03・3268・8231-営業部
　　　03・3268・8204-編集部
URL　http://www.tsogen.co.jp
暁印刷・本間製本

乱丁・落丁本は、ご面倒ですが小社までご送付ください。送料小社負担にてお取替えいたします。

ISBN978-4-488-41104-6　C0193

巨匠に捧げる華麗なるパスティーシュ

THE JAPANESE NICKEL MYSTERY

ニッポン硬貨の謎

エラリー・クイーン最後の事件

北村 薫

創元推理文庫

◆

1977年、推理作家でもある名探偵エラリー・クイーンが
出版社の招きで来日、公式日程をこなすかたわら
東京に発生していた幼児連続殺害事件に関心を持つ。
同じ頃アルバイト先の書店で五十円玉二十枚を千円札に
両替する男に遭遇していた小町奈々子は、
クイーン氏の知遇を得て観光ガイドを務めることに。
出かけた動物園で幼児誘拐の現場に行き合わせるや、
名探偵は先の事件との関連を指摘し……。
敬愛してやまない本格の巨匠クイーンの遺稿を翻訳した
という体裁で描かれる、華麗なるパスティーシュの世界。

北村薫がEQを操り、EQが北村薫を操る。本書は、
本格ミステリの一大事件だ。——有栖川有栖（帯推薦文より）

鮎川哲也短編傑作選Ⅱ

BEST SHORT STORIES OF TETSUYA AYUKAWA vol.2

下り〝はつかり〟

鮎川哲也　**北村薫 編**

創元推理文庫

◆

疾風に勁草を知り、厳霜に貞木を識るという。
王道を求めず孤高の砦を築きゆく名匠には、
雪中松柏の趣が似つかわしい。奇を衒わず俗に流れず、
あるいは洒脱に軽みを湛え、あるいは神韻を帯びた
枯淡の境に、読み手の愉悦は広がる。
純真無垢なるものへの哀歌「地虫」を劈頭に、
余りにも有名な朗読犯人当てのテキスト「達也が嗤う」、
フーダニットの逸品「誰の屍体か」など、
多彩な着想と巧みな語りで魅する十一編を収録。

◆

収録作品＝地虫，赤い密室，碑文谷事件，達也が嗤う，
絵のない絵本，誰の屍体か，他殺にしてくれ，金魚の
寝言，暗い河，下り〝はつかり〟，死が二人を別つまで

からくり尽くし謎尽くしの傑作

DANCING GIMMICKS◆Tsumao Awasaka

乱れからくり

泡坂妻夫

創元推理文庫

◆

玩具会社の部長馬割朋浩は
隕石に当たって命を落としてしまう。
その葬儀も終わらぬうちに
彼の幼い息子が誤って睡眠薬を飲み息絶えた。
死神に魅入られたように
馬割家の人々に連続する不可解な死。
幕末期まで遡る一族の謎、
そして「ねじ屋敷」と呼ばれる同家の庭に作られた
巨大迷路に秘められた謎をめぐって、
女流探偵・宇内舞子と
新米助手・勝敏夫の捜査が始まる。
第31回日本推理作家協会賞受賞作。